DIGUEM-NE AMOR

Marta Vives

DIGUEM-NE AMOR

ara
LLIBRES

Primera edició: març del 2022

Premià 13, baixos
08014 Barcelona
www.arallibres.cat

L'equip editorial que ha treballat per fer possible aquest llibre està format pel director editorial de Som*, Joan Carles Girbés; l'editor, Gerard Espelt; les editores, Alba Gort i Helena Guilera; l'editor de taula, Víctor Farradellas; el *publisher*, Xavier Mallafré; l'equip de comunicació i màrqueting, Marta Abella, Sílvia Sanjosé i Roser Sebastià; i l'equip d'administració i finances, Alba Morcillo i Sònia Herrera.

Il·lustració de coberta: Natalia Zaratiegui
Disseny de coberta: Eva Muller
Correcció: Gemma Garrigosa i Natàlia Cerezo
Maquetació: Gama sl

ISBN: 978-84-18928-29-1
Dipòsit Legal: B 2070-2022

som* la cultura de tots

Aquest llibre s'ha imprès a Romanyà Valls amb paper ecològic i lliure de clor, òfset cru de 80 grams, i ha estat compaginat amb cos 12,5 de la tipografia Minion.

A en Maties,
a la Jana i a l'Abril.
La meva història real d'amor

Taula

Pòrtic

Em dius que el nostre amor no sap trobar la vida.
Em dius que plori si vull plorar,
Em dius que mori fins a demà,
No pots comprendre com el dolor
Dura per sempre si es fa cançó.

«Em dius que el nostre amor»,
Toti Soler

«Ha arribat l'hora d'aquest cant afable,
D'encendre un petit foc a un camp cobert de gebre.
I ara, com en direm de tot això?
Està bé dir-ne amor. De quina altra manera?»*

* Poema «Dona callada», del llibre *Animal de bosc*, de Joan Margarit. Proa, 2019.

L'amor. La veritat. La paraula. La mirada.

«Vols dir que la meva és una història d'amor?», em va demanar la protagonista d'un dels capítols quan m'hi vaig entrevistar. M'ho preguntava des de la idea estesa que l'amor de veritat és el de parella, l'afectivosexual. El que interessa de veritat, el que genera diàleg, controvèrsia, fins i tot. El que ens agrada mirar des de fora per empatitzar, jutjar o desitjar. Després d'hores de conversa, ella explicant-se, retrobant-se amb les seves vivències, va concloure que sí, que tenia una història d'amor potent. No de parella, sinó d'amor altruista i també cap a ella. Que sovint és la manera d'estimar que acostumem a oblidar. No s'havia parat a pensar-ho mai en aquests termes.

Cada un dels dotze relats de *Diguem-ne amor* neix de la història real de les persones que hi surten i que me l'han explicat des d'una intimitat profunda i generosa. La certesa, els records, les idees, els pòsits. Dones i homes que m'han regalat la seva història perquè jo la converteixi en paraules escrites, en narracions. Un procés que, us he de confessar, no ha estat gens fàcil. Perquè les paraules són meves. La tria, també. I la mirada. Però la carn, les ferides, el dolor, les emocions, les decisions i els processos són seus.

Aquestes persones s'han exposat en un acte de confiança del qual em sento immensament agraïda i deutora. Molts d'ells han hagut de refer camins que ja havien abandonat feia temps o, fins i tot, oblidat. Ha estat un exercici d'introspecció i memòria que els ha remogut, els ha divertit (en alguns casos), els ha emocionat, els ha fet avançar en la seva història, els ha permès tenir converses pendents o explicar-se secrets recòndits. Han estat molts mesos de diàleg intens amb cadascun d'ells, amb capses que s'han obert i tancat unes quantes vegades durant el procés d'escriptura. Molts «no vaig pensar a dir-te que...» quan el relat ja estava acabat o quan, encara ara, em truquen o m'escriuen per explicar-me que, arran del llibre i la sacsejada, la seva història personal ha evolucionat o ha pres nous camins. Afegir, treure. Cuidar. Reescriure. Donar voltes a una paraula per definir de la manera més exacta i honesta aquell sentiment, idea o pensament perquè tots s'hi sentissin identificats i a gust. Perquè no els fes por trobar-s'hi, des de la distància. Combatre el desgrat que ens produeix a molts escoltar la veu pròpia o veure'ns en un retrat, o en un dibuix que no segueix les proporcions. I això vol dir moltes relectures. Seves, meves. I meves amb totes elles.

En alguns dels capítols, per respecte i per protegir vulnerabilitats expresses, hem convingut de canviar noms, professions, escenaris, dates, anècdotes. Cap d'aquestes modificacions no afecta l'essència de la història. Ni la veritat que amaga, encara que, en acabat, tota semblança amb la realitat pugui semblar una coincidència. Aquest llibre, sobretot, és d'elles, de les persones que hi surten. Però també de tots aquells que al llarg d'aquest procés m'han vingut a explicar la seva història per formar part del llibre i que, al final, i per motius diversos, no hi són explícitament.

L'amor que no té filtres, que a voltes és dolorós; en ocasions, de llarg recorregut; d'altres, simplement una expectativa. L'amor a destemps, també l'incondicional, o el no correspost. El desamor. La pèrdua. L'amor que no és amor. La vida i la mort. La veritat que no és mai amable, ni llisa ni senzilla. Desproveïda dels filtres de qualsevol ficció. L'amor que no té res a veure amb el cor perfecte i vermell amb què el representem. Sinó amb el cor real, el múscul. Una màquina perfecta, però anatòmicament complexa, que impulsa la sang. El cor i l'amor, que activen tants d'altres òrgans i parts del cos: l'estómac, el cervell, el ventre. La pell.

He conviscut amb l'amor aliè durant un temps llarg, gràcies a la idea, al projecte i al convenciment d'en Joan Carles Girbés i en Gerard Espelt, els editors, que em van fer la proposta i m'han acompanyat amb fermesa, complicitat i generositat al llarg del recorregut.

«Com en direm de tot això?», escriu Joan Margarit en un poema preciós dedicat a la seva dona. «Està bé dir-ne amor. De quina altra manera?», es respon ell mateix. I aquí rau l'ànima de *Diguem-ne amor*. Perquè podria dir-se de moltes maneres, amb moltes paraules diferents, però cap no s'acostaria tant a la veritat com aquesta.

L'amor. De quina altra manera?

MARTA VIVES MASDEU

El que no et vaig saber dir

And I was always so impulsive,
I guess that I still am,
And all that really mattered then
Was that I was a man.
I guess that our being together
Was never meant to be.
And Martha, Martha,
I love you can't you see?

«Martha», TOM WAITS

«Tu i jo ens vam enamorar molt, no? Què va passar?» Trobar una excusa per no anar-hi, potser, només hauria servit per perpetuar l'oblit d'una història que va quedar colgada però que no va arribar a cremar mai. Les cendres són lleugeres: volen i es desintegren. El que s'enterra, només queda amagat. Guardat per als dies plujosos.

La Marta pensava en els pretextos que li havia donat a la Núria mentre buscava el forat de l'orella per clavar-hi l'argolla d'or blanc que en Joan li havia regalat l'últim aniversari de casats. Quan estava nerviosa sempre li costava posar-se les arracades, per això ho deixava per al final. «Sisplau, acompanya-m'hi, Marta. Que tinc ganes de sortir però no hi vull anar sola.» A l'amiga, l'acabava de deixar aquell penques amb qui anava i, a més, a la feina havien fet un ERO i li havia tocat a ella perquè era de les últimes que havia entrat a l'empresa farmacèutica de nom impronunciable.

—Han fet una llista i volen que hi siguem com més millor. Que ja en tenim quaranta, ves. I que ho diguem als que estan desapareguts. Sí, com tu. Em van demanar el teu *mail* de la feina però els vaig dir que ja t'ho diria jo.

—És que no me'n recordo de gairebé ningú i estic poc enraonadora, mira, i em fa mandra. I no estic d'humor per a nostàlgia, ni records, ni punyetes. I vaig cansada.

Però no va servir gaire res, tota aquella xerrameca. Ja s'estava vestint, empolainant, pintant-se els llavis de vermell, posant-se el vestit negre curt, el de butxaques, perquè mai se sap on hauràs d'amagar la suor de les mans. Va agafar la moto i es va plantar al Velódromo.

La va trobar, nerviosa i excitada, a l'entrada del restaurant. Ja són a dins, al pis de dalt. «He vist en Pere i la Magda. L'Enric està igual. I la Natàlia torna a estar embarassada, ja en té tres. Te'n recordes, de la Natàlia?» L'agafa d'una revolada i escales amunt, la Marta mira de visualitzar mentalment l'anuari que fa segles que no repassa, i de recordar tots aquells noms, tota aquella gent amb qui fa més de vint anys va compartir classe, pupitre, apunts, potser esmorzar embolicat amb paper de plata. En un edifici de tres plantes a quatre carrers d'on són ara. Aleshores només tenia dues línies per curs, ara l'escola ja en té cinc. Més de dues dècades, fa que no veu tota aquella gent que ara va perfumada, pentinada i mudada per a l'ocasió. Observa barbes, cabells blancs, entrades, més d'una panxa, orelles més grans, celles ben definides, ulleres per la presbícia, somriures, alguna ortodòncia, complicitats dels qui han mantingut la relació, cares de sorpresa. I sent de baix continu uns quants «te'n recordes, quan...». L'abracen, petons a l'aire, li demanen coses. Reconeix cares, però és incapaç d'associar-les a un nom. Pregunta que com va tot. Algú li diu que no es perd cap dels articles sobre teatre que escriu a la secció de cultura al diari. «Sempre guanyaves els Jocs Florals del col·le, tu.

Es veia a venir.» Ella diu que gràcies. No porta massa bé els afalacs. Que quants fills té, que si està casada. Sí. Sí. Dues nenes. Ell treballa amb mi al diari, és el cap d'economia. És qui va portar el cas de les targetes *black*...? Sí, ell. A casa, no parlem de feina. A fora, ella, no parla de la seva intimitat.

—Hola, Marta. Fa molt de temps. Estàs... estàs molt guapa. Gairebé no has canviat. Gens.

Es gira i és allà. Amb aquella seguretat que la Marta li recorda i amb aquelles dents tan blanques que ensenyava quan li somreia des de la taula de davant seu, a setè de bàsica. Feia temps que els seus pares volien que la Marta anés a aquella escola. Tenia bona fama i s'havia posat de moda. Van canviar de barri i tot per tenir els requisits necessaris. Els seus germans petits hi havien entrat feia un curs, i això va precipitar la seva entrada un any després. El de la taula del davant. El primer dels companys que li va parlar quan el professor va anunciar que aquell curs hi havia una alumna nova i que li havien de posar les coses fàcils. «Va, nois, oi que l'ajudareu?»

Ell, aplicat, s'ho va prendre al peu de la lletra. Parlador i amatent: «Necessites un boli?, el lavabo és al fons, ves al de la dreta, que és l'únic amb la cadena que funciona. Els divendres no portem bata. El tutor sembla enrotllat, però no te'n fiïs massa.» Anaven junts un tros de camí cap a casa, caminant, cada migdia quan hi anaven a dinar. A la tarda, si ella no tenia teatre i ell no havia d'anar al conservatori, també. Ella li explicava el llibre que la tenia encaparrada i ell l'escoltava atentament. Li encantava la passió amb què li explicava les històries. Les que llegia i les que s'inventava. La Marta havia arribat a construir continuacions senceres dels llibres que més li havien agradat. Assegurava que li era impossible desprendre's dels personatges amb qui havia compartit els últims dies. Quan ell es cansava d'escoltar-la, li feia la traveta i li desfeia la cua. Ella feia veure que s'emprenyava. La vida amb dotze anys és un planeta que gira sobre el seu propi eix, sense hemisferis, amb ingravidesa absoluta. S'enriolaven i l'endemà tornava a tenir-lo a la taula del davant. El boli, les mates, i el lavabo, que ja havia comprovat quin era el bo. A finals del segon trimestre, li va donar un paperet. «M'agrades molt com a persona. Vols sortir amb mi?» A sota un «sí» i un «no» amb un requadre cadascun. Va omplir l'afirmatiu. Una ics perfecta, de vèrtex a vèrtex perquè no hi hagués cap mena de dubte. Van seguir fent el mateix que feien, però amb aquella sensació de compartir un secret que només coneixien ells, de saber-se l'un de l'altre. La senzillesa de la vida petita. No van dir-ho a ningú. Ja en tenien prou així. A finals de setè, però, ell li va anunciar que se n'anava de l'escola. Que marxaven a Madrid amb tota la família. Al seu pare, metge reumatòleg, li havien ofert una plaça temporal al Gregorio Marañón. Era una bona oportunitat, li havien explicat a casa.

Davant d'ell, l'últim dia de classe, va fer com si res. A casa, va plorar fins a desfer-se i fondre's amb el coixí. El va trobar a faltar amb tota l'ànima, des de molt lluny. Com s'enyora l'estiu a principis del mes de febrer. Com s'enyoren les possibilitats d'estimar algú, també les que la memòria invoca i blanqueja. Li va escriure cartes que mai li va arribar a enviar, perquè no en tenia l'adreça, ni va gosar demanar-la a secretaria. Va aprendre l'idioma de les absències. Fins que el pas del temps va esclofollar la tristesa i la Marta va trobar noves amigues amb qui compartir bolis, confidències i trajecte cap a casa. Al viatge de final de curs de vuitè, amb els de la classe, van escollir per majoria absoluta anar de convivències a Madrid i aleshores es van tornar a veure. Però ella va fer veure que no. Ell semblava tan content, tan feliç de ser el centre d'atenció, i tothom volia parlar-hi i ser a prop seu, que no va saber ben bé què dir-li, ni què fer. Després d'aquell viatge a Madrid, que la Marta va esborrar de la memòria, van passar tres anys i tots els seus dies. A la Marta li van canviar el cos, el cap i la mirada. Va aprendre a ser resistent, a contestar i a saber què no volia. També a mentir-se. Va deixar d'empenyorar records i va omplir aquell immens buit amb experiències intenses i gent nova. La vida als catorze, als quinze, als setze. El cap que bull, la pell que estira i el cos que és un animal desbocat.

Es van retrobar l'últim any d'escola, a COU. Ell havia tornat amb tota la família. Estava diferent. S'havia estirat, li havien sortit pèls a la barba, tenia la veu més greu. I portava ulleres. Van tornar a anar junts cap a casa. Ja no hi havia travetes. La innocència s'havia esvaït, se l'havia engolit la insolència. La mateixa que els va servir per renovar el pacte amb aquells nens que havien estat feia temps. A la ingenuïtat absurda dels dotze però amb aquell excés de confiança que dona la joventut nova de trinca. No havien de dissimular res. Ni en els somriures, ni en les paraules. Tornar al punt de partida, al paisatge conegut. Ho van reprendre tot allà on ho havien deixat abans del parèntesi, aquell interregne que els havia mantingut separats. Es van trobar sortint junts sense demanars'ho. Com si allò hagués estat escrit en algun lloc. Una ics marcada, arrugada i perduda al fons d'una butxaca, amb les engrunes. L'equació fràgil però perfecta dels primers amors. Algú ha dit que és l'única història que val la pena explicar perquè, de fet, només n'hi ha una. Aquella que sempre portes dins del cap.

«Què ens va passar?»

Una tarda eren a casa seva. Ell tocava el piano. Sense partitures. Ella li mirava el clatell, asseguda al llit de la seva habitació. Molt atenta i concentrada. Ell s'hi va estirar al costat. Les presses, els nervis i el delit turgent. La febre. La urgència de l'edat. Quan li va tocar els pits per sota del jersei ella es va tensar. No hi va saber trobar el plaer. Al cap, un martell. Garratibada com un pal. Li va dir que parés. Que la deixés. Es va posar a plorar. Quan va intentar consolar-la, ella li va dir que marxava. Que la deixés, va repetir.

L'endemà, a classe, la Marta no li va dir res. Ni al cap d'una setmana. Ni mai més. Ell ho va intentar un parell de vegades, però ella no en volia saber res. No van tornar a anar junts cap a casa. Ella va canviar de trajecte. Ell, també. Al cap de tres mesos, ell ja sortia amb la noia més guapa de la classe. Una noia amb poc esperit, però quedaven molt bé, junts. Ella, des de l'última fila, també ho creia. Aquell pinçament a la boca de l'estómac, quan els veia plegats, a finals de curs ja no li feia mal.

I ara el tenia al davant, de nou.

—Vaig llegir que t'havien donat un Butaca per aquella obra de teatre.

—Que t'agrada el teatre?

—Sí. La vaig anar a veure a la Flyhard. Està molt bé.

—Gràcies.

—De res.

Silenci.

—I tu, a què et dediques?

—Tinc una empresa de conserves de cors de carxofes. Venem sobretot a Califòrnia. És el nostre principal mercat, tot i que el nacional rutlla bé. La veritat és que em va força bé. Estem consolidats i podem anar innovant. Ara tenim una línia de xips a partir de carxofes fresques laminades i fregides. Són com les patates de xurreria però en versió carxofa, més saludables. Si vols, un dia t'ensenyo l'empresa. La tinc al Prat.

—Ah, sí, d'acord. Com es diu?

—Té el nom de la meva filla. És adoptada, saps? La vam anar a buscar amb l'Eli (la recordes, l'Eli? Anava a l'altra classe) ara fa tres anys. A Bombai. És preciosa. Soc molt feliç.

—I l'Eli, de què treballa?

—Va fer econòmiques, com jo. De fet ens vam trobar a la Universitat de Barcelona. Però se'n va cansar perquè deia que no s'hi sentia a gust, amb aquest món. Massa competitivitat i hàmsters fent voltes dins la roda. No li agrada la poca humanitat dels excels i les empreses, diu. Finalment ho va deixar tot i ara està dedicada a temes de *coaching*, creixement personal. Li va molt bé. Diu que ha trobat el seu objectiu en la vida. La criden fins i tot de la ràdio per fer col·laboracions com a experta.

—L'hauré d'escoltar, doncs. Potser em va bé.

Riuen.

—Tu estàs bé?

—Sí, sí. La feina al diari em permet escriure obres de teatre. És el que realment m'agrada. Ara m'han programat un cicle a la Beckett de cara a l'estiu. Hi faran dues obres meves. A veure com van.

La torna a mirar.

«Marta, tu i jo ens vam enamorar molt, no? Què va passar?»

L'hi voldria explicar. Omplir els buits i posar les paraules que encaixen, no sap si les justes o no, a les preguntes. Tornar a la veritat que el temps ha distorsionat. I quina veritat és aleshores? Quant temps ha de passar per poder recordar allò que ens ha fet mal sense que ens desperti el dolor? Fins a quin punt és lleial, la nostra memòria, amb la veritat? No mentir-nos. Sobretot.

Sí. Ens vam enamorar. Molt. I, sí, no recordo ningú abans que tu. Ets allà. El primer de tots. Poques vegades m'atreveixo a pensar-hi. Potser també em faig preguntes i plantejo hipòtesis. Em dic què hauria passat. Què ens hauria passat. Tots els «i si...» en línia combinats en una teoria de jocs feta expressament per a nosaltres. Malgrat el que diguin, però, hi ha ferides que no es curen i provoquen gangrena, petits bocins de teixits que moren. I més quan només ets una nena, o un nen. Tant se val. Hi ha secrets que la vergonya soterra i ofega. Hi ha pors que no s'arriben a domesticar mai. Només, amb sort, aprens a conviure-hi. Hi ha dolors que escanyen amors. Fins i tot els primers, els genuïns, els invencibles.

Però calla. Torna a callar.

No li pot explicar —vint-i-molts anys després, unes quantes relacions, un matrimoni amb l'home que estima i dues filles— que aquell primer estiu quan ell va marxar ella va anar de colònies amb les seves cosines de Falset... Onze dies a no sé quin poble. Al tercer, ella es va fer un esquinç al genoll. Duia mitja cama embenada i caminava amb dificultats. Un dia van anar a dibuixar a la plaça Major del poble on eren. Havien de fer un croquis al natural del campanar. Ella va seure damunt del pedrís, amb el carbonet, la goma i la llibreta que els havien donat els monitors. Al seu costat s'hi va asseure un vell amb bastó, camisa de franel·la. Agradable. Li donava conversa mentre ella anava del campanar a la llibreta buscant la perspectiva, les línies, les diagonals. Aquell home se li va anar atansant. Li deia que dibuixava molt bé, que tenia molta traça. De sobte, li va notar la mà i els dits aspres com el paper de vidre que se li enfilaven primer per darrere l'esquena, després per davant, als pits. La va magrejar per tots els racons. I ella va perdre la percepció i la veu. Va quedar congelada. Morta de l'angúnia. Aterrida. La por, a vegades, és útil. Va oblidar-se de com es respira. Només tenia dotze anys i amb prou feines li havien crescut els pits. No li havia ni vingut la regla, encara. No va entendre res. Només era una nena.

Va passar per allà en Jordi, un company de les colònies, que va intuir alguna cosa estranya. Potser la seva cara, potser la mirada. La va cridar, intranquil, i van marxar. Ella, coixa de la cama i amb la dignitat trencada per tot. Amb la vergonya arribant-li a l'arrel de cadascun dels seus cabells. Li revé aquella sensació quan hi pensa. Petites descàrregues elèctriques que la fan esgarrifar de dalt a baix. Encara va ser a temps de veure com aquell home li feia un somriure inquietant. La mirava amb uns ulls petits i lluents de peix mort. De la boca, li queia un filet de bava blanca.

Recorda que quan va tornar de les colònies, de les quals és incapaç de resquitar cap altre record, va entaforar aquella samarreta que duia, de color blau cel amb palmeres taronja, al fons de l'armari. A sa mare li va dir que l'havia perduda. No va explicar el que li havia passat. Se sentia avergonyida, confosa. I si hagués cridat? I si s'hi hagués enfrontat? I si en Jordi mai hagués passat per allà davant? No ho va dir a ningú. Però quan li van començar a créixer els pits li va demanar a la mare que li comprés sostenidors d'esport. D'aquells que comprimeixen i que amaguen la carn i l'edat i que et desmuden de desig. Que potser també serveixen per mutilar-lo. El de l'altre. El propi, no el sabia ni tan sols desxifrar.

A partir de llavors, era molt conscient de quan algú se li apropava massa, de les distàncies, del perill. De com se la miraven. De quant de lloc ocupava la por en el seu cos. Només va saber fugir. Callar. Amagar la culpa al fons de l'armari, al costat de la samarreta de palmeres taronja. Va començar a tenir migranyes, aleshores. El metge va dir que eren les hormones. Els pares van donar el diagnòstic per bo.

«Tu i jo...»

Han passat molts anys de l'última vegada, a final de curs. Ell la va veure l'altre vespre al telenotícies. Era a la peça on explicaven que havia rebut el premi al millor text original. Se la notava contenta i nerviosa. Amb les mans a les butxaques. Un gest, molt d'ella, va pensar. En les declaracions que li han agafat, però, parla molt bé. Amb veu clara. Li dedica el premi al seu marit, a les seves filles. «L'única veritat que em permet construir ficcions», diu. Va pensar que no sabia si hi coincidiria al sopar dels quaranta de l'escola.

Abans de tornar a casa, es donen els telèfons, els mails i diuen que ja se seguiran per les xarxes. Truca'm quan vulguis i fem un cafè. Ho faré. Segur que sí. Però hi ha seguretats plenes de tots els dubtes possibles. I tots dos saben del cert que no passarà.

No passarà.

Aprendre a no necessitar-se. Aquesta lliçó ja fa temps que la van assumir. No val la pena desfer l'esforç. «Sí. Esclar. Estem en contacte.» A la sortida del Velódromo, hi ha una gentada. Fa humitat i es nota que la primavera ja treu el nas. No només per les terrasses, que han apagat les estufes i estan plenes, sinó per una alegria generalitzada i encomanadissa que té gust de cervesa, patates braves i futilitats diverses. Allà a l'entrada, la Marta es fixa en un cartell descolorit penjat just al balcó de davant del restaurant, al carrer Muntaner. El dibuix d'una dona amb els ulls tancats abraçada a un xai blau de la seva mida que amb unes lletres sobreposades diu: «Aquí ens agrada somiar a la nit». I a sota: «En silenci compartim Barcelona». Pensa que, a la gent que viu en aquella casa, els somnis també els els roben a cada fosca.

En el moment de marxar tothom s'abraça. Més petons. Alguns diuen d'allargar la nit. I si anem al Dry Martini? És just a la vora, girant la cantonada. Ella diu que no. L'endemà s'ha de llevar d'hora. Veu la seva amiga molt ben acompanyada d'en Pere, creu recordar que es diu. Ja no la necessita.

Ella i ell es miren des de l'abisme i es torben. Ho noten alhora i per això miren de pujar un altre cop a la superfície i agafar aire. Cap abraçada. Encara menys dos petons. La distància pesa, és sagrada, com una maledicció amb teranyina inclosa i molta pols. En aquella distància hi ha el buit, el que hauria pogut ser, tots els perquès, els trenta anys, la vida que ha fet cadascun. En aquella distància hi ha la mesura de la primera vegada que tots dos van saber que estimaven una altra persona. L'enyor d'algú que no caminarà mai més al teu costat de tornada cap a casa.

Fa tres dies que a la Beckett ha començat el cicle *Violències de gènere i estructures de poder*. Un mes amb xerrades, lectures dramatitzades i uns quants muntatges que es fan a la sala de dalt. És curiós, totes les autores són dones. Els homes, quan escriuen sobre violència masclista —de tant en tant, algun s'hi atreveix—, només se saben posar en el paper de l'agressor. Potser és una manera d'exorcitzar els dimonis. A ella, li estrenen l'obra guanyadora del Butaca. Després hi haurà una lectura d'un altre text seu per tancar el cicle. Toni Casares, el director artístic, li ha demanat que el llegeixi ella. Encara s'ho està pensant.

Ell aconsegueix entrades per al darrer dia de la lectura. Hi va sol i seu a l'última fila. Ha estat de sort, perquè només quedaven dues butaques que han alliberat a darrera hora. Aquella nit, a la porta del teatre, han penjat el cartell de localitats exhaurides. Des d'on és ell, al fons, pot mirar-la bé des de la distància. Podria calcular els metres que el separen d'ella. Com sempre. També a això s'ha acostumat. Ja fa molt de temps, de fet. Ella, asseguda en un tamboret darrere un faristol i enmig d'un escenari tot negre. Sense res més. S'encén el focus que la il·lumina. La veu petita, «com una nena, com la nena que vaig conèixer», pensa, des del seu lloc. Ella respira profundament i comença a dir, sense llegir, mirant endavant. I ell escolta unes paraules que li van ressonant molt endins, tot i que no acaba d'entendre per què.

Ella parla, en tercera persona, d'una nena de dotze anys, abusada per un home vell, desconegut. Parla de por, de dolor. De culpa. De vergonya. De silenci. De no haver-ho explicat mai a ningú. D'haver-se de refer sense saber-ne. De lluitar contra el pànic que li fa que, algun dia, les nenes d'ara, la que pot ser la teva filla (mira a un lloc indefinit de la platea), o la teva (ara mira a primera fila), o la teva (ara, mira al control de so), passin pel mateix. Ara li sembla notar que ja no està parlant d'algú altre. Li cauen llàgrimes mentre declama i se li escanya la veu. En aquell moment en què parla de les filles que poden ser les de qualsevol, les de tothom. El pes de la por pròpia té gust de ferro rovellat. La que projectem damunt els altres s'amplifica i és impossible controlar-la. Però mira endavant, enmig de la negror que embolcalla el públic. Quan s'acaba l'obra, passen deu segons feixucs i algun sospir d'aquella massa fosca i densa abans que comencin a aplaudir. Es posen drets. Ella s'eixuga els mocs i les llàgrimes. El perfil negre dels ulls se li ha escorregut, els llavis vermells s'han desdibuixat. Les galtes roents. Somriu i dona les gràcies. Es posa la mà al pit i acota el cap. A l'última fila, ell és incapaç d'aixecar-se. Tampoc pot aplaudir. Se li ha tancat la gola. Haurà de venir l'acomodador, quan ja fa uns minuts que han encès els llums de la sala, per dir-li que faci el favor de sortir per les escales de l'esquerra. «Sí, esclar», respon ell. Té les ulleres entelades. L'ànima, també.

Es lleva molt tard, ella, l'endemà d'aquella funció de comiat. En Joan s'ha emportat les nenes a cals sogres perquè ella descansi, diu una nota ràpida escrita a mà damunt la taula de la cuina. A sota, uns cors petits pintats amb plastidecors que li han fet les menudes.

Quan arriba l'hora de dinar, veu que no té res a la nevera i baixa al supermercat que és just al carrer de darrere de casa. Va directa a la secció de conserves, transportada per la inèrcia. Hi ha passat mil vegades, però ara mira al prestatge de més amunt, al lineal que encadena totes les tonalitats de verds possibles. Allà, arrenglerats, un munt de pots de vidre de 175 grams amb cors de carxofa a la brasa amb una aroma lleugerament dolça i fumada, diu l'etiqueta. Porten aigua, sal i àcid cítric. Una mica de vinagre, all i mostassa. La data de caducitat adverteix que es consumeixin preferentment abans dels quatre anys des de la seva elaboració. A l'etiqueta s'hi afegeix que el consum del producte transcorregut aquest termini no representa cap risc per a la salut. Potser no. Somriu. Quatre —els que van passar de setè a COU—, no. Trenta, però, ja en són massa.

Fonaments

Dorm, arquitecte, dorm,
Que el que estàs intentant
És del tot impossible
I que no depèn de tu.
Hi ha un projecte que no es pot preveure.
La vida la fa cadascú.

«Arquitecte», Els Amics de les Arts

«La nostra història és la suma de moltes casualitats. En són el fonament. Nosaltres només hem col·locat les peces en el lloc que ens ha semblat més sòlid de l'estructura, fent de contrafort. I potser sí que l'hem encertat, però ¿es pot controlar la gravetat? ¿I la vida?»

En Georg i l'Elisa tenen una desena d'àlbums de fotos ordenats cronològicament de baix a dalt, a la part de sota del prestatge que cobreix d'extrem a extrem tot el tram de la paret de casa seva de la plaça el Diamant, a Gràcia. Al costat dels àlbums però en vertical hi ha llibretes de colors i mides diferents atapeïdes de paraules i de dibuixos que hi apareixen indistintament. Són de l'Elisa. Posa el seu nom a la tapa acompanyat d'una data. La darrera és del 2010. Damunt les lleixes de la llibreria, un centenar de volums ordenats per editorials i col·leccions. Hi ha títols en català, castellà i alemany. Potser algun en anglès. A la part del mig, on el forat del prestatge és més alt, llibres d'artista d'arquitectura. Només ells saben que, des dels títols fins a les pàgines, aquests llibres també estan plens de la seva història. Mies van der Rohe al costat de Le Corbusier; el volum de l'escola de la Bauhaus, la bíblia d'en Georg. John Berger i els seus *Mo-*

dos de ver; Paul Jackson; el *Sistemas de estructuras*, d'Engel; *Geometrias sagradas*, de Stéphane Cardinaux; Aldo Rossi; els escrits i documents de Gaudí; la biografia de Josep Lluís Sert; el llibre de fotos del Guggenheim o el de les obres del despatx EMBT de Miralles i Tagliabue. També un de titulat *Eames* de tapa dura publicat per Taschen. En Georg l'hi va regalar a l'Elisa fa uns quants anys.

«Tot el que jo faig, la Ray pot fer-ho millor.»

Aquesta frase que surt al llibre, ella la va copiar en la seva última llibreta. Encara hi és. Subratllada.

Quan l'Elisa va conèixer en Georg, feia quatre mesos que ell havia aterrat a Barcelona. Cinc anys abans s'havien celebrat els Jocs Olímpics i Barcelona era el destí preferit de gairebé tots els estudiants d'arquitectura d'arreu del món. En Georg venia de Darmstadt, a trenta quilòmetres al sud de Frankfurt. Una ciutat que compartia estil arquitectònic amb l'*art nouveau* a França o amb el Modernisme català. Tenia vint-i-vuit anys, havia estudiat primer de delineant, havia fet el servei militar i havia deixat passar el temps necessari fins a aconseguir la nota que li va permetre començar els estudis d'arquitectura. Ja estava al final de la carrera. A l'hora d'escollir destinació d'Erasmus tenia clar que Barcelona passava al davant de les altres opcions: Glasgow, Florència, Tampere i Madrid. Quan li van dir que l'acceptaven a la Politècnica de Barcelona es va posar a estudiar espanyol. Primer, un intensiu a Alemanya, després, un altre a l'Escola Oficial d'Idiomes de Barcelona. Feia cada dia tres hores de classe.

L'Elisa tenia des del començament de la carrera un pis llogat compartit amb deu companys de facultat al número 1 del carrer Casanova, tocant a la ronda de Sant Antoni. Era un pis gran i diàfan, amb dos balcons que donaven a la Ronda i tres finestres a l'altre costat. Sense cèdula d'habitabilitat, però amb dos lavabos petits i una mena de cuina rònega amb un fogó de gas per fer-hi un cafè amb la italiana i dos armaris amb quatre plats, gots i tasses. Hi havien connectat una nevera petita que sempre estava plena d'Estrelles i mitja dotzena d'ampolles amb aigua, amb noms diferents escrits amb retolador. A la sala gran hi havia dos sofàs vells pelats i cinc taules regulables en alçària i inclinació de 120 x 80; com a les altres dues habitacions, on hi havia tres taules de treball, en una, i dues, a l'altra. Aquell pis el tenien llogat com a estudi per fer-hi projectes i els treballs de classe. Sovint també era lloc de trobada i de festes. I de refugi. Era el quarter general d'un grup d'amics que durant uns anys van ser més o menys els mateixos fins que alguns d'ells van començar a marxar a estudiar fora i aleshores cobrien les vacants amb estudiants d'Erasmus. Penjaven cartells al tauler d'anuncis de la facultat i en poques hores ja tenien uns quants candidats possibles. Abans d'en Georg n'hi havien passat quatre, tots ells apadrinats pel seu predecessor, que deixava el lloc buit.

En Georg va arribar a Barcelona en ple estiu, a principis del mes d'agost. Va avançar tres mesos de pagament, unes deu-mil pessetes aleshores, i va trigar tot aquell temps a posar un peu al pis del carrer Casanova. Als de l'estudi els estranyava aquella absència. Alguns la trobaven un punt insolent —normalment els nous inquilins s'hi presentaven el primer dia—, però una de les normes bàsiques de la comunitat era que cadascun fes el que volgués mentre es respectessin les normes de convivència. El dia que en Georg va arribar carregat amb les seves coses a l'estudi només hi havia una noia, l'Emma. Va ser ella qui li va indicar quina era la seva taula i com funcionaven les coses allà. En Georg i el seu metre noranta-tres, desmanegat i alegre. I circumstancialment vermell com un perdigot. La prova concloent d'uns mesos en què, amb un parell de nois de l'Escola d'Idiomes amb qui s'havien avingut des del primer moment, s'havien dedicat a recrear-se i a fruir en totes les declinacions possibles. Havien recorregut el país: des de Llançà fins al Delta. Havien practicat caiac i vela. Havien descobert les cooperatives de vi del Priorat i la seva mostra de vins autòctons. Havien peregrinat per una desena dels bars del barri Gòtic. Havien fet tota la ruta modernista de Barcelona. En Georg havia estat tres vegades a la Fundació Miró i havia repassat de dalt a baix les sales del Renaixement i el Barroc del MNAC unes quantes vegades. També havia explorat un parell de geografies humanes. Totes parlaven llengües estrangeres, com ell. Noies que anaven i venien per tornar a marxar. Sense complicacions ni lligams. Passar-s'ho bé era l'única consigna.

En Georg va anar coneixent un a un els integrants d'aquell estudi. L'última de tots va ser l'Elisa. Ja era octubre i ella acabava d'arribar d'Haití, on havia estat amb Arquitectura Sense Fronteres, col·laborant en un projecte solidari. Vint-i-tres anys, cara de nena, cabells curts, menuda, però forta i decidida. No parlava gaire i era seriosa, però estranyament sempre reia les bromes que feia en Georg. No pas perquè ell fos especialment eloqüent ni graciós, sinó perquè el seu castellà deficient estava ple d'imprecisions i errors que donaven lloc a jocs de paraules i a expressions que desembocaven en significats diferents a la intenció original. Parlava en subjuntiu, no encertava ni un sol article i masculinitzava tots els adjectius. Quan no sabia una paraula —cosa que passava força sovint— la deixava anar en alemany. Ella mirava de contestar-li amb una opció en català. En Georg s'havia fixat que la taula de l'Elisa, una de les tres de l'habitació del costat, era la més endreçada del pis: escaires, regles, peus de rei i cartabons en un extrem. Llapis sempre amb la punta afilada, gomes i folis, a l'altre. La tenia sempre impecable. Penjada a la paret amb xinxetes, just davant de la taula, hi tenia la foto en blanc i negre del perfil d'una dona. Eileen Gray. A sota de la imatge, la frase «Per crear, primer cal qüestionar-ho tot».

L'Elisa vivia amb la seva germana gran, la Teresa, en un pis al carrer del Taquígraf Garriga, prop de la plaça de la Concòrdia, a les Corts. Els seus pares s'havien separat feia anys. Això després que el seu pare reincidís en la mateixa infidelitat per tercera vegada. Ja tenia un extens currículum en la matèria. No era la primera vegada al llarg del matrimoni. Però, aquell cop, la mare el va fer fora de casa. A ell i les seves raquetes d'esquaix. Les nenes es van quedar amb la mare i al pare el veien de tant en tant, quan apareixia del no-res, talment com si tornés d'una guerra. Però només tornava de les que perdia, que tard o d'hora acabaven sent totes. Poc després que el pare marxés, la mare de l'Elisa va emmalaltir. Durant un any, les filles se'n van estar cuidant, però quan ja no va poder caminar els avis de la Bisbal es van traslladar a viure a un pis que tenien llogat a Barcelona per estar-se amb ella i fer-se'n càrrec. L'Elisa i la Teresa van aprendre a manegar-s'ho soles. Anaven a comprar, cuinaven, netejaven, portaven al dia les factures. S'escoltaven l'una a l'altra i miraven de sopar cada vespre juntes per explicar-se com havia anat tot. L'àvia les ajudava amb el que podia. Però elles van habituar-se a omplir les fissures amb guix compacte. La mare es va morir just uns mesos abans que l'Elisa comencés arquitectura.

Li va anar bé, a l'Elisa, estrenar nova etapa, començar de zero. Podia escatimar explicacions sense haver-se de justificar. No li agradava parlar d'ella, de la mare, de la malaltia, de l'esvoranc que li havia provocat la pèrdua. De com l'enyorava. El que li passava per dins ho escrivia a les seves llibretes. Havia perdut la seva paret mestra i estalonava la vida com podia a base de puntals: la germana, l'àvia, els amics, el futbol. A la resta hi donava una importància relativa. No s'hi quedava gaire temps, en aquell estat, no hi posava ciment, no hi assentava pilars. Simplement deixava que passés. Tampoc projectava. Havia après que els mapes són passat i els plànols només idees que potser no acaben materialitzant-se mai. La importància del que és intangible. Creia que l'arquitectura no era l'art de fer cases sinó llocs on viure i estava convençuda que era impossible dissociar les construccions de la vida. Però els dos primers anys de carrera eren molt tècnics, massa quadriculats. No sabia si era allò el que realment volia. Aquells bocins de vida que anhelava no els trobava per enlloc enmig dels algoritmes, les equacions i les línies. Les avaluacions, els terminis per entregar els treballs i les matinades sense dormir contra rellotge. Tampoc era una estudiant brillant. Faria el que podria. Com sempre.

En Georg tenia clar que volia ser arquitecte des de feia molt de temps, gairebé des que era un adolescent. Els seus pares dirien als amics i coneguts que allò seu era vocacional —no hi havia cap antecedent a la família— i potser tindrien raó perquè sense gaire esforç era un alumne que destacava. A més, tenia l'habilitat de saber amb qui aliar-se en els projectes amb l'objectiu de sumar destreses i habilitats. També punts de vista. Així va aconseguir quedar en primer lloc a les beques de la Fundació Mies van der Rohe que donaven accés als Erasmus de la universitat. Va ser un projecte d'urbanisme amb què va guanyar el premi Georg Moller de Darmstadt i que li va donar la possibilitat de triar la ciutat de Barcelona, la més cobejada, com a primera opció. No només per la notorietat que havia agafat la ciutat arran dels Jocs Olímpics. El seu propòsit íntim també tenia un nom propi: el de l'arquitecte català Enric Miralles, a qui havia descobert en un seminari a tercer. Li agradaven la seva obra i la manera que tenia d'entendre l'arquitectura, però sobretot el seu concepte del temps. Com el multiplicava per intentar comprendre'l. El convenciment de l'arquitecte que deia que no s'hi havia de treballar a la contra. Tampoc témer-lo, sinó preparar-se per assumir-lo. Amb aquesta idea del transcurs del temps com a contínua transformació, Miralles va projectar el cementiri d'Igualada amb la seva parella d'aleshores, Carme Pinós. L'arquitecte sempre deia que aquell lloc s'havia anat construint amb la mort de les persones que li donaven vida. Ell hi és enterrat des del 2000, quan va morir als quaranta-cinc anys per un tumor cerebral.

A Barcelona, en Georg compartia pis amb l'Imma i la Tonina. Una era de Solsona, l'altra, d'Alcarràs. S'estaven en un pis amb quatre habitacions al carrer del Regomir, a la vora del Pati Llimona. En Georg estava entusiasmat amb aquella casa. Era un antic palauet. Per dins una mica destarotat però molt ampli, amb sostres alts amb bigues força ben conservades i unes rajoles hidràuliques originals precioses. A pocs carrers de distància de la casa Mercaders, que havien restaurat precisament Enric Miralles i la seva companya i sòcia, la també arquitecta Benedetta Tagliabue. En Georg no se'ls va trobar mai pel barri però fantasiejava amb la idea. A vegades havia anat passejant fins al pati de l'entrada de la casa i s'hi estava una bona estona contemplant-la.

On no fallava cap dimarts era a La Xampanyeria del carrer de la Reina Cristina, prop del passeig de Colom. Era una cita ineludible en l'agenda d'en Georg. N'eren uns habituals amb les companyes de pis o amb els amics de l'Escola Oficial d'Idiomes. Pagaven una ampolla rere una altra i menjaven entrepans de llom a la planxa fins que els tocaven tres quarts de quinze.

La primera nit en què van sortir junts la gent de l'estudi amb els amics d'espanyol d'en Georg també la van començar a La Xampanyeria. Havia passat Cap d'Any i encara els quedava una setmana de festa abans que tornessin a començar les classes. L'endemà, l'Elisa marxava en tren fins a Algesires per viatjar al Marroc amb els de l'estudi. En Georg anava amb els seus amics a fer una ruta pel nord d'Espanya. Feia poc que havien inaugurat el Guggenheim a Bilbao i el volien anar a visitar, desprès seguirien per Sant Sebastià i la Corunya. Aquella nit prèvia als seu viatges, l'Elisa i en Georg van anar l'un a la vora de l'altra gairebé des del principi. D'allà van arribar al Jamboree. Algú va dir «va, una foto». I ells van respondre somrients al flaix que els va enlluernar. A dins de la sala, la música estava massa alta —sonava «La flaca» a tot drap— i, en un apropament dels caps per dir-se alguna cosa, es van fer el primer petó. Tots dos van pensar a l'instant que no era important però van sortir abraçats fins al carrer del Regomir, on van passar tota la nit junts. Desperts. Amb els llençols i l'edredó fets un bolic damunt les rajoles hidràuliques humides. En Georg va posar una estufa a l'habitació perquè ella estigués còmoda. Van parlar poc. De fred, no en van tenir. De son, tampoc. A les sis del matí, l'Elisa va sortir disparada del pis d'en Georg. Pocs minuts després de les deu sortia el tren des de Sants i encara havia de passar per casa a buscar la motxilla.

Quan hi va arribar, a l'entrada, assegut a la vorera amb una bossa gran, hi havia en Carlos, l'amic sevillà amb qui feia poc menys d'un any que mantenia una relació. Ell n'estava força, d'ella. Ella a vegades creia que també, però no s'acabava de deixar anar, sempre amb el fre de mà posat perquè tenia clar que no volia ni lligams ni res gaire formal amb ningú. S'ho passaven bé plegats, tenien interessos en comú, compartien carrera però cadascun habitava dimensions diferents: amb els seus amics, el seu espai. Tot i que el *mi niña* amb què començava totes les frases la feia sentir part d'alguna cosa i això, per a algú que n'havia perdut moltes, a vegades li servia de consol. A més, la seva germana trobava el sevillà molt graciós, i això sempre era un punt a favor.

En Carlos li va anunciar que s'havia apuntat a última hora al viatge del Marroc, amb la complicitat d'en Lluís i en Marc, dos dels amics de l'estudi de l'Elisa. No li va demanar d'on venia esperitada a aquelles hores, però tampoc va entendre per què en el tren l'Elisa va estar dormint com un tronc tot el trajecte fins a Algesires. Quan feia tres dies que eren al Marroc, ell li va dir que estava molt estranya i distant i ella va aprofitar per respondre-li que no li havia agradat que es presentés de sorpresa en aquell viatge. Que se sentia controlada i això l'ofegava. Que creia que ho havien de deixar córrer, que allò seu estava en punt mort i no avançava. Va ser una resposta desmesurada, però en Carlos va entendre que allò no era un rampell malhumorat de l'Elisa. El que li estava dient era més profund, clar i determinant.

Quan van tornar a Barcelona, cadascun va fer la seva. Ella se sentia alleugerida. Ell no trobava arguments a la decisió de l'Elisa. Tampoc al seu menysteniment. Que difícil que és conformar-se amb un desenamorament sense respostes!

L'Elisa no li va explicar mai a en Carlos que dins seu havia especulat amb la possibilitat d'una història d'amor amb l'alemany nou del seu estudi. Perquè projectar res no entrava dins de cap esquema. I verbalitzar-ho en veu alta encara menys. Això també està escrit en una de les seves llibretes.

Al viatge pel nord d'Espanya, en Georg es va embolicar amb la Nadja, una noia austríaca amiga d'en Jules, el seu company del curs d'espanyol. Esclar que pensava en l'Elisa de tant en tant, però mirava de treure-se-la del cap.

Fins que van tornar a trobar-se a l'estudi un cop les classes ja havien començat. Hi havia un punt d'incomoditat, havia canviat la perspectiva però els elements eren els mateixos. Se sentien com si els haguessin canviat l'habitació però els mobles fossin els que tenien abans. Enmig de l'estranyesa, altre cop la llengua va servir d'ajuda. Perquè només l'Elisa sabia trobar la paraula idònia en les mancances lingüístiques d'en Georg i era molt difícil després de tants mesos que, com un acte reflex, l'Elisa no donés l'alternativa immediata a la paraula alemanya que ell utilitzava com a comodí. Això els feia ser a prop, com l'intèrpret ho és de la persona per a qui ha de traduir. A vegades, fins i tot, els agafen de l'espatlla i s'atansen a molt pocs mil·límetres de l'orella per murmurar-los la pregunta del periodista. Una manera també de donar confiança i seguretat. Quan eren a prop, ells també se sentien així.

Sense planificar-ho, es buscaven dissimuladament per coincidir a l'estudi com més estones millor. A més, l'Elisa va incorporar els dimarts a La Xampanyeria en les seves rutines. Hi anava després de sopar a casa amb la Teresa. Sovint no tornava a dormir a Taquígraf Garriga.

En Georg es va convertir en l'acompanyant oficial de l'Elisa al Camp Nou per veure els partits del Barça. Fins aleshores, el futbol li havia interessat més aviat poc. Però un dia l'Elisa li va demanar si hi volia anar amb ella, i aquella cita es va transformar en gairebé un acte litúrgic. L'Elisa i la Teresa tenien carnet de sòcies des de petites. Els el van regalar els avis de la Bisbal abans que les coses anessin mal dades a casa. L'Elisa hi tenia una gran afició, però a la Teresa el futbol no li feia ni fred ni calor. O sigui que l'Elisa buscava companyia cada dia que hi havia partit. No li era gaire difícil trobar parroquians. El dia que l'hi va dir a en Georg, ell no va mostrar un entusiasme especial amb la idea, però compartir temps amb l'Elisa li agradava, de manera que hi va acabar agafant afició. La mare d'en Georg, a còpia de reiteració, va sospitar que «l'amiga del Barça» a qui es referia en Georg quan hi parlava per telèfon era alguna cosa més que una companya de classe. L'únic consell que en qüestió de dones li havia donat al seu fill havia estat «sisplau, que no sigui idiota». El futbol, en canvi, no havia entrat mai com a variable a tenir en compte perquè a Alemanya el futbol era cosa de *hooligans*. En Georg mantenia bona relació amb la seva mare. Tot i que ella es passava el dia criticant el pare, a ell el deixava fer, es ficava poc en la seva vida i quan ho feia era per donar les seva opinió sense cap mena de filtre ni condescendència. A en Georg li agradava la sinceritat de la mare i els xuts directes a la porteria.

Dels àlbums de fotos que en Georg i l'Elisa guarden al prestatge de casa, cadascun té els seus. Així, de l'any d'Erasmus d'en Georg a Barcelona n'hi ha dues versions diferents, de l'un i de l'altra, amb fotografies on només alguna és exactament la mateixa. L'àlbum d'en Georg està ple de retalls de diari amb notícies sobre arquitectura. Folis meticulosament doblegats amb dibuixos de plantes d'edificis i catedrals i programes de mà de museus, entrades de cinema i uns quants tiquets de caixa de La Xampanyeria. En el de l'Elisa hi ha moltes fotos enganxades amb *washi tape* i escrits a sota de cadascuna amb la descripció corresponent. La data, el lloc, el nom de les persones que hi surten. I algun comentari qualitatiu. En Georg, a partir de la pàgina 8, n'és gairebé el protagonista indiscutible.

Després de Setmana Santa s'engegaven els tràmits per als estudiants de la Politècnica que volien anar a fer un Erasmus el curs següent. El llistat de preferències de l'Elisa estava encapçalat per la Universitat de Delft, a Holanda. La seguien Suïssa, Londres, París i Berlín. Les candidatures amb més demandes. Sabia que era difícil que li toqués la primera opció perquè, als anys noranta, l'arquitectura dels Països Baixos s'havia posat de moda i havia entrat a la llista de les opcions amb més peticions. Ben van Berkel, autor del pont d'Erasme de Rotterdam, la casa Möbius a la zona de Gooi, i més endavant del Museu Mercedes Benz de Stuttgart, era un dels noms de referència de l'arquitectura del moment, però a l'Elisa li interessava més la seva sòcia i parella: Caroline Bos. Historiadora de l'art, periodista i arquitecta per amor. Havia estudiat la carrera bàsicament perquè era el que ell havia fet. Es va llicenciar en planificació i urbanisme. Van Berkel, en una entrevista que li van fer a la revista d'art *Bomb*, parlava així d'ella:

> La Caroline va estudiar lleis abans de posar-se a estudiar història de l'art. Aquesta estranya combinació li permet ser específica i tècnicament aguda. I tenir formació en història de l'art és una combinació perfecta que suma en la manera com treballem junts. Jo escric i faig les meves notes, però ella és una escriptora meravellosa. Ella és qui vigila que no ens repetim i tinguem un diàleg sòlid. Jo

> escric les notes que desenvolupem junts; ella escriu el text i després jo el repenso. És el mateix que amb l'arquitectura. Li ensenyo el treball que faig, ella el comenta i amb el diàleg millorem.*

Els dibuixos i maquetes de Caroline Bos estan exposats al MoMA de Nova York.

L'Elisa era molt conscient que la seva tria partia d'expectatives massa altes per les notes amb què competia. L'últim minut abans d'entregar els papers va decidir afegir-hi la Universitat de Darmstadt. No entrava dins dels seus plans. Ni la universitat, ni en Georg, ni la història que havien començat, en què cap dels dos volia aturar-se més temps del necessari amb cavil·lacions i conjectures.

La casualitat o l'expedient just de l'Elisa, el destí o la literatura van decidir que l'última opció, la de Darmstadt, fos la que va tocar. Quan va començar a estudiar alemany, portava avantatge: part del lèxic ja el tenia assimilat com a cercadora de paraules en català per a en Georg.

«La nostra història és la suma de casualitats.»

De l'any que l'Elisa va passar a Darmstadt en destaquen unes quantes coses importants. Totes amb prova gràfica en els àlbums de fotos respectius.

La primera, que la relació d'en Georg i ella es va apuntalar. Cap dels dos recorda quan va començar a necessitar l'altre, a admetre l'amor en els seus gestos i a deixar-lo en-

* Fragment d'entrevista a Ben van Berkel, per Gabriella De Ferrari. *Bomb Magazine*, juliol de 2002.

trar per la porta del davant. Ni l'un ni l'altra saben posar consciència al moment en què van deixar que la vida comuna es filtrés en aquelles estructures que bastien ara amb una biga, ara amb un mur, ara un arc, ara una columna. Sempre de baix cap a dalt. Sempre sostenint-se l'un amb l'altra. Vivien junts en un pis d'estudiants compartit. Ells dos pagaven per una sola habitació.

Amb l'engranatge del dia a dia, l'Elisa va aprendre a foragitar una de les pors inconfessables que tenia des que era nena. Sempre havia temut haver heretat com una càrrega genètica la incapacitat del seu pare de saber mantenir una relació.

La segona va ser que l'Elisa va conèixer els pares d'en Georg. El pare era un tros de pa, clavat al seu fill. Amb la mare —una dona amb molt caràcter, molt moderna, molt directa i segura d'ella mateixa— es van entendre, contra tot pronòstic, des del primer moment. La dona va veure immediatament que aquella noia, d'idiota no en tenia ni un pèl. A més, per les quatre coses que sabia d'ella era plenament conscient que la vida no l'hi havia posat especialment fàcil i que s'havia hagut d'espavilar. La diagnosi de la dona va ser que se n'havia sortit amb dignitat. Se li notava en l'empenta i en la mirada. A la mare d'en Georg, l'Elisa li recordava una daina espantada. Fugen esperitades quan ensumen el perill però són properes quan es crea un clima de confiança. Elles el van saber construir a prova de cigarretes que compartien al porxo de la casa familiar d'en Georg a Kronberg. D'aquelles converses en van sortir anècdotes, alguns consells i un pacte: quan tornessin a visitar Barcelona aniria amb ella a veure un partit al Camp Nou. Louis van Gaal no li agradava tant com Cruyff, però «seria emocionant, segur».

L'última tenia a veure només amb l'Elisa. A la Universitat de Darmstadt va conèixer un professor, Carl Schmidt, que impartia l'assignatura d'estructures. Cinquanta anys, barba ben retallada i patilles amples però sense ni un pèl al cap, ulleres gruixudes de pasta negra i una veu profunda i clara. Eren un grup reduït, format en la seva totalitat per estudiants estrangers. N'hi havia de tot el món. Des del Japó fins a Mèxic, passant per Itàlia o Irlanda. Schmidt els plantejava dades rellevants i ells havien d'emetre judicis i defensar-los. Sempre havien d'incloure reflexions sobre temes que tenien a veure amb la societat, la ciència o l'ètica. Que fossin de tants orígens diferents els permetia tenir perspectives molt diverses i enriquidores de les qüestions socials o les discussions morals aplicades a l'arquitectura.

A l'Elisa aquella assignatura, i sobretot com l'impartia el professor Schmidt, la va motivar especialment. Era un home que marcava distàncies però sabia reconèixer l'interès real i estimulava l'esforç. L'Elisa s'entenia amb el grup de classe, també amb el professor. Se sentia valorada i considerada. Era la primera vegada que li passava des que havia començat a estudiar arquitectura. Per això va aprofitar tot el que li oferia aquell home: des de la bibliografia complementària fins a les correccions o les reunions individuals, en què ell li plantejava nous reptes. Ella hi va destinar totes les hores. Allà va ser on va decidir que el seu treball de final de carrera el dedicaria a aquella matèria. Li va demanar al professor Schmidt si podia comptar amb ell com a tutor. Ell es va encarregar d'arreglar els tràmits administratius amb la Politècnica.

Quan l'Elisa va tornar a Barcelona ho va fer transmutada, diferent de com havia marxat. Se sentia segura d'ella mateixa, tenia clar què volia i comptava amb el suport d'en Georg, que es va quedar a Darmstandt perquè en acabar el curs havia d'entregar el projecte de final de carrera: un museu per al Der Blaue Reiter (un grup d'artistes expressionistes fundat per Vassili Kandinsky i Franz Marc). Durant aquell any, a en Georg l'habitació se li va fer gran. D'aquells tres-cents seixanta-cinc dies, no hi ha àlbum. De cap dels dos. Va ser en un dels primers viatges a Barcelona per anar-la a veure que ell li va regalar el llibre d'*Eames*, la història d'aquest matrimoni excepcional. L'Elisa se l'ha llegit tantes vegades que el pot recitar de memòria.

> Aquesta és la història d'una parella que va construir cadires, ocells, elefants i castells de cartes. Que va aixecar una casa en quatre mesos, sense ciment ni totxanes, sinó amb elements prefabricats. Charles i Ray Eames van canviar el món. I ho van fer divertint-se.
>
> En Charles va conèixer la Ray el 1940. Era un arquitecte que no havia acabat la carrera. El van fer fora perquè li van dir que tenia una visió massa moderna de l'ofici. Ella, Ray-Bernice Kaiser, era una pintora abstracta. Menuda, amb els ulls grossos i vius. Convertia en possibilitat artística tot allò que la rodejava: papers, parets, sostres, mobles, vestits.
>
> Quan es van conèixer, en Charles estava casat, però tot i així li va enviar desenes de cartes d'amor. El febrer

del 1941, li va enviar la definitiva, en què li demanava si es volia casar amb ell.

Va ser l'inici d'una unió prolífica durant més de quatre dècades en què van crear peces de disseny industrial que van marcar una època i que encara ara són un referent. Des de les fèrules i lliteres per a la Marina dels Estats Units durant la Segona Guerra Mundial fins a joguines com la House of Cards, un castell de naips multicolor que es venia a mida gegant, passant per penjadors de colors o mobles i cadires de fusta contraxapada modelada. Una de les més famoses és la Lounge Chair, que van dissenyar per encàrrec personal de Billy Wilder.

Una de les seves obres més admirades arreu del món és precisament la seva llar, que van convertir en la residència familiar la resta de la seva vida. Una casa-manifest. La casa de totes les cases. The Eames House, que el 2006 va rebre el títol de Fita Històrica Nacional i va ser inclosa en el Registre Nacional de Llocs Històrics dels Estats Units. Està situada a la zona de Pacific Palisades, al nord de Santa Teresa, amb vistes a l'oceà Pacífic. No van talar ni un sol castanyer de la zona per aixecar-la. Moltes revistes de disseny han reproduït imatges de la parella a dins de la casa. Un espai ple d'objectes dissenyats per ells: cadires, calaixeres, teles, titelles, testos de fang, gerros. Ocells de fusta. Molts d'aquests objectes són pensats i materialitzats per la Ray.

En Charles sempre va fer tot el possible perquè, en un moment en què les dones només ocupaven l'espai públic com a *dones de*, ella fos reconeguda pel seu talent. Quan l'entrevistaven ell solia dir: «Tot el que jo faig, la Ray pot fer-ho millor». Però, com passa amb les coses impredictibles, en Charles es va enamorar de Judith Wechsler, una jove cineasta i historiadora, i va ser correspost. Van viure un amor fora mesura i, fins i tot, en Charles va arribar a proposar-li matrimoni, però ella no va acceptar. Diuen que, per ella, tot el que havien construït els Eames era tan immens que no volia ser la causa de la seva destrucció.

No se sap com va ser la vida d'en Charles i la Ray després d'aquest episodi, però l'estudi Eames va seguir funcionant a ple rendiment. Charles Eames va morir d'un atac de cor l'agost del 1978. Després de la seva mort, la Ray es va dedicar a acabar els projectes conjunts que estaven incomplets i va emprendre un procés febril de recopilació de gairebé quaranta anys de treball i de vida. Ray Kaiser Eames va morir el mateix dia que en Charles però deu anys més tard per causes naturals. Al Calvary Cemetery de Saint Louis hi ha les dues làpides a pocs metres l'una de l'altra. A la de la Ray només hi ha una *e* majúscula. La *e* d'Eames. Un concepte, una filosofia. Tota la seva vida, el seu amor.*

Al prestatge, just a sota de l'estant amb els llibres d'artista, hi ha l'única foto emmarcada de tota la casa. Hi surten en Georg i l'Elisa, molt joves. Ella fa la mateixa cara que ara, alguna arruga menys al costat dels ulls quan somriu, i ell porta grenyes i està una mica més prim. És l'única que no està enganxada en cap dels àlbums. Són a la plaça Reial, just davant del Jamboree. Ell la mira

* Història extreta d'un article publicat per l'arquitecte Pedro Torrijos a la revista *Jot Down Cultural Magazine* titulat: «Eames: juntos cambiaron el mundo». Traducció al català de l'autora.

a ella i ella mira a càmera. Porta els cabells curts, com ara, i una part del serrell li tapa l'ull dret. Ell, molt més alt que ella, està ajupit per posar-se a la seva alçada. Amb la mà esquerra, immensa damunt el cos petit de l'Elisa, l'agafa per davant de la panxa. Riuen tots dos, despreocupats. Està una mica moguda.

La casa de la plaça del Diamant té tres plantes damunt uns baixos que ara són una bugaderia autoservei, de les que funciona amb monedes. A la porta principal s'hi accedeix per unes escales d'alumini per la part del darrere, la que hi ha al carrer de l'Or. Al primer pis hi ha una cuina integrada a la sala i un bany petit. Tot té molt d'espai i està ple de finestrals en els tres costats que no comparteixen paret amb la casa bessona. Les obertures donen lluminositat a l'estança. Quan la van comprar van esbucar parets i ho van fer tot de nou, a la seva manera. En aquesta sala és on hi ha l'estanteria que omple tot el tram de paret, de banda a banda. Pujant les escales, al pis del mig hi ha tres habitacions dobles i un bany complet. I al capdamunt, una terrassa que ocupa tota la planta de la casa. L'han omplert de flors i ara, provisionalment, d'unes tomaqueres que els ha deixat una veïna que està de viatge i que els va demanar si se'n podien cuidar. I una taula gran de fusta amb un banc en un costat i quatre cadires amb coixins a l'altre per rebre-hi els amics, cosa que passa força sovint. En un extrem tenen també penjada una hamaca. Una barbacoa i, al fons, una gàbia amb dos conillets d'Índies, un per a cada filla.

Enric Miralles deia que una casa havia de tenir una intensitat similar a la manera de viure dels seus habitants. La casa d'en Georg i l'Elisa és ordre, espai, llum, pulcritud, equilibri. Uns adjectius que també els expliquen a ells i la seva relació.

La van comprar el 2015 després de vendre el seu pis del carrer de Sant Joaquim, darrere la plaça del Sol. Havien passat uns anys de la batzegada de la crisi financera del 2008 que va afectar especialment el seu sector. L'Elisa es va quedar sense feina durant uns mesos que va aprofitar per estar més temps amb les nenes, molt petites. A l'estudi on treballava en Georg van deixar d'entrar projectes i els van reduir a tots el sou un quaranta per cent.

En Georg es deprimia cada vegada que tornaven d'Alemanya i s'havien d'entaforar en aquells vuitanta metres amb poca llum i una ventilació deficient del carrer de Sant Joaquim. Alguna vegada havia comentat a l'Elisa que aquell pis no responia a la idea de progrés que havia imaginat per a quan en tingués quaranta. Es comparava amb els seus amics alemanys i les cases que tenien enmig d'hectàrees, rodejades de camp, que no tenien res a veure amb un pis petit a Gràcia. En Georg li repetia amb enyor la paraula *heimat*, de difícil traducció en català, que remet a la casa on s'ha passat la infantesa, on s'ha crescut, i per extensió també el país on s'ha nascut. Equival a 'felicitat' i té com a antònim *elend* o 'misèria', que prové d'*ali-lenti* que significa literalment 'l'altre país' o l'estranger. Viure a l'estranger seria doncs sinònim de viure en la misèria. Així se sentia en Georg.

«¿Es pot controlar la gravitació de la vida?»

Els últims dos anys abans de comprar la casa del Diamant van ser devastadors. La mare d'en Georg es va posar malalta. Primer els van dir que era una infecció de pàncrees, al cap d'uns mesos li van diagnosticar un càncer letal. Va ser ella qui va fer el viatge a Barcelona per poder-ho explicar en persona a en Georg i mirant-lo als ulls. En la seva mirada, l'esperança dels convençuts que creuen que sempre hi ha salvament a la pròrroga. Van passar els mesos fins a l'any, i algú va xiular el final del partit. L'únic consol que va tenir en Georg va ser poder estar al costat de la mare, en el moment definitiu, juntament amb el seu pare i el seu germà. Els tres a banda i banda d'aquell llit d'hospital. En Georg li agafava la mà i quan notava que la respiració s'anava aprimant, li premia el braç. Feia molt de fred, en aquell racó d'Alemanya el mes de març, però el dia que va morir la mare, va sortir el sol. Almenys així ho vol recordar ell.

No feia ni quatre mesos del comiat de la mare que un diumenge al matí en Georg va rebre una trucada del seu pare: el seu germà, divuit mesos més gran que ell, havia tingut un accident fent escalada i s'havia matat. En Georg va quedar en una espècie de paràlisi tan aclaparadora que ni llàgrimes, ni ràbia, ni conhort. Li costa recordar-se d'aquella època. Només sent que va estar atrapat durant molts mesos en la desesperança i en una sensació de ser dins una pel·lícula que passava davant seu i de la qual ell no en formava part. La gent, els cotxes, el menjar, la llum. Sobretot: respirar, sentir, estimar... Tot es va buidar de significat, res tenia cap sentit.

Com una mena de broma de mal gust.

Durant aquell temps, l'Elisa va ser pilar i motor perquè les coses, a casa, seguissin funcionant amb més o menys ordre i constància. Des del costat, la discreció, la vigilància permanent. La paciència. El respecte de la distància.

Miraven d'anar amb una certa regularitat a Kronberg a veure el pare, que havia quedat massa sol i trist. En Georg es va obsessionar amb el dolor del progenitor, creia que compartir-lo l'alleugeraria. Cauteritzar les ferides i, de pas, les absències.

També es va obsessionar perquè a Gràcia no tenien una habitació en condicions, per al pare, per a quan l'home volgués venir a passar-hi una temporada. Potser fins i tot, a la llarga, escolliria anar a viure amb ells a Barcelona. En Georg donava voltes a tot plegat. Se'n sentia responsable. Ara que la família havia quedat reduïda només a ells dos, ell havia passat a primera línia de cop, sense escalfament previ, directe de la banqueta.

Però el pare d'en Georg hi anava ben poc, a Barcelona. Costava que es mogués de Kronberg. Més endavant, al cap d'un parell d'anys, van saber que la seva resistència a visitar-los havia mudat de causa. No era que l'home seguís sumit en una tristesa infinita, com en el principi. Tampoc el cansament ni la vellesa. El motiu era més prosaic, més senzill, menys planificat i tenia nom de dona. La veïna de la casa del costat. Se n'havia fet molt amic, vídua com ell i amb els fills grans i independitzats. Tots dos es feien companyia, li va explicar el pare d'en Georg al seu fill, en una de les seves visites a Kronberg, quan l'intentava convèncer que anés amb ell cap a Barcelona.

Ella li cuinava i ell li va arreglar les canonades de l'aigüera. Ella li va fer un jersei de llana amb punt de mitja una tardor i ell li va posar ordre a l'hort. Ella li llegia en veu alta el diari local i ell li tocava el seu acordió tronat.

Una nit, ell es va quedar a dormir al llit d'ella. Ja no va tornar més al seu. Cap dels dos havia llegit Kent Haruf, ni tan sols sabien qui era. Si ho haguessin fet, s'hi haurien trobat.

La casa de la plaça del Diamant, que van poder comprar amb la venda del pis de Sant Joaquim i l'herència anticipada, va servir de revulsiu. Va coincidir que les feines van tornar a engegar, molt lentament, però la proposta d'un projecte d'edificis a Accra, a Ghana, els va donar ocupació i il·lusió a tots dos. Eren vint-i-vuit habitatges amb serveis per a expatriats que els va encarregar un promotor amb qui havien treballat feia temps. Al cap d'uns anys, els en van encomanar noranta més.

La vida va recuperar la seva velocitat. Les peces van tornar a encaixar en l'engranatge. A més, les nenes ja eren més grans, més autònomes, i ells recuperaven el seu espai de parella.

El temps que passa.

Hi ha un corrent arquitectònic que sosté que la funció dels edificis i les cases és millorar les relacions humanes, facilitar-les. En Georg i l'Elisa van trobar la seva només quatre carrers més enllà d'on eren. El doble de metres quadrats, més finestres, més llum. Amb una terrassa pròpia des d'on albiren terrats i balcons. També la quotidianitat dels altres. El pas del temps i la vida que corre, que explica qui som. Han après a no tenir-li por. A mirar de cara el temps i fer-lo avançar, multiplicar-lo, assumir-lo. Fins i tot, a poder interpretar-lo. A vegades, potser, com un poeta. D'altres, com un arquitecte.

Una manera de mirar

When I'm old and wise
Bitter words mean little to me
Autumn winds will blow right through me
When they asked me if I knew you
I'd smile and say you were a friend of mine
And the sadness would be lifted from my eyes.
Oh, when I'm old and wise.

«Old and Wise», Alan Parsons

«Un tema lleig o grotesc pot ser commovedor perquè l'atenció del fotògraf l'ha dignificat. Un tema bell pot ser motiu de sentiments de lamentació, perquè ha patit envelliment o decadència o bé ja no existeix. Totes les fotografies són *memento mori*. Fer una fotografia és participar de la mortalitat, la vulnerabilitat, la mutabilitat d'una altra persona (o cosa). Justament pel fet de tallar aquest moment i congelar-lo, totes les fotografies són testimoni del desgast implacable del temps.»*

* Fragment del llibre *Sobre la fotografia*, de Susan Sontang. Traducció d'Anna Llisterri. Arcàdia, 2019.

En Víctor dorm, des de fa vint anys, en una habitació prou gran a cals pares perquè hi càpiga el llit articulat amb tots els accessoris ergonòmics. Des del moment que el meteorit va impactar en la seva vida i, de retruc, en la de la seva família, i hi va deixar un forat massa profund que no hi ha univers que pugui omplir. A vegades, ni tan sols de matèria fosca.

A una banda del llit, la que toca a la paret, hi ha un gran pòster d'una platja tropical. Podria ser Hawaii, Costa Rica, o la Riviera Maya. Tant se val. Està tan descolorit que encara li dona un aire més *vintage*, com de somni o d'irrealitat. No ha volgut que el traguessin. A vegades s'imagina sota la palmera, amb la Gloria Estefan, bevent una pinya colada ben carregada de rom mentre miren l'horitzó. A l'altre costat del llit, una cadira d'oficina de les que giren sobre si mateixes i que cada dia canvia de lloc ballant una dansa macabra amb el nou artefacte que ha arribat a casa, via Amazon, en forma de taca-taca. S'ha convertit en un trasto tan imprescindible que l'han batejat i tot, amb el nom de *la Pepa*, sempre acompanyat de l'article determinat, per remarcar la seva singularitat dins del nucli familiar. També hi ha un escriptori de fusta de pi esgrogueïda pel vernís, amb calaixos a banda i banda i que ara està envaït per una col·lecció de medicaments i d'estris diversos per administrar-los; tovallons de cel·lulosa; gases; mesuradors; prospectes, i instruccions. Hi ha la roba del dia curosament triada i plegada, multiplicada per tres, que són el mínim de vegades que hauran de canviar en Víctor al llarg de la jornada: la camisa, la samarreta imperi —perquè és fredolic de mena, ja ho era abans— els pantalons, els calçotets i els mitjons. Una pinta i colònia.

Sobre la taula hi ha un suro de punta a punta. Ple de fotos, papers, records enganxats amb xinxetes de colors. No tots són seus. En Víctor ocupa l'habitació de la Mireia, la seva germana petita, amb qui es porten més de deu anys, una generació i tota una vida. Aquell espai està ple d'ella per tots els racons. Els quaderns d'escola de quan era petita, caixes amb roba seva passada de moda, fotos i postals velles. Els seus llibres, les llibretes, els àlbums. La medalla de voluntària dels Jocs Olímpics, la seva minicadena Aiwa (a dins encara hi ha una relíquia de Bananarama en forma de casset). Tot està igual com ella ho va deixar quan se'n va anar de casa per fer la seva. I així hauria quedat, com un museu impertèrrit d'abans del nou segle, si no fos perquè aquesta és l'habitació més gran de tota la casa i quan a en Víctor li va caure el meteorit a sobre va haver de viatjar fins a l'inici dels temps, al principi de tot. Al líquid amniòtic protector. En aquell lloc de flotació on s'ha de tornar a aprendre tot allò que s'ha desaprès.

«Capacitat d'aprenentatge molt alterada», diu la sentència del seu informe mèdic.

Malgrat que la Mireia —l'últim cordó umbilical que es va tallar en aquesta casa— és en tots i cadascun dels objectes de l'habitació, en Víctor s'hi ha fet un forat amb les ungles afilades que té, com les d'un nadó, i se l'ha guanyat de ple dret. El llit d'hospital, els medicaments, la malaltia, la mirada estràbica, els pensaments que dins seu no són els embarbussaments que diu en veu alta, la seva ironia sense ni un gram d'afàsia, les ganes de viure, en Jose i les fotos que ja no pot fer amb la Pentax que es va comprar amb el primer sou d'empleat de banc, però que ara captura amb el cap.

Obre l'obturador, calcula la distància i selecciona la velocitat. Clec-clec, clec-clec. Els pares ja molt grans, cada vegada més. I més apagats, amb menys memòria, menys paraules i més tremolors, més pors, més buits. Un cap endins i l'altra, cap enfora. Com les figures d'il·lusions òptiques d'Escher. Clec, clec. En David, el seu germà gran, amb qui només es porten vint mesos, que havia estat el seu millor amic fa massa temps, el seu confident, el seu company de gamberrades. Clec. La Mireia i la seva xerrera, la seva alegria, la seves mil coses, sempre tantes i en paral·lel, el seu estrès, el seu fer veure que tot va bé, que tot és fantàstic, que la vida és de disseny, un còctel de color blau Klein. Clec. L'Esther, la Pinu, la germana de la mare. Dues vegades vídua i sense fills, amb una generositat que li sobreix per tots els porus. Que mig viu amb ells de tant que hi és, l'entrega personificada, qui cuina, qui espavila, qui mira els programes de xafarderies de la tele amb la mare, qui també hi discuteix, amb qui va a passejar per la secció de parament de la llar d'El Corte Inglés els dissabtes a mig matí. Clec. I en Jose. La seva brúixola, l'extensió de les seves mans, les seves cures, la companyia, els riures, les sessions de cinema, la platja, la veritat. L'amic. L'únic de tots que no el mira ni el tracta com un malalt. Clec, clec, clec, clec.

La foto que hi ha al mig del suro se la van fer amb el mòbil d'en Jose. Una *selfie*. Hi surten tots dos, mirant a càmera. Riuen. A en Jose li ressalten les dents blanques, ell també riu malgrat que la boca estrafeta li cau cap a un costat i l'ull de l'altre el té tancat com si fes una ganyota. A la vora d'aquesta, que sempre el posa de bon humor quan la mira, n'hi ha una altra, en blanc i negre, de mides més grans i amb el gra marcat. Aquesta se la va fer ell davant del mirall. És un primer pla molt curt. Ell darrere la seva càmera. Només se li veu un ull, el bo, que sotja qui el mira. I un mig somriure que li cau de la comissura dels llavis en forma de calderó musical. La màquina ocupa part de la imatge. S'hi veuen tots els detalls en un primer terme. El visor, el flaix, el disparador, el selector de funció... I darrere, el seu ull amb ulleres. La seva mirada. A la foto, en aquell tros d'ell no hi ha cap mena de rastre de malformació, de les conseqüències del meteorit.

—*Venga, es hora de levantarse, rabón. Las niñas al salón.*

—Nooooooooo —gruny en Víctor, i s'amaga sota el llençol mentre sacseja els braços amb una força incontinent, gairebé èpica.

Aleshores en Jose li fa un massatge. Li desentumeix, amb paciència, una per una, les parts garratibades. Els dits, les cames, les cervicals. Enderroca el mal humor i li desenfonya el bon humor, que només es conjuga en un present efímer: l'aquí i l'ara. No importa res més.

Cada dia, des de fa nou anys, en Jose desperta puntualment en Víctor a les set del matí els dilluns, dimarts, dijous i divendres, i a les nou els dimecres. Cada dia la mateixa rutina: aixecar-lo del llit, acompanyar-lo amb el taca-taca al vàter, empastifar-li de crema hidratant les cames i els braços, clenxinar-lo. Portar-lo agafat per sota les aixelles fins a la cuina i fer-lo esmorzar. S'hi estan una bona estona perquè en Jose intenta que en Víctor agafi ell la cullera i es fiqui a la boca les farinetes de cereals amb iogurt i fruita tallada a bocins que li ha preparat. N'hi acostuma a haver més fora que dins, però a vegades n'encerta alguna i tots dos ho celebren com qui victoreja un gol a l'últim minut de la pròrroga. Després, en Jose l'acompanya amb cotxe a l'Associació TraCE, on va des de fa tres anys, al carrer de Llançà, prop de la plaça d'Espanya. Allà, en Víctor hi ha aconseguit trobar gent com ell, que traginen també bocins de meteorits incrustats al cervell: alguns amb hemiplegies, d'altres amb traumatismes cranioencefàlics, més enllà els que tenen problemes cerebrovasculars. Sembla que no, però entre ells s'entenen. Tots parlen el mateix idioma. Quan aconsegueixen creuar-se les mirades —no sempre és fàcil—, saben què dir-se, troben el dialecte disàrtric. Aleshores se senten una mica menys sols i el meteorit es torna una mica més lleuger.

Just després de dinar, en Jose el va a buscar. I aquell és un dels moments més feliços del dia. Li diu: «*¡Eh, socio! ¿Qué pasa?*», i se saluden com fan els joves, picant-se els punys per davant i per darrere per llançar el braç cap enrere, «ueeeeeeeee!». Alguna vegada, en Víctor s'ha fumut un cop amb el seu propi braç i aleshores tots dos es desfan en rialles. En aquell moment, en Víctor comprèn perfectament quan les criatures es retroben amb els pares a la sortida de l'escola. Un, dos, tres, casa! Ell sent que en Jose és casa. El seu particular oasi. Gairebé cada dia, abans d'arribar al número 38 de Reig i Bonet, al pis dels pares, s'aturen a l'Antico Caffè de Gran de Gràcia per fer un tallat amb llet merengada amb un polsim de cacau per sobre. A vegades en Víctor, el dia que creu que el cambrer barista ha trobat l'equilibri perfecte dels elements, li deixa tastar el seu a en Jose. Ell li eixuga la boca amb el tovalló de paper. En sol necessitar uns quants, perquè els que tenen a l'Antico semblen de paper de fumar. Un dia, una senyora que seia a la taula del costat i que no els treia l'ull de sobre, els va demanar si eren parella. Ells dos es van mirar i van esclafir a riure. «*¡Qué maricada!*» A la dona no li van voler saciar la curiositat. La roba bruta es renta a casa.

En Jose és de Gutiérrez, un poble a setanta-cinc quilòmetres de Bogotà. Va deixar el camp per anar a la capital, on va estudiar a la universitat la carrera d'administració informàtica. Va ser allà on va conèixer en Pablo, qui seria el seu millor amic. Es van fer inseparables. Tenien molts punts en comú menys un en dissonància desafinada: *las viejas*. En Pablo era un fletxa amb les dones però ell no tenia tanta sort. No l'acabava d'encertar o no trobava el que buscava. No era el mètode sinó la convicció. L'amor, per ell, era una cosa sagrada i pensava que s'havia banalitzat massa, com si fos un objecte de consum o *fast food*. No se sentia còmode amb aquelles maneres de fer superficials dels seus companys i encara menys les del seu amic.

Discutien molt i sovint per aquest tema. Ell buscava

algú amb qui compartir la vida i, compartir-la implicava, sense condicional, tenir-hi fills. Així, amb cada fracàs, amb cada decepció, li creixien les ganes de ser pare. Sempre ho havia volgut ser, però un home sol, on va? I més en una cultura com la seva, masclista, en què els homes, els *machos* de veritat, estan desproveïts de qualsevol sentiment ni desig, tret del merament carnal. Ni parlar de descendència. En Pablo se li'n reia. «*Búscate una mamacita, tío, y no me mames gallo.*» Però com més difícil era i més entrebancs li posava la vida, més s'alimentava l'ànsia dins seu, com una mena de rellotge biològic amb les agulles girades i encallades en una hora impossible. En Jose es va plantejar fins i tot la idea de l'adopció, però era molt difícil, no hi havia gaires opcions en el cas de famílies monoparentals i encara menys sent un home. I a més, era un procés molt car: ell no tenia *plata*, tampoc expectatives. Un dia, una bona amiga seva, la Lucía, amb qui n'havien parlat sovint, li va proposar el pacte. Tenir un fill plegats, cuidar-lo entre tots dos, exercir una copaternitat. Però cadascun fent la seva vida. A en Jose li va semblar bé. La Lucía era una dona independent, valenta, ferma, generosa. I amb el mateix desig que en Jose: tenir un fill sense comprometre ni els afectes ni les relacions sexuals amb ningú. Seria, de ben segur, una bona mare per al seu fill. Hi ha trens que només passen una vegada. I n'hi ha que no s'aturen en totes les estacions.

Al cap de nou mesos va néixer en Felipe, un nen preciós. Quan en Pipe, com li deien, va fer deu anys, a la Lucía, que exercia de professora de químiques a la Universitat de Bogotà, li va sortir una feina al Japó que va decidir acceptar. Després de parlar-ne amb en Jose, van acordar que s'emportava el nen una temporada i que amb ell hi passaria totes les vacances. Eren mals temps enquistats per a Colòmbia: la misèria i la violència entre guerrillers i paramilitars eren el pa de cada dia i el país nipó era un bon lloc per fugir. Les desigualtats, la falta d'oportunitats i la repressió contra els estudiants només empitjoraven un estat de violència exercida impunement. D'altra banda, en Pablo feia gairebé un any que havia marxat cap a Barcelona per buscar sortides laborals i insistia a en Jose que hi anés. Li va semblar que no hi tenia res a perdre.

A Barcelona en Jose va fer un parell de cursos sobre cures i cuidadors familiars de persones dependents que organitzava la UGT de Catalunya. En Pablo feia temps que s'hi dedicava i era una bona sortida per a la gent que venia de Sud-amèrica com ells, buscant una oportunitat, un lloc. I poder tenir accés a allò que al seu país se'ls havia negat de manera sistemàtica: l'aigua, l'aire, l'aliment, l'abric i l'afecte.*

Tenien fama de treballadors i discrets, i les recomanacions boca-orella de les famílies que havien contractat els seus serveis sempre eren el millor aval per seguir enllaçant feines. No en faltava mai, de la que no volia fer la gent del país. I tot i que en un principi les famílies contractants sempre demanessin una dona —per la relació directa del subjecte femení amb les cures, qui les exerceix i sobre qui recauen sempre de forma invisible—, la força física dels homes a l'hora de manipular els malalts amb

* Ponència «Epidemiología de la violencia», d'Héctor Abad Gómez, any 1962.

problemes de mobilitat els convertia a ells en cuidadors escollits en casos de pes. En el cas d'en Víctor, concretament, setanta-un quilos tres-cents grams de records i pensaments transfigurats.

Quan en Jose va aterrar a Barcelona, en Pablo cuidava en Víctor. Un home de quaranta-quatre anys que feia un any havia tingut un infart cerebral, a causa d'un cavernoma congènit amb què convivia des que va néixer sense saber-ho i que va esclatar com el big bang un mes de setembre, just en aquell moment en què comença tot. Només van caldre uns minuts perquè se li obrís el precipici sota seu per on van esllavissar-se el present i els plans. La feina al banc i els projectes de viatges a l'altra punta del món. Les classes de submarinisme, barranquisme o paracaigudisme (tots els *ismes* que li permetien tenir els peus sempre lluny de terra), els concerts, les quedades amb els amics i la dona. La que el va deixar dient que la situació la superava i que no hi podia fer front. «Em sap greu però això no era el que jo esperava de la vida», va dir a la família del seu home quan els va fer entrega del *paquet* per esfumar-se a continuació per sempre més. A en Víctor el va deixar la dona però també va abdicar-li la mobilitat del costat esquerre, l'autosuficiència per les coses més bàsiques, més íntimes, i per tant, les més vergonyants.

«Grau d'invalidesa, cinc. Grau d'autonomia, zero.» El partit perdut per golejada.

Els dies que en Pablo, pel que fos, no podia complir amb les seves obligacions laborals, hi enviava en Jose. I així va ser com en Jose va conèixer en Víctor i es va acabar convertint en el seu cuidador oficial, quan en Pablo de la nit al dia es va enamorar d'una senyora rica de la zona alta per a qui treballava i tots dos van fugir a les Canàries per acabar d'alliberar passions sense l'escrutini reprovador de les veïnes. En Jose es va quedar de cop sense amic i sense company de pis, i amb el deute de poder fer front al pagament del lloguer. No va tornar a saber mai més res d'ell i a Barcelona, sense en Pablo, s'hi va sentir molt sol i desemparat. I també enganyat i decebut. Com si l'haguessin escorxat i se n'haguessin endut la pell ben lluny. Sort va tenir aquella època de la senyora Maria Rosa, la mare d'en Víctor, que li portava avantatge en això de les pèrdues i el desconsol. També en la necessitat de conviure amb bocins de meteorits que li recordaven que el dolor és com els llamps: es veu a venir fins i tot abans que es faci present en forma de so eixordador. O de trombosi.

Sant Pau, la Guttmann, retornar a casa dels pares, després de vint anys. Dependre d'ells altra vegada, fora de temps de joc, just en el moment en què ja els tocava a ell, a en Víctor, i als seus germans haver-los de començar a fer de crossa. Terapeutes, fisioterapeutes, logopedes, psicòlegs, metges, cuidadors. La vàlvula de derivació peritoneal que porta soldada dins el cap i que li fa interferències quan hi ha algun mòbil a la vora. Aleshores el cervell li implosiona i ell es rebrega sobre si mateix, com si és volgués fer petit petitíssim, com si volgués desaparèixer. Tampoc li agraden els informes mèdics. Termes incomprensibles que acaben convertits en un llenguatge comú, habitual, gairebé ordinari.

Lesió isquèmica tàlem-mesencefàlica.

Atenció dividida i capacitats visoperceptives, visoespacials i visoconstructives moderadament afectades.

Memòria visual immediata correcta. Memòria verbal immediata afectada. Memòria de reconeixement superior al del record lliure.

Record lliure a curt i llarg termini molt deficitari, que no millora mitjançant ajudes semàntiques.

Capacitat d'aprenentatge molt alterada. Càlcul mental i escrit conservats, així com el raonament aritmètic.

Abstracció mental correcta.

Grau d'ironia indemne.

Nivell de resignació altament elevat.

Aquell estiu del 2015, en Felipe va anar a visitar el seu pare. El va veure tocat i va sentir que estava molt sol malgrat que la família amb qui treballava semblava molt amable. El noi li va dir que li agradaria passar una temporada amb ell a Barcelona. Va ser llavors quan en Jose va buscar una feina per hores a les tardes, de distribució de productes esportius, que podia fer en remot. El sou de cuidador no donava per poder-se pagar un lloc per viure a Barcelona i mantenir un fill.

La Lucía va ajudar en Jose amb tots els tràmits de l'escolarització d'en Pipe. Van trobar un pis a prop de l'Hospital Vall d'Hebron, una tercera planta petita però suficient d'un carrer de la Teixonera, i van inscriure el noi en un bon institut públic de la part alta de la ciutat. Tenia quinze anys, era bona persona i espavilat. En Jose no en podia estar més orgullós.

Un dia a la setmana —normalment els dimecres, que és el dia de l'espectador—, en Víctor i en Jose van al cinema. Solen anar als Bosque, a la rambla de Prat, a la primera sessió de la tarda, que hi ha poca gent i, si poden, trien versió original perquè els agrada sentir la veu real dels actors i les actrius. Tots dos tenen un bon nivell d'anglès, moltes vegades ni tan sols s'han d'ajudar dels subtítols. A més, les pel·lícules que els agraden més són les d'acció, i en aquestes els diàlegs acostumen a ocupar un lloc secundari.

D'altres vegades, en Jose li baixa les capses de damunt l'armari, que en Víctor té plenes de fotos dels seus viatges, les miren i les comenten junts. El dia que en Jose el veu més *achantado* hi va directe. Són el millor xarop. Les de l'illa de Pasqua. Les de Papua Nova Guinea. Però sobretot les que va fer en aquell viatge a l'Índia amb uns amics. Són les seves preferides. Just quan l'avió aterrava, s'estava perpetrant l'assassinat de la primera ministra Indira Gandhi, i això va capgirar el país de dalt a baix i el va tenyir de dol. Les fotos d'aquell viatge tenen una llum especial i en totes es percep un cert desordre, tràfec i, potser també, s'hi intueix la por de la incertesa. En Jose comprèn bé aquesta por perquè allà d'on ve hi ha hagut de conviure sempre. Gairebé com una segona pell. A vegades en parlen. En Víctor va llegir *El olvido que seremos*, d'Héctor Abad Faciolince, fa uns anys, i en Jose la història la coneix massa bé. No resignar-se a l'oblit, aquesta també és una lluita compartida per tots dos. Una de les coses que en Víctor recorda perfectament és que va portar el carret d'aquelles fotos de l'Índia a revelar a la botiga que hi havia prop del carrer d'Hercegovina. Rememora amb absoluta lucidesa el lloc, el dia i què feia ell, perquè va esperar amb molta impaciència el resultat, que va rebre com un tresor. En Jose ho sap. «Totes les fotografies són *memento mori.*»

Els records s'acumulen en fila índia dins del cap d'en Víctor. I els que s'acompanyen de les fotos tenen una base sòlida, consistent, que imprimeix en Cibachrome els fets viscuts i els congela. Allà pot tornar cada vegada que en Jose li obre la capsa. En Víctor en conserva tots els detalls, col·locats per ordre d'importància. El que se li ha esborrat és tot allò que ha passat després del meteorit. És incapaç de recordar què ha menjat avui per dinar (ni tan sols quan li han donat musclos amb ceba i tomàquet, que és el seu plat preferit). Tampoc quin dia de la setmana és:

—Jose, avui quin dia és?

—Rey, el día antes del lunes...

I així totes les respostes d'en Jose a les preguntes d'en Víctor, mai tenen la solució directa. El fa anar per camins on, segons el dia, hi ha inclosa l'esperança d'una certa millora o la necessitat d'agafar-lo fort per evitar que caigui una mica més en l'abisme. Per això també li canta cançons i l'hi fa aprendre la lletra. Ha aconseguit que en Víctor entoni les dues primeres estrofes de «Guantanamera», en la versió de Compay Segundo, i que la tornada la taral·laregi amb vehemència envejable. «*Y antes de morir yo quiero / echar mis versos del alma*», criden tots dos engrescats. I riuen.

No pensa en la mort, en Víctor. Se sent hoste del temps, el futur no li importa gens ni mica. Els absoluts, menys. Només viure el dia a dia. Ho feia abans de l'explosió i ho vol seguir fent ara. Potser és l'única cosa que té clara, sense interferències. Com el quadre que té emmarcat i penjat a la paret de l'habitació, al costat de la cadena de música de la Mireia. Uns cavallets de parc d'atraccions dibuixats pel seu vell amic Trino, un il·lustrador important de Mèxic que li va regalar aquell dibuix amb dedicatòria inclosa. La vida convertida en uns cavallets de fira. Tria el que més t'agrada i fes voltes allà mateix fins que s'acabin les fitxes. Des de dalt del seu cavall de plàstic, de color taronja amb les regnes negres —com el taca-taca— i que puja i baixa, saluda en Jose, que el mira des de fora, cada vegada que la roda li passa per davant. Ell és qui es mou, no pas els altres. A vegades té la sensació que el meteorit va paralitzar la resta, mentre que ell només s'ha quedat amb les paraules grotesques del diagnòstic. Que els efectes de veritat són per a la seva família. Que els va arrabassar una part important del que eren, de les seves expectatives, de la tranquil·litat d'una vida en què tothom té el lloc que li pertoca i que s'accepta tàcitament, sense qüestionar-se. Tampoc es qüestionen els sentiments, que mai es diuen en veu alta.

«El pacient es mostra reticent a parlar de temes de tipus emocional.» El metge que va fer l'exploració no va poder detectar que això no era conseqüència de l'infart, sinó que venia de fàbrica, de genètica familiar.

Potser per això de l'explosió ningú en va sortir indemne: a la Maria Rosa li van començar a caure a dolls els cabells i alguna dent; el pare, l'Arturo, es va refugiar encara més dins seu i allà dins hi va entaforar les paraules i va engolir els disgustos; a en David li van trobar diabetis i la Mireia va convertir la seva alegria en una pantomima. «Has de viure la teva vida, Mireia! No la que toca, sinó la que vols», li diu en Víctor, amb una pinya colada a la mà, mentre contempla la posta de sol a l'horitzó, ajagut damunt el llit. Clec, clec. De fons sona «Old and Wise», d'Alan Parsons.

Fan una trobada familiar a Reig i Bonet. Hi són tots perquè celebren l'aniversari d'en Víctor. És desembre, però ho podrien celebrar al setembre. Quan comença a comptar la vida? I el temps de descompte? Avui, toca una edat indesxifrable, probablement més dels que fa, menys dels que sembla. S'hi troben tots, els que són a casa de manera permanent; els pares, en Víctor, la Pinu, en Jose, i els satèl·lits: les famílies d'en David i de la Mireia. També en Pipe. Fa nou anys que són un nucli, un equip, una mena de cèl·lula feta d'un citoplasma curiós. En Jose ja no és només el cuidador d'en Víctor, cada vegada ho és més de la Maria Rosa i l'Arturo, que han sobrepassat la norantena. És el seu bastó per ajudar-los en tot. Des de canviar una bombeta fins a acompanyar-los al metge amb cotxe, o anar amb tots de vacances per assistir-los a ells i a en Víctor. És l'home de confiança de les qüestions pràctiques i, cada vegada més, de les emocionals. Els va fer plorar quan pels seixanta anys de casats els va regalar una foto d'ells dos sortint de la platja agafant-se les mans. Hi va escriure: «No se trata de cumplir años juntos. Se trata de seguir dando amor por el tiempo que resta. Muchas felicidades.» La Maria Rosa la va portar a emmarcar i la té al menjador, damunt la taula braser. Al costat de les fotos dels fills vestits de comunió i les de les netes.

En Jose ha trobat, en aquell matrimoni, allò que ell tant havia anhelat de jove. L'amor de costat, el de llarg recorregut, el que se sap, el que suporta sense fissures els embats de la vida. Fins i tot la malaltia d'un fill. «*¿Ves cómo existe?*», li diria al seu amic Pablo si les coses haguessin anat d'una altra manera.

Per tot això s'ha guanyat l'amor de la família de manera incondicional i més enllà de la necessitat. Perquè els sentiments són tan reals com la constatació d'una veritat. O del mig somriure que li dedica en Víctor cada vegada que el veu.

La Mireia demana que quina música vol que li posi, que triï. En Víctor li respon que no amb el cap. Fa molt de temps que no n'escolta. A casa dels pares, ja no en sona i ell ha deixat de pensar-hi. Tant que li havia agradat, i ara que els Wishbone Ash tornen, ha sentit a la ràdio. Aparca la nostàlgia i les guitarres elèctriques al cap, però amb un punt d'orgull explica que se sap «Guantanamera». Ell i en Jose la canten plegats i tots els aplaudeixen. Fins i tot l'Arturo s'hi ha sumat a la tornada.

És la filla de la Mireia qui fa entrega del regal a en Víctor després de bufar les espelmes del pastís. No les ha bufat ell, esclar. Ho han fet entre tots. De fet, cada celebració de vida d'en Víctor és una mica la de tots. Hi ha cims que són més difícils de pujar que d'altres. En Víctor no va agafar mai afició a l'escalada.

Dins el paquet hi ha una màquina de fotografiar. És una càmera de fotos Polaroid, de les que fa uns anys s'han tornat a posar de moda. Pesa poc i serà fàcil de manejar. En Víctor haurà d'ensenyar a fer-la anar a en Jose. El braç bo a vegades li fa molt de mal. Ha perdut musculatura i sovint se sent sense força. Però en Jose sap mirar a través de les seves ulleres, les que el defineixen, aquelles amb què en Víctor firma els papers des de petit i amb les quals ara mira la resta i hi veu allò que tots els altres no veuen, dins d'un món en moviment continu. Des d'un punt fix —la cadira de rodes, el llit, l'aneurisma de la vena de Galè—, les coses es perceben d'una altra manera. «El que és lleig esdevé commovedor i el que és bell, trist, perquè la vellesa i el pas del temps l'han colpit.» Tot només depèn del punt de vista del fotògraf. L'emoció que vol transmetre a qui mira allò que algú ha vist abans.

Hi posen les dues piles i es fan una foto. I tot d'una la màquina escup la imatge revelada. De manera gairebé instantània. És el que compta. El present i els que hi són. Hi surten tots somrients. Una munió de calderons de música en harmonia, aquest cop cap per amunt. En Víctor li demanarà a en Jose que faci lloc al suro de l'habitació i que la pengi entre la d'ells dos i la seva en blanc i negre.

La neboda li explica que la impressió d'aquestes fotos es va degradant amb el pas del temps, que és de menys qualitat que les fotografies normals. Però ell sap que en qüestió de caducitat el pòster de Hawaii passa al davant. Quan hagin de desaparèixer, pensa en Víctor, sota les palmeres serà un bon lloc per trobar-s'hi. Tots junts, en aquesta família que han hagut de construir després del meteorit. I ara: «Somrieuuuuuuu». Clec-clec.

Algú que no faci faltes d'ortografia

Miro les estrelles embadalit
Però també entenc que jo si fos per elles
Em podria estar podrint a l'infern.
En canvi aquí, a la Terra, la indiferència no és el
principal
Que hem de témer dels homes, de les dones
i dels animals.

«Qui més estima», MISHIMA

Li ha dit que no faci plans aquest cap de setmana. Que se'l reservi només per a ell. En Zuber, com passa sovint amb aquesta mena de rampells d'apassionament que té en Marcel, transigeix divertit.

Fa un parell d'hores que són al cotxe. Han passat les Borges del Camp i ara deixen enrere Cornudella de Montsant en direcció a Ulldemolins. Al cap de no res, troben la cruïlla i la indicació que anuncia Siurana. Però en Marcel no s'atura en aquell hotelet rural on han reservat dues nits i pensió completa. Continua fins a arribar al capdamunt d'un cingle amb un mirador des d'on hi ha unes vistes espectaculars d'aquest racó del Priorat. La serra del Montsant, el riu i l'embassament. A en Zuber, amb el nas enganxat al vidre, se li escapa un crit d'admiració. Ha quedat en una mena d'estat hipnòtic per aquell verd, aquella alçària, aquella pau. En Marcel el porta fins darrere d'una barana de ferro corbada que té penjat un rètol de fusta amb unes lletres gravades en majúscula on es llegeix «El Salt de la Reina» i una fletxa inequívoca cap avall:

> Segons la llegenda, quan van arribar les tropes cristianes Abdelàzia, filla del valí de Siurana —últim reducte

> musulmà de Catalunya—, va preferir saltar a l'abisme d'aquell precipici amb el seu cavall que caure en mans enemigues. El cavall, quan va veure aquell abisme imponent, va intentar aturar-se, però l'embranzida era tan forta que es van precipitar al buit ella i cavall. Avui en dia, vora mateix del precipici es pot veure la marca profunda de la ferradura de l'animal, feta en aquella roca quan va intentar frenar.

Tots dos s'aboquen a l'abisme. Veuen la marca, la cicatriu damunt la pedra. Es queden una estona en silenci mirant-la i mesurant, cadascun pel seu cantó, quanta veritat deu contenir aquella història. Fins que en Marcel es treu de la butxaca de la jaqueta una capsa menuda. L'hi allarga a en Zuber. Ell l'obre, una mica nerviós. A dins hi ha dos dàtils. «Et vols casar amb mi?»

[Marcel]

Recorda perfectament la primera vegada que va ser conscient que alguna cosa se li regirava entre les costelles quan veia com als seus companys de classe els començaven a sortir pèls a les aixelles. Els mirava de reüll quan es canviaven a classe d'educació física o sota les samarretes de màniga curta de l'estiu. No sabia per què, però aquells pèls allà el tenien fascinat. No va dir-ho a ningú, ni tan sols a la seva amiga Pilar. Per vergonya i, sobretot, per por que se'n burlessin. La Pilar no ho hauria fet mai, això de riure's d'ell, però en Marcel no tenia gaire clar si ho acabaria d'entendre. Tot allò que el torbava i se li enquistava per dins tampoc ell sabia desxifrar-ho.

A en Marcel encara no li havien sortit els pèls gairebé per enlloc quan un dia, al lavabo de l'institut, el van enganxar uns nois de COU, el van estampar contra la pica del bany, de cara al mirall, i li van escopir un *maricón* amb tota la mala bava. Va veure reflectida la seva por en aquell Marcel petit de l'altra banda, enmig d'un munt de riallades grolleres, i va sentir un esgarip dins seu que li va provocar una trencadissa de la qual avui encara recull les miques. Des d'un lloc tan fondo que li va ser impossible explicar-ho en veu alta fins molts anys després. Va fer-ho al cap de temps, just fa quatre dies, quan uns males bèsties van apallissar fins a matar-lo un noi a la Corunya mentre li cridaven *maricón* a la sortida d'una discoteca. Aquella notícia va obrir durant molts dies els telenotícies i va sacsejar debats i tabús. I silencis. El rebuig i la indignació per aquell fet es van traduir en manifestacions arreu contra l'homofòbia. Quan en Marcel va sentir-ho a la ràdio, va esclafir a plorar sense consol. Va ser llavors quan li va venir tot alhora, com un bòlid propagat a càmera lenta: els pèls incipients, els nois al lavabo de l'institut i aquella paraula feridora amb totes les seves variants: *marica*, *maricón*, *maricona*, *marieta*. També la seva cara de por, de nen, en aquell mirall.

[Zuber]

Més o menys tenia la mateixa edat que en Marcel, però uns quants anys després en el temps i en un altre punt de la geografia, quan en Zuber va fer el seu primer petó intencionat a la Tina. Es coneixien des dels nou anys, quan ell va arribar al Port de la Selva i ella va ser la nena que més cas li va fer de tota la classe des del principi. Va ser una connexió immediata. Ell feia un mes que havia arribat al poble i es feia entendre amb una barreja de castellà, català i àrab. Venia de Montcada i Reixac, on havien estat amb un oncle uns mesos, i abans havien viscut prop d'un any a Madrid, procedents del Marroc, amb la mare i l'Isma, que aleshores tenia catorze anys. Quan era a Madrid, l'Isma es va escapar a Barcelona i d'allà va anar a petar a un centre de menors, fent-se passar per algú que havia arribat sol amb una pastera. La mare estava força desesperada amb ell. Els va costar molt poder-lo treure d'allà i també desenganxar-lo de totes les males dèries que hi va aprendre dels seus companys de fatigues. L'addicció a la cola va ser la més difícil de vèncer. En Zuber, encara un nen, es va convertir durant un temps, per encàrrec de la mare, en l'ombra abnegada del seu germà, i vigilava com un guardià a temps complet qualsevol intent de recaiguda. Que difícil, custodiar el teu far.

Una tia que havia fet temporada en un restaurant al Port els va dir que hi necessitaven mans i la mare d'en Zuber, la Naziha, necessitava treballar. O sigui que no s'ho va pensar gens ni mica. Primer hi fregava els plats. Aviat va passar a tallar ceba per al sofregit. L'amo no va trigar a adonar-se que aquella dona tenia bona mà per a la cuina. La Naziha era una pencaire i tenia empenta. No li podia fer papers, però li podia arreglar l'allotjament per a ella i els seus dos fills. També ajudar-la amb tots els tràmits de l'escola i l'institut per als nens. I així ho va fer.

La Tina era la filla dels peixaters del poble. El seu avi havia estat pescador i tenia entre les gestes familiars haver estat un dels corallers que als anys seixanta van recuperar el canó de bronze del segle XVIII que havien trobat prop del puig Gros. La Tina i en Zuber es van avenir de seguida, anaven junts per tot arreu. Una tarda, sortint d'escola, van arribar passejant fins a la platja del Pas. Allà, davant el mar, es van fer un primer petó amb tota la classe amagada darrere dels arbustos. Hi va haver tants aplaudiments i gatzara que els devien sentir dins el poble i tot. Durant tot sisè de primària, en Zuber i la Tina van ser nòvios. Però a primer d'ESO es van agafar tanta mania —ells en deien «fàstic» quan ho explicaven a algú altre— que estaven tot el dia com gat i gos. Els van arribar a expulsar tres dies de l'escola per haver-se pegat amb cops de puny i tot. En aquella brega, la classe estava dividida entre els seguidors de la Tina i els d'en Zuber. Va ser la professora d'educació física qui va haver de separar aquella mena de troca humana en què s'havien convertit els dos cossos durant el combat. Quan va aconseguir posar-se'ls a cada costat, l'un duia un ull blau i l'altra anava tota esgarrinxada i li sortia sang del nas. A tots dos els brollava la ràbia pels ulls.

La Tina va ser la primera persona a qui en Zuber, al cap d'un temps, va explicar que li agradaven els nois molt més que les noies. Que, de fet, les noies no li interessaven gens en el terreny sexual. Ella, i no pas per no ser menys, li va respondre que li passava el mateix però a la inversa. La seva amistat va ser indestructible per sempre més.

[Marcel]

A casa d'en Marcel treballaven en una empresa tèxtil força important de Badalona. Hi feien bàsicament camises d'home, després van ampliar a pantalons i més endavant a bates d'estar per casa i, fins i tot, sabatilles que hi anaven de conjunt. Sempre moda d'home, això sí. L'empresa tenia deu botigues a Barcelona i poc abans de la jubilació del pare d'en Marcel ja havia arribat a les vint-i-set, amb punts de venda a Sabadell i a Sant Cugat, a més de Barcelona. El seu pare n'era el gerent. S'havia guanyat el lloc i la confiança dels amos treballant de valent i, sobretot, demostrant una lleialtat inqüestionable. Era un home apreciat a l'empresa i molt respectat tant pels treballadors com pels amos. En Marcel en sentia parlar molt, de tota aquella gent. Especialment d'un: l'Enrique, que era l'home de confiança del pare. Havia anat a casa seva sovint. Principalment per fer reunions amb el pare, tot i que alguna vegada s'hi havia acabat quedant a sopar. Tenia la família lluny i mai se li feia tard a l'hora de marxar. A en Marcel li feia molta gràcia com xerrava aquell home. Pels descosits i movent les mans de manera exagerada, com si s'hagués de posar a volar en qualsevol moment.

Un vespre va sentir els pares que deien que l'Enrique havia anat a passar uns dies a Galícia per veure el seu amic. Ho van dir així, remarcant molt la paraula *amic*. Però també ho van dir en veu baixa, com si fos un secret que no podia sentir ningú. En Marcel s'hi havia fixat, en això. El pare va comentar-li a la mare que quan l'Enrique tornava de Galícia sempre estava uns quants dies molt trist i malhumorat. Que no se li podia dir res i «tampoc sabria com consolar-lo». La mare li responia amb un sospir i deia al pare que «quina pena tan gran no poder ser a prop de la persona que estimes, haver-ho d'amagar, perquè ets diferent». En Marcel, mentrestant i des de lluny, també intentava donar significat a aquelles paraules que sentia i posar ordre a unes sensacions que unien la pena amb la diferència, amb el fet d'estar lluny, d'estimar d'amagat, de tenir un amic en veu baixa. No els ho va arribar a demanar mai, però també va aprendre que hi ha preguntes incòmodes amb respostes que encara ho són més i que per a aquestes preguntes i respostes no hi sol haver un moment oportú. Passats uns anys, el nom de l'Enrique va tornar a sortir a la conversa en un dinar familiar i algú s'hi va referir com «aquell que era gai, una mica rarot». El germà gran d'en Marcel, que just havia començat biologia, va voler argumentar-ho: «Mireu si ho és, de poc normal, que no hi ha cap animal mamífer que sigui homosexual. Va contra natura.» La mare va saltar com si la punxessin: «S'ho passava molt malament, pobre; quina situació més difícil; sort que cap de vosaltres, fills meus, heu de viure res semblant. Jo patiria molt.» En tot el dinar en Marcel no va badar boca.

[Zuber]

En Zuber va néixer a Tetuan, catorze anys més tard que en Marcel a Badalona. El seu pare era enginyer i treballava a l'empresa pública d'electricitat del Marroc, l'ONE; vivien tranquils, no passaven estretors econòmiques, però el fill adolescent, l'Isma, que es portava cinc anys amb en Zuber, ja s'havia ficat en un parell de problemes grossos i patien que no acabés embolicat en alguna cosa més greu. Els pares d'en Zuber van acordar que potser seria una bona idea anar a Espanya, a provar sort. Hi havia coneguts que, des d'allà, els parlaven d'oportunitats i la mare hi tenia la germana d'una bona amiga a qui les coses li anaven força bé. Els fills podrien estudiar i això de segur que els oferiria un futur molt menys incert. Si no funcionava, tenien l'opció de tornar. Sempre van plantejar-ho en aquests termes. Van decidir divorciar-se per facilitar els tràmits i agilitzar el procés. La dona va agafar els dos fills, un visat de turista de tres mesos i una maleta no massa grossa. Van empaquetar el més imprescindible, esperances incloses. Se'n van anar i el pare es va quedar allà. A més de la feina, l'home tenia al seu càrrec la seva mare, l'àvia i unes cosines conques. També una amant.

Quan feia uns anys que en Zuber vivia al Port de la Selva, en una visita a Tetuan, va quedar amb uns amics seus. Dos germans amb qui havien crescut junts perquè vivien just al carrer de sobre de casa seva: en Yosuf i la Mahala. Eren bessons i tenien dos anys més que ell. Quan va aconseguir confessar-los que era homosexual, ells li van explicar que havien sortit de l'armari tots dos gairebé alhora, feia temps. Que l'única manera de conèixer «gent com ells» era amb les xarxes socials com el Tinder, el Grindr o el GROWLr, li van explicar. Això els donava accés a un univers infinit de relacions, però al mateix temps els generava una frustració constant perquè era gairebé impossible materialitzar aquelles trobades sense jugar-se-la. Els obria la gana en un país on estava prohibit menjar. Per llei i per religió, que en aquell cas anaven sempre de bracet.

També li van dir que tenia molta sort de viure en un lloc com Barcelona on l'homosexualitat no estava ni perseguida ni penada. I que mirés de beneficiar-se de la seva situació privilegiada. A banda dels bessons, en Zuber no va poder explicar-ho a cap altre dels seus amics marroquins. Evidentment, al seu pare i a la seva família de Tetuan, tampoc. Per a alguns d'ells, ser gai era molt pitjor que haver matat algú.

El Codi Penal del Marroc castiga les relacions entre persones del mateix sexe. De dos mesos a tres anys de presó. El jutge és qui té la facultat de fixar i individualitzar la pena tenint en compte, d'una banda, la gravetat de la infracció i, de l'altra, les circumstàncies personals de l'individu. En un país on ser gai és delicte, tan sols el turisme té una certa llicència per mostrar-se pels carrers. Només, esclar, si els dos membres són estrangers, vet aquí la hipocresia de tot plegat. Fa uns anys un turista britànic de certa edat va anar al Marroc a conèixer el noi amb qui havia contactat per una d'aquestes xarxes socials. Els van enxampar. El turista va passar tres dies a la presó, va pagar una multa i el van deixar tornar al seu país. Del noi marroquí ningú en va tornar a saber mai més res. Va sortir en algun diari. Dins les cases, però, ningú parlava de temes com aquest. La por imposa el silenci, el que no es diu és com si no existís. És cert que en els darrers anys havien sorgit persones i moviments que reivindicaven els drets del col·lectiu LGTBI, però fins i tot les demandes i protestes venien de fora del Marroc, perquè els activistes només podien alçar la veu des de l'altra banda de les fronteres.

El dia que en Zuber li va comunicar a la seva mare el que era, el que sentia i de quina manera, ella era a la cuina i va haver de seure. Es va tapar la cara i va estar així uns minuts que a ell se li van fer eterns. En Zuber li va agafar les mans, que tremolaven, amb molta cura i, quan es van tornar a mirar, li va trobar dins d'aquella mirada fosca tot el patiment del món. La Naziha li va dir que no volia que anés a l'infern i va repetir-ho com un mantra, com si no pogués parar mai més. En Zuber també tenia por. Sabia que, segons l'islam, els homosexuals tenen prohibida l'entrada al paradís. I ell tenia clar que no volia deixar de ser musulmà. Tampoc gai. No hi podia haver res que li pogués fer més mal a una mare. Però en Zuber era el seu fill petit, el seu nen. I la Naziha sabia què significava trencar les normes. Ella havia fugit del seu marit amb vint-i-tres anys per anar a treballar a Suïssa un any i ara havia tornat a subvertir l'ordre establert i havia contradit l'estructura i tot allò que s'esperava d'una dona al Marroc. S'havia divorciat de l'home que estimava a la seva manera i batallava tot sola per poder donar un bon futur als seus fills. En aquell racó de món on havien anat a parar, on les regles del joc eren unes altres i feia temps que les havien assumit com a pròpies.

[Marcel]

Fins que no va ser lluny de casa, a Maine, als Estats Units, per una beca de la universitat on s'acabava de llicenciar en periodisme, en Marcel no va descobrir i utilitzar el Grindr, l'aplicació que allà arrasava i que feia fàcils coses que fins a aquell moment, a ell, li havien semblat molt complicades. En la distància i en un lloc desconegut era molt més senzill deixar-se anar i provar tot allò que a casa el tenia cohibit i el limitava. Va constatar que no havia ni de dissimular, ni mentir, ni mentir-se. Va conèixer uns quants homes, amb qui va compartir llit i històries d'intensitat diversa. En Marcel va descobrir que les podia viure sense necessitat de deixar pòsit ni que n'hi deixessin a ell. Cap mena de marca ni record, tot i que per consolar-se es deia a ell mateix que s'enamorava de tots una mica. També en això en Marcel tenia la sensació que s'havia de «desprogramar», ho deia amb aquesta paraula. Tornar a aprendre tot allò que li havien inculcat, però amb un ordre d'instruccions diferents, des d'una altra perspectiva. Van passar deu anys i moltes sessions de psicòleg entre que va posar nom a tot allò que sentia i es va decidir a explicar-ho a la Pilar, als amics i, també, a la família.

Va triar un dia de Reis, perquè a casa d'en Marcel és un dels més especials del calendari. Quan va haver-ho dit, a la mare li va caure al damunt una tristor feixuga de tan dolorosa que era, copsant, de cop, un patiment que sempre havia imaginat aliè a la seva família. Li va dir que el que li dolia més de tot era no haver estat a l'altura durant tot aquell temps i que en Marcel ho hagués viscut sense haver pogut comptar amb ells. I, sobretot, que hagués hagut d'anar al psicòleg. Això li sabia especialment greu perquè «t'ha hagut d'ajudar algú de fora perquè nosaltres no ho hem sabut veure.

Hem fracassat». Per ella, aquell home havia omplert el cràter que ells havien provocat. Per omissió i abúlia, cert. Però ells havien engrandit el forat. També va insistir que volia saber si mai havien dit alguna cosa que l'hagués fet sentir malament. En Marcel primer els va dir que no. Però, davant de la insistència, els va parlar de l'Enrique i d'aquella manera amb què parlaven de la seva vida i de la seva relació. El pare, que no havia obert boca, li va dir emocionat que rebrien amb els braços oberts qualsevol parella que els volgués presentar. Quan va arribar el torn del germà, en Marcel li va explicar que no era ben bé veritat que els animals no tinguessin comportaments homosexuals. Que durant un temps havia estat llegint articles i que aquesta actitud era més comuna, i per tant més natural, del que semblava. No com a caràcter sexual —va afegir—, sinó per facilitar la seva integració en la comunitat o com a mediació en situacions de conflicte. A més, algunes aus com les gavines o els pingüins tenien vincles més duradors entre individus del mateix sexe. El seu germà el va abraçar. Es va disculpar i li va dir que havia estat «un estúpid integral».

També va anar a veure l'àvia Chene, que vivia en una residència i amb qui en Marcel tenia una relació molt especial. Es deia Ana Crescencia i era de Peñarroya-Pueblonuevo, Còrdova, i feia anys que havia anat a viure prop d'ells, a Badalona. Li va agafar la mà, i es va acostar a l'orella dreta, la bona. «Iaia, *te tengo que contar una cosa. Me gustan los chicos.*» Ella li va somriure: «*Pero, niño, te casarás algún día, ¿no?*».

[Zuber i Marcel]

Durant molt de temps en Marcel va explicar com a versió oficial que havia conegut en Zuber en una exposició del Centre de Cultura Contemporània de Barcelona. Deia que en Zuber era un dels cambrers que servia les copes de cava durant la inauguració de l'exposició més important de la temporada del museu. Estranyament, quan algú amb sensibilitat artística o simplement amb curiositat hi mostrava interès i li demanava quina havia estat aquesta exposició, ell patia amnèsia transitòria. Aleshores, l'interlocutor, gairebé de manera automàtica, sabia que no valia la pena furgar gaire més i ho deixava córrer. Qui s'oblida d'una informació com aquesta en un moment crucial de la vida si no és una mentida?

En Marcel ho acabava de deixar amb un noi, una mica més jove que ell, amb qui s'entenien, i amb qui havien repetit unes quantes vegades. Però els últims intents que havia fet per quedar-hi havien estat infructuosos. Li va saber una mica de greu perquè n'estava bastant, d'ell, però amb el temps va aprendre que girar full és més senzill quan tens una biblioteca plena de llibres. Grindr sempre era ple d'històries possibles a l'abast i l'únic motor que les podia activar era la predisposició de qui s'hi aventurava.

Va mirar unes quantes pàgines de perfils, que l'algoritme de l'aplicació ordena per proximitat física dels interessats, fins que en va trobar un que li va cridar l'atenció. Va clicar la foto. A sota, hi deia:

> No suporto la gent que fa faltes d'ortografia. Soc moro. Tinc 22 anys. M'agrada l'art en general i la música *dance* en particular.

Aquesta descripció sí que li va quedar gravada, a en Marcel, tot i que com a versió oficial de la història la repetís ben poc en veu alta. La veritat sempre troba un lloc segur on amagar-se en la memòria. A vegades hi hem de recórrer per entendre'n el significat o, simplement, perquè no l'oblidem.

Va guardar el perfil com a favorit. Li va enviar un missatge, i el de les faltes d'ortografia el va respondre. Des d'aquell moment els missatges es van succeir un rere l'altre. En Zuber li va escriure que era de Tetuan, però que vivia al Port de la Selva des de petit. Aquell poble era casa seva. Tant com Tetuan. Que per això sabia català «millor que tu», li va etzibar. Que feia un any que havia baixat a Barcelona, a estudiar un grau superior en relacions públiques i que sobrevivia com podia fent feines de protocol en festivals i fires. Quan li trucaven, i això era de tant en tant. L'últim lloc on havia treballat era al Festival de Cinema de Sitges, muntant unes paradetes de menjar. Aquest sí que li havia *molat*. No només perquè li havien pagat força bé i puntuals, sinó perquè havia vist en persona Quentin Tarantino i a ell *Pulp Fiction* li havia *flipat molt*, era una de les seves pel·lis preferides. Que el seu objectiu era fer la prova d'accés a la universitat perquè volia estudiar història de l'art. Vivia a Horta en un pis compartit amb gent circumstancial amb qui no s'acabava de fer massa, no s'hi sentia a gust però pagava poc de lloguer. Barcelona no l'acabava de convèncer, la gent era molt desconfiada. La primera vegada que va anar a una discoteca gai a l'Eixample el va agafar una colla de nois que hi estaven ballant i li van dir que què hi feia, allà. Ell va respondre que lligar, com tots. I ells li van rebatre que no se'l creien, que segur que l'únic que volia era robar-los. Encara en va sentir un que deia «aquests moros haurien de tornar tots al seu país».

En Marcel, per la seva banda, va explicar-li que acabava de doctorar-se en periodisme. Havia fet una tesi sobre l'evolució de la premsa de Barcelona durant la transició democràtica, i era professor a la universitat. D'ètica periodística al Departament de Comunicació. També li va dir que a Badalona estava «enredat en diversos saraus»: l'esplai i alguna associació. Ho va dir sense donar-hi gaire importància tot i que se li notava un punt d'orgull. Trobava que donar aquesta informació a en Zuber treia una mica de palla al seu currículum i rebaixava la imatge d'esnob que podia haver-li causat. En aquestes xarxes mai se sap què és millor. Un d'aquests «saraus» —li va dir— era una associació que treballava per fomentar la cohesió social i la integració de les persones que venien de fora a Badalona. D'històries com la que li relatava en Zuber n'havia conegut unes quantes al centre. Podia fer-se una idea bastant aproximada de tot el que havia passat aquell noi. Tot i que, en cada història particular, sempre hi havia una ombra amagada, una experiència diferencial, un petit detall ple de significants.

En Zuber li va explicar que quan feia uns mesos que vivien al Port de la Selva li va demanar a la seva mare el carnet del Club Super 3 que anunciaven per la tele i que permetia accedir a un munt de coses, a més de ser membre d'un col·lectiu «més gran que el Barça», deien. Però el carnet, que era nominal, havia d'anar vinculat a un número de compte corrent d'una entitat bancària concreta. La Naziha no tenia papers ni tampoc compte corrent, i per tant, en Zuber no el va arribar a aconseguir mai. Tampoc va entendre per què no podia tenir el mateix que els seus companys de classe, els seus amics. Aquesta història, potser perquè no l'havia sentida mai en cap de les persones amb qui havia parlat abans, va causar una pena molt espessa a en Marcel. Ell llavors portava el seu carnet del Club Super 3, rònec i gastat, dins la cartera com un trofeu d'infantesa.

La setmana abans de quedar per desvirtualitzar-se se la van passar tensant la situació i escalfant-se mútuament, tot el que podien i més. Posant a prova els seus respectius sentits de l'humor i cinisme. Com una mena de prova de foc abans de veure's. Ja s'havien explicat formalment i ara tocava fer-ho de manera destralera. L'un es dirigia a l'altre com a «occidental amb aires de superioritat», l'altre li responia «no em toquis les pilotes, moro». Les pantalles permeten dir el que mai diries en persona. Fins i tot les paraules més brutes o sòrdides. En Zuber va citar en Marcel a Horta, al bar Quimet, molt a prop de la plaça Eivissa i ben a la vora d'on tenia el pis. Van seure al fons, en una taula de fusta i cadires incòmodes, sota la vitrina de les ampolles de viatge de whisky: Cutty Sark, Chivas, J&B i Clan Campbell, enfilades una darrere l'altra. Era un vespre d'hivern i feia fred. Potser per això no hi havia gaire gent. Ni al carrer, ni al bar. D'en Zuber, en Marcel va pensar que era encara més guapo que a la foto. Però que era una criatura, massa jove per a ell. En Zuber, en canvi, estava convençut que no li havia agradat gens ni mica, a en Marcel. Tenia prou experiència amb les cites amb aplicacions per saber que allò no havia funcionat, que no hi havia hagut química. I per acabar-ho d'adobar, en Marcel no parava d'escodrinyar el televisor engegat del costat de la taula on s'estava retransmetent un Barça-Betis.

En Zuber va dir que tenia gana. Van demanar unes croquetes de ceps i una xapata de sobrassada amb formatge de Maó que els van servir partida en dues parts. S'ho van menjar tot però van perdre les ganes de xerrar i, esclar, també de follar. Quina desferra de trobada. El Barça va guanyar per golejada, 4 a 1. Aquella primera nit, quan es van acomiadar, l'un i l'altre estaven convençuts que no es tornarien a veure.

En Zuber va estar una estona passejant, encongit pel mal temps, pels carrers cantelluts d'Horta. No tenia ganes d'arribar al seu pis. Era ben entrada la matinada, però tot i així va recórrer sense rumb i arrossegant els peus els carrers de la Galla, Rajoler, Sanpere i Miquel, va passar per davant de can Mariner i va arribar a la plaça de Santes Creus. Allà va seure en un banc i va trucar a la Tina per explicar-li el fracàs d'aquella nit. Ella li va dir que baixaria la setmana següent, que sortirien de marxa i lligarien el que no estava escrit. «Barcelona i lesbianes del món, prepareu-vos!» Com sempre, la seva amiga el va fer riure i li va desfer el nus que se li havia instal·lat des de feia unes hores en aquell punt incert damunt de l'estómac.

[Marcel i Zuber]

Van estar una setmana sense escriure's ni dir-se res. Ni per l'aplicació, ni per WhatsApp. Fins que en Zuber no se'n va poder estar i li va deixar anar un «tu, occidental, ja t'han baixat els fums?» i l'altre li va respondre «mi-te'l, el moro més perdut que Carracuca» i ja van ser-hi. Van tornar a quedar a Horta. A la plaça Eivissa. En Marcel hi anava bastant convençut de deixar anar aquella història. Se li havia tornat a creuar aquell altre noi intermitent, que apareixia i desapareixia i que el tenia ben enganxat, com una aranya la seva presa. Quan en Zuber va arribar a la plaça, ell va sentir que li sonava el mòbil, però no li va fer cas perquè es pensava que era aquell altre. Però el mòbil va tornar a sonar i llavors va veure que era la seva mare qui li havia trucat un parell de vegades. S'hi va posar i ella li va dir que l'àvia havia caigut, que havia estat inconscient una bona estona i que se l'havien emportada a l'hospital. Que havien de veure com passaria la nit i que fins a l'endemà al matí no en sabrien res, però que volia avisar-lo. En Marcel va quedar abatut.

En Zuber li va dir si podia fer-li companyia i si li feia res que es quedés amb ell. En Marcel ho va agrair. Van estar passejant molta estona sense rumb, fent gairebé el mateix recorregut que en Zuber havia caminat sol i de matinada, just una setmana abans. Es van aturar al Foment, que estava força ple perquè els Mishima hi acabaven de fer un acústic. En Marcel li va dir a en Zuber que li agradaven molt, que amb la seva amiga Pilar els anaven a veure sempre que podien. Van sopar allà mateix. Tot i que al bar hi havia un televisor molt gros i aquell dia tocava partit, l'aparell estava apagat. Aquell cop van estar parlant tranquil·lament, com ho fan els vells coneguts.

A la sortida del Foment Hortenc, en Marcel li va dir si volia anar a casa seva, a Badalona, i en Zuber li va dir que sí. No van dormir en tota la nit i s'ho van passat molt bé al llit. Van riure molt. I això sempre és un punt a favor. També a Grindr, però sobretot a la vida. L'endemà, quan en Zuber se'n va anar, en Marcel va pensar que tot i que era massa jove per a ell, semblava molt més gran i era molt més madur de l'edat que tenia. També va pensar que a vegades la vida fa créixer molt de pressa. En Zuber aquell mateix dia va escoltar a Spotify l'últim disc dels Mishima.

[**Pare d'en Zuber**]

El dia abans del casament encara no sabien si el pare d'en Zuber hi aniria. Feia només uns mesos que li havien dit —per telèfon— que en Marcel no només era un amic amb qui a en Zuber li agradava viatjar i amb qui s'havia presentat a Tetuan tres vegades els últims dos anys. Un noi amable, educat i que semblava espavilat. Que sempre feia preguntes sobre el país; que es veia que tenia bona complicitat amb en Zuber perquè, amb ell, el seu fill semblava que hagués crescut i tot. S'havia convertit en tot un home. El seu digne hereu.

I ara, a més, estudiaria una carrera, s'acabava de matricular en història de l'art per a majors de vint-i-cinc anys, i en Marcel, el seu amic, l'havia avalat per poder inscriure-s'hi. Una gestió inusual per als estudiants del país, fins i tot per als estrangers. Però en Zuber també quedava exclòs d'aquesta categoria, com del dret de vot, com de la possibilitat de demanar un crèdit, com de tantes altres coses.

Ara li havien dit que es casaven. Era inadmissible. Com podia ser que la Naziha ho consentís? Com l'havia educat, aquella dona, perquè passés això? Mai hauria hagut de permetre que marxés del seu costat. La Naziha hauria d'haver-se endut l'Isma perquè allò era un cas perdut, però el seu bon fill s'hauria hagut de quedar amb ell i seguir el mandat de Mahoma.

No. El pare no ho va encaixar gens bé.

El seu fill, homosexual.

El seu fill, un criminal.

El seu fill, contra l'islam.

Què dirien la família, els veïns, els amics?

Des que li havia trucat per dir-l'hi no havia tornat a parlar amb en Zuber. Tampoc havia volgut parlar amb la Naziha. La feia culpable de tot.

Ara feia dos dies, però, l'home va rebre una trucada d'en Marcel. Li demanava si us plau que assistís a la boda. Que el seu fill Zuber necessitava tenir-lo a la vora en un dia com aquest. El pare va remugar, es va enfadar, va dir improperis en una llengua que en Marcel no entenia però comprenia.

Entenia tots els dubtes i també la por d'aquell home. Ell la va haver de domesticar fa molts anys per poder enderrocar els murs d'allò que li havien dit que era el correcte. Li semblava percebre des de l'altra banda del fil telefònic que, passada la ira, l'home somicava. Abans de penjar, en Marcel li va dir que el seu fill és la millor persona que ha conegut mai. Que el fa millor persona a ell i a tothom qui el coneix. I que se n'hauria de sentir orgullós. «Sobretot per qui és.»

Al cap de dos dies, el pare va anar a buscar a contracor els certificats que li havia demanat en Zuber per poder-se casar. Amb ell hi van anar dos testimonis que van signar uns papers davant d'un funcionari de l'Estat, sense saber la finalitat d'aquells documents. El pare va mentir. Què no faria un pare pel seu fill?

[Epíleg]

El pare d'en Zuber va assistir, finalment, al casament del seu fill a Sant Pere de Rodes. Un casament en què es barrejava la tradició marroquina i la d'un casament civil occidental. El pare va ser el més emocionat de tots. Sobretot quan l'Isma, al seu costat a primera fila, li va traduir els discursos de la cerimònia a l'orella. Per exemple, la història que va explicar una noia molt amiga del seu fill, que va fer riure tothom per la gràcia amb què ho va fer anar. Detallava com es van fer nòvios, ella i en Zuber, per després descobrir-se homosexuals tots dos, quines coses! El pare va pensar que allà tots eren uns depravats, però que les coses devien funcionar així a l'altra banda de l'estret. I es va prometre a si mateix deixar-se portar i no donar-hi gaires voltes. Almenys aquest dia va decidir donar-se una treva.

Li va agradar especialment un poema que va llegir una amiga d'en Marcel. Li agradava perquè la noia el mirava a ell, de tant en tant, mentre el recitava. Com si s'hi estigués dirigint. Li demanaria a l'Isma si en podia aconseguir una còpia i si li podia apuntar la traducció a sota. A vegades, passats els anys, se'l tornarà a llegir. Li van explicar que era un poema d'amor però a ell, ja quan el va escoltar per primera vegada i també cada vegada que hi torna, li sembla que si en sabés prou serien les paraules que li hauria volgut dir al seu fill:

No semblis disponible; sigues lliure,
o estigues disponible per ser lliure.
Malgrat que la gent pugui imaginar-te
en llocs imaginaris, i a mi en d'altres
(mai no sabrem si els fan coexistir),
¿qui podrà endevinar com t'acompanyo
i m'acompanyes? Només ho sabem
tu i jo a partir d'allò que és impossible.*

Tant després de la cerimònia com en el banquet es farà uns tips d'abraçar gent que no coneix de res. No pararà de somriure i de cridar com ningú paraules que no acaba d'entendre, en els moments de més bullici propiciats pels convidats. Es farà un petó damunt de la cadira amb la Naziha mentre al seu voltant voleien desenes de tovallons convertits en molins de vent improvisats. També ballarà la conga, enmig de la dona i la consogra. A la desinhibició hi ajudarà, sens dubte, el vi a balquena que no

* «Poema d'amor», del *Llibre de viatges* de Feliu Formosa. Proa, 1978.

faltarà al llarg de la nit. Tot allò, pensa, és motiu més que suficient per anar a l'infern, però també creu que no hi podria estar més ben acompanyat. Sobretot del fill i del seu ara ja marit.

Un cavall s'atura una mil·lèsima de segon davant de l'abisme. Després es precipita al buit. No hi ha marxa enrere. Una cicatriu contra tots els prejudicis. Un reialme sencer.

Un lloc sota el teu sostre

Dame una noche de asilo en tu regazo.
Esta noche, por ejemplo, dejemos al mundo afuera.
Abre tus brazos, ciérralos conmigo dentro
Solo unas horas, y luego cuando amanezca yo pondré una cafetera
Y habré llevado esta nube hacia otro cielo de nubes pasajeras.
Si el sueño pierde pie, resbala, queda colgando de un hilo.
Prefiero una noche entera en vela a tener el alma en vilo.

«Asilo», Jorge Drexler

Diuen que els gossos trien els seus amos. Quan la Cinta va anar a la protectora d'animals de Riudoms, aquella gossa se li va plantar al davant. Hi va anar directa, com si sabés el que es feia. Enfront d'aquella seguretat indefugible, la Cinta ja no va saber veure cap altre animal del centre. De mida mitjana, color marró amb una taca més fosca, gairebé negra, a la zona del morro. Ulls rodons, bonics. Cara de bona. Li van dir que tenia gens de bòxer però devien estar ben perduts enmig de la genètica d'una multitud de races més, perquè ella no els va saber veure, en aquella fesomia. A la seva fitxa hi havia escrit que tenia tres anys i que se l'havien trobada sota un remolc de camió en un polígon industrial als afores de Valls. Hi sobrevivia a base del menjar que li donaven els treballadors de la zona. S'havia fet seva una carmanyola que ja estava rosegada de les vores, i pel que li van dir els voluntaris, li encantava la pasta amb tomàquet.

A la protectora li havien posat de nom Lua, i ella hi va afegir una ela i li va dir Llua. Rebatejar-la era una manera de posar un inici comú, una revàlida. Com si la vida de la Llua comencés de nou amb ella. I de fet, era així. Era una gossa tranquil·la i afectuosa, «gairebé perfecta», li van dir, i el *gairebé* tenia nom de malaltia: leishmaniosi. Aquesta era la seva condemna i el motiu principal perquè l'haguessin descartada unes quantes vegades com a decisiva quan algú s'hi havia fixat com a candidata. És més fàcil rebutjar qualsevol opció quan hi ha un problema previ anunciat. No fan falta excuses i cap argument tenyeix de mala consciència a qui n'exerceix l'abstenció. Els de la protectora li van dir a la Cinta que amb unes pastilles es podia neutralitzar la infecció provocada pel virus i evitar que anés a més. Era relativament senzill si s'era constant i es mantenia el control amb el veterinari. A la Cinta aquest condicionant de la gossa no li va suposar cap dilema. De fet va ser el detonant que la va fer decidir cap al cantó del sí, sense cap mena de dubte. Feia temps que ella es medicava. També tenia una espasa de Dàmocles que havia d'esmorteir a còpia de pastilles.

Feia quatre anys que a la Cinta li havien diagnosticat agorafòbia. Això, després d'un periple per moltes consultes, moltes hipòtesis mèdiques, molts diagnòstics contradictoris, moltes receptes, moltes teràpies alternatives: homeopatia, acupuntura, reiki, ioga, meditació. Ho havia provat tot. Va canviar d'alimentació, li van fer la carta astral i es va fer tirar les cartes, per si de cas. Va rebre molts consells i també molta incomprensió. «El que tens és estrès», «Fes unes vacances i després estaràs millor», «T'has de prendre la vida d'una altra manera», «Ets massa nerviosa». «Això són assumptes pendents que has d'arreglar amb els teus avantpassats, te n'has d'alliberar. Cadascú de nosaltres traginem llegats invisibles».

Tot va començar amb un atac de pànic que va sortir del no-res. Almenys ella no hi sap posar causa, nom, motiu o un origen de manera conscient. Una paüra tan immensa i desbocada que quan els metges la van poder controlar amb un combinat de tranquil·litzants va explotar en milers de milions de pors de totes les mides i textures que es van quedar incrustades com cristalls en la pell i en la vida de la Cinta. Por de conduir. Por d'adormir-se i no tornar-se a despertar. Por de sortir al carrer. Por d'haver de presentar un projecte. Por de perdre alguna cosa. Por de trobar-se amb algú. Por d'anar al mercat. Por d'agafar el metro. Por de pujar en ascensor. Por de demanar ajuda. Por de la por. La pitjor de totes.

Durant els anys de tractament, la Cinta va haver d'agafar la baixa. Era de la Sénia, però vivia a Barcelona des que va anar-hi a estudiar belles arts. Feia anys que es dedicava al món de la il·lustració i treballava amb diverses editorials especialitzades en llibres de text. També havia fet dibuixos per a llibres infantils. Primer amb autors que coneixia. Després d'altres que l'havien anat a cercar. Aquesta era la part que més li agradava de la seva feina: explicar amb imatges les històries que algú altre havia creat. A més, sabia que sovint els nens es quedaven embadalits amb els dibuixos mentre la veu d'algun adult hi posava les paraules llegides en veu alta i això l'obligava a una exigència màxima. El seu era un sector petit i tots es coneixien. Comptava amb el reconeixement dels col·legues i havia participat en alguna exposició col·lectiva, fins i tot. Tot anava bé. Fins que va deixar d'anar-hi. Quan va patir l'atac de pànic tenia trenta-tres anys, era autònoma i va perdre uns quants contractes. Tot va quedar en suspensió, com ella.

Quiet, fix, parat, immòbil, garratibat, rígid, estàtic. Sensació de «Divendres Sant permanent», així ho definia. Només dibuixava als seus quaderns, per a ella. Hi traçava les seves pors quan no sabia què fer amb les hores, amb el temps que se li descontrolava. Quan tornaven les taquicàrdies, el mal d'estómac, el dolor per tot el cos, la visió borrosa, la rigidesa dels músculs. A vegades només un símptoma. D'altres, un còctel de tots a la vegada. Quan aconseguia deixar d'estar paralitzada, aleshores l'única cosa que li permetia desconnectar el cap del cos era dibuixar. Allò la retornava a la vida, a les rutines, a les seguretats on aferrar-se. La feia tornar al centre de gravetat. Al seu centre.

En els últims mesos hi havia hagut canvis i se sentia una mica millor. «L'evolució és molt positiva», li havia dit el metge que tenia aleshores i que era també el que li havia aguantat més temps. De fet, feia unes setmanes que un amic editor li havia demanat si es veuria amb cor de fer la il·lustració de coberta d'un llibre que estaven preparant i que era molt especial. Volia que ho fes ella. Si li deia que no, l'esperaria. De moment no hi havia pressa perquè l'autora —li van explicar a l'editorial— també necessitava temps. Ella va dir que ho intentaria, que no s'hi volia comprometre. Però hi estava posada i s'ho estava passant bé. Feia temps que no hi havia recaigudes i tornar a treballar la feia estar segura, tranquil·la. Notava que els seus dies tornaven a tenir una mica de color d'aquarel·la, que té més o menys consistència depenent de l'aigua amb què la dissols. Més pigments que aigua. Ara se sentia així, però sabia amb seguretat que no se'n podia fiar, de la por. Que quan semblava que la tenia controlada, l'assaltava des del lloc més insospitat. Ja havia passat per aquí abans. Li semblava que avançava i després li sorgia alguna por que no tenia catalogada, amagada o desconeguda, i retrocedia lluny, fins a molt enrere. Va dir que sí a la feina i també va pensar que era el moment d'anar a buscar el gos a la protectora. Algun psiquiatre l'hi havia suggerit. Una responsabilitat, algú altre de qui tenir cura i on focalitzar l'atenció. Algú que la fes sentir segura al carrer i a casa. Feia temps que li rondava la idea pel cap, però cada vegada que havia volgut fer el pas havia passat alguna cosa que l'havia fet desdir-se'n. Ara era el moment.

La Cinta creu que a Barcelona les persones que tenen gos estan connectades entre elles. Que al final s'acaben coneixent les unes a les altres. Que un gos és la millor porta d'entrada cap als altres perquè fa de filtre. T'ajuden a saber destriar de qui et pots refiar i de qui no. La Cinta coneix tots els gossos i els seus amos del barri de Sant Gervasi-Galvany. Els té dibuixats a tots, uns i altres, en alguna de les seves llibretes. Té apamada la zona de prop de casa seva, gairebé a la intersecció entre Marià Cubí i Aribau, i sempre acaben coincidint tots ells als jardins municipals de Can Ferrer, al carrer d'Alfons XII, que és allà on poden deslligar els animals perquè s'esbravin i juguin. És un lloc molt agradable, inundat de verd amb garrofers, alzines, magraners, oliveres i xiprers. Hi ha bancs per seure, llegir o dibuixar-hi. La Cinta hi va, com a mínim, dos cops al dia. Sempre amb la Llua.

Passejant amb ella és com ha conegut els veïns de la zona —els que són comptats en llistes del padró i els que no—, amb qui han creat xarxa i barri. S'han convertit en una mena de família tribal els uns per als altres. Cadascun amb les seves històries i intimitats, però pendents de si tot va en ordre en aquell ecosistema amb personalitat pròpia i en què tothom mira pels altres. Quan fa uns quants dies que no veuen l'Antònia, la senyora gran que viu sola una mica més amunt del carrer Aribau a la vorera Besòs, algú pitja a l'intèrfon de l'entrada per saber si tot va bé. Quan a en Pere, del carrer de Laforja amb Camp d'en Vidal, el van operar del genoll, els veïns feien torns per fer-li la compra i anar-li a buscar els medicaments a la farmàcia. Quan al bar La Granja del carrer de l'Avenir els van voler apujar de manera indecent el preu del lloguer, els veïns van recollir firmes per fer pressió al propietari del local. Van aconseguir que l'empresari rebaixés les condicions de les negociacions i que la Carme i en Juan poguessin continuar amb el seu negoci. El dia de l'acord, els cafès amb llet i els tallats van ser de franc per a tots els veïns, com a mostra d'agraïment. L'any següent els va tocar la loteria i van poder comprar el local. Hi va haver portes obertes de sol a sol i cava per a tothom.

Un dels habituals del barri amb qui la Llua es portava especialment bé era en Silvio, un sensesostre d'edat indesxifrable. Durant les nits vivia a l'entrada d'un pàrquing de Marià Cubí. La tenia sempre polidíssima. La Cinta s'hi havia fixat. Anava amb un carretó d'anar a comprar atrotinat ple de ferros, utensilis de cuina, un quadern mig estripat de mots encreuats, una cantimplora abonyegada, una samarreta vella i un jersei. També un mòbil vell, dels d'antena, sense bateria i amb la pantalla trencada. Penjant d'un costat hi duia un cubell i un pal de fregar. Allà on ell s'estava era el tram més net del carrer. En Silvio el deixava impecable abans de posar-s'hi. La Llua quan el veia sempre li feia festes, i així és com ell i la Cinta van començar a parlar. L'instint de la gossa era el salconduit per mantenir la reserva i la por dels desconeguts a ratlla. En una d'aquestes converses ell li va explicar, amb un espanyol maldestre, que era romanès i feia anys havia estat transportista al seu país. Va començar a beure més del compte i la seva afició per l'alcohol li va fer perdre el carnet de conduir, la feina i la dona. En aquest ordre i com les peces arrenglerades d'un dòmino. No va tenir esma ni força per mantenir res del que li havia costat tant d'aconseguir. Era un bon home amb mala sort. Una nit d'hivern dels del fred humit que s'instal·la als ossos, la Cinta va passar per davant seu quan feia l'última passejada del dia amb la Llua. Li va demanar com estava i si necessitava res, i uns minuts més tard li va baixar una manta de casa. L'endemà va fer una mica més de dinar, i també n'hi va portar. Al cap de quatre dies, en Silvio formava part de la comunitat. I, com ell, uns quants més que s'instal·laven a l'ampit del finestral de la perruqueria de la cantonada d'Aribau amb Marià Cubí. Fumaven llosques de cigarret que trobaven a terra i bevien. I parlaven. Sovint a crits, a causa de l'alcohol. Es posaven just sota les fotografies de les models amb pentinats de colors impossibles: l'un rosa xiclet i l'altre blau elèctric. Quan no era la Cinta, era en Pere, en Joan o la Marga els que els donaven un paquet de pasta, un cafè acabat de fer, una samarreta vella perquè poguessin canviar-se de roba o un impermeable en desús per guardar-se de la pluja.

Un vespre, a en Silvio, uns brètols el van atacar i li van robar el carro sencer amb el cubell i el pal de fregar. El van atonyinar, li van trencar les ulleres i li van deixar la cara com un mapa. Des dels balcons més propers van sentir el renou i els crits. Molts d'ells van baixar esperitats per veure què passava. La Cinta també, amb la Llua. El van trobar plorant com un marrec. Veient-ho, la Cinta va preguntar-se com es pot robar un sensesostre, si la única cosa que se li pot prendre, el que fa més mal, és la dignitat. Va ser ella qui el va curar amb tot el que va trobar a la farmaciola. Li va netejar les ferides, li va posar Betadine i, al tall de damunt la cella, li va col·locar una tireta ampla amb punts de sutura. Algú altre li va portar un matalàs inflable i un tercer li va baixar un got de llet calenta i un antiinflamatori.

Al cap d'uns dies els veïns van aconseguir que en Silvio entrés en un programa de Càritas de desintoxicació que ell va seguir amb molta voluntat. En Joan li va oferir una habitació a casa seva i va estar-hi vivint uns mesos. L'ajudava en les coses de la casa i anava unes hores a treballar en un magatzem descarregant caixes de fruita. Quan en Silvio va decidir tornar al seu país, en Joan, animat per l'experiència, va decidir oferir l'habitació buida a un altre rodamon habitual del barri. Però amb aquest les coses no va anar gaire bé i en Joan va tenir una feinada per treure'l de casa. No tots eren com en Silvio.

El que és cert és que aquell home va deixar marca entre els veïns de Galvany. Encara ara, de tant en tant, la Cinta rep vídeos seus des de Romania. Ha refet la seva vida i torna a treballar. I té un gos i li diu que el casaran amb la Llua. Se'l veu més gras i sempre somriu. El forat de la incisiva que li falta és el record permanent d'un passat que ell no vol oblidar.

Sovint la Cinta pensa que podria ser com ells. Que només els separa una fina línia de sort o una xarxa —els pares des de la Sénia, els amics, els veïns, la feina— que l'ha sostinguda incondicionalment durant aquests últims anys i ha impedit que es decantés cap al costat equivocat. Que si no hagués tingut aquests arnesos potser ara dormiria al carrer, seria una sensesostre. Quan parla amb ells, quan escolta les seves històries, s'hi veu projectada. Ella també va ser en un forat. S'hi va deixar anar. Tot pesava massa per lluitar-hi en contra. Tan sols volia quedar-se aturada, arraulida al racó de l'entrada d'un pàrquing. Morir d'inanició, o de fred. O d'una pallissa. Arriba un moment que tant és. Es deixa de tenir por de la mort perquè és l'única manera d'acabar amb el patiment.

Quan la Cinta va conèixer en Max als jardins de Can Ferrer va ser per la Llua. La gossa es va quedar enredada enmig d'uns arbustos de murtra, marfull i arboç quan anava darrere la pilota, i en Max li va desfer el nus que li havia empresonat la pota. La Cinta li va donar les gràcies i la Llua li va deixar la cara plena de llepades.

Després d'aquella primera trobada en van seguir moltes. La Llua, cada vegada que el veia, hi anava disparada. Era un home d'uns quaranta-molts, calb amb barba espessa i ulls clars. Amb els braços musculats i plens de tatuatges. I una arracada minúscula però lluent a l'orella esquerra. Anava sempre endreçat. D'esport amb estil *grunge*. Sempre que la Cinta se'l trobava, ell estava arreglant una bicicleta. Un dia la Cinta li va demanar si vivia allà, al parc. I ell li va ensenyar el garatge abandonat del costat. «*Duermo allí. Salto el muro y aquí es donde paso el día. Esto es mi casa.*» I ho devia ser. El coneixien tots els gossos, tots els adolescents que hi anaven a passar les tardes i també les mares dels nens que hi feien les festes d'aniversari. Tothom el saludava i ell era amable amb tothom.

—Necessites alguna cosa? Et puc ajudar en res?

—*Un cafecito rico. Y me salvas la vida.*

Així va començar la seva relació. Es veien cada dia. Com a mínim dos cops. Alguna vegada, quan la Cinta havia hagut d'anar a una reunió d'última hora en què no podia dur la Llua, fins i tot l'hi deixava perquè tingués cura d'ella.

En Max li va explicar que era de Cantàbria, que hi tenia la família però que no en volien saber res. «*Soy la oveja negra.*» Que feia anys que vivia al carrer i que se'n sortia força bé. Que enyorava menjar un bon plat de macarrons a la puttanesca però que havia desenvolupat una tècnica amb què era capaç d'imaginar-se el gust d'allò que més li agradava mentre menjava una altra cosa, com una llauna de tonyina.

La Cinta el va convidar un dia a dinar a casa seva. Ell li va demanar si es podia dutxar. «*Es de las cosas que echo más de menos.*» I ella li va contestar que sí, que cap problema. S'hi va estar una bona estona i en va sortir net i feliç. La Cinta, mentrestant, li havia preparat un plat immens de macarrons a la puttanesca.

—*Cinta, te tengo que contar una cosa, quiero que lo sepas. Si después no me quieres hablar jamás, lo entende-*

ré... He estado en el talego. Una condena de diecisiete años. Hice algo muy, muy malo. Fue a un conocido, un amigo. Asunto de drogas.

—Ho tornaràs a fer?

—*No.*

—A mi, em faries mal?

—*Nunca* —li va dir rotundament.

La Cinta va fer els seus càlculs i les seves suposicions. Un crim de disset anys no és menor. Però no en va voler saber res més. No tenir determinada informació també ajuda a mantenir a ratlla la por. O això volia creure ella. No hi va haver més preguntes. Tampoc més respostes. El que sí que li va explicar en Max va ser la seva vida a les presons. El seu recorregut l'havia portat per tres centres diferents de tot el país. Cadascun tenia les seves coses. A cada un va tenir bons companys, també bregues i algun problema. En Max patia dolor per tot el cos des de feia anys i, a vegades, només el mantenia a ratlla amb opiacis. La presó era un bon lloc per aconseguir-ne. Ella, per la seva banda, li va explicar l'infern que havia passat amb la seva malaltia, com era això de lluitar contra una cosa intangible com la por. Ell no havia sentit mai abans que algú tingués por de la por. Ni tan sols sabia que hi havia una malaltia que hi posés nom. Però també sabia què volia dir passar-ne. Les nits a la intempèrie en feien despertar unes quantes. La solitud, també. Ell li va dir que la protegiria. Ella li va respondre que amb la Llua farien un bon equip.

Aquell estiu la propietària del pis on vivia de lloguer la Cinta li va anunciar que, quan s'acabés l'últim any de contracte (faltaven onze mesos), el volia reformar i que si s'hi volia quedar li costaria quatre-cents euros més del que ja pagava. Que en aquella zona hi havia molta demanda i que podia treure'n molt més del que li estava cobrant a ella. No hi havia gaires alternatives. La Cinta va decidir que era el moment de no haver de dependre de lloguers basculants, fer el cop de cap i comprar-se un pis. Es va posar a buscar-ne, i l'única cosa assequible que va trobar i que s'adigués a les seves possibilitats i exigències —gran, amb llum i ben comunicat— va ser un pis al Raval, al carrer de l'Om, perpendicular a Nou de la Rambla. Un lloc amb fama de complicat per la delinqüència i per les drogues. En Max li va dir a la Cinta que no era una zona per a ella, que ell la coneixia bé i que allà no estaria segura: «*Está lleno de quinquis y maleantes*». Però ella volia provar-ho. La casa s'havia de fer nova de dalt a baix i al preu al qual l'hi venien es podia permetre fer una reforma al seu gust. A més, pensava destinar una part del pis al seu espai per viure-hi i al despatx, i a l'altre costat a una habitació i un lavabo independent que podria llogar, i que li aniria bé per ajudar a pagar la hipoteca.

El mes de novembre del 2019, van caure uns aiguats a Barcelona que van durar molts dies. La Cinta es va trobar en Max xop al carrer i mort de fred, prop de la plaça de Cardona, un dia que tornava d'una reunió. Li va dir que no podia estar-se a la intempèrie amb aquell temps i li va fer una proposta. «Max, et deixo que t'instal·lis al meu pis del Raval mentre no hi pugui començar les obres, però jura'm que quan trobi paleta i engegui les reformes marxaràs.» Ell li va donar la seva paraula. Ella se'l va creure. Feia temps que no el posava en dubte.

Així és com en Max es va instal·lar al pis de la Cinta del Raval. Allà es podia rentar en un plat de dutxa que hi havia i podia utilitzar la cuina de gas. No necessitava res més. Li va demanar a la Cinta si amb ell podien anar tres col·legues més i el gos d'un d'ells que també dormien al garatge. La Cinta primer va dubtar, però després li va dir que només sota la seva responsabilitat. Durant els primers dies, en Max li va explicar a la Cinta que li havia costat molt adaptar-se. Acostumar-se a tenir quatre parets i a sentir els veïns. O a deixar de dormir la nit sencera amb un ull obert per si de cas.

El març del 2020, la COVID es va instal·lar arreu del món i va paralitzar la vida de tothom. Per a la Cinta aquella era una vella sensació coneguda, no la va agafar de sorpresa, i l'entrenament forçat d'anys enrere li va permetre adaptar-se a una nova situació amb més facilitat que la gran majoria de la gent que coneixia. Seguia les normes, els horaris. Ocupava les hores del dia treballant a casa, com sempre. I tenia permís per poder passejar la Llua unes quantes vegades al dia a menys de dos quilòmetres de casa. La seva vida no va patir cap canvi substancial. La preocupaven els seus pares, a qui trucava cada dia. Però a la Sénia vivien en una casa al mig d'un camp de tarongers. Podien sortir a passejar pel terreny sense posar-se en perill ni posar-hi ningú altre. En l'única cosa que la pandèmia va alterar els seus plans va ser en el calendari de les reformes del pis del Raval. Les obres que havien de començar al març es van anar retardant sense data ni calendari i, mentrestant, en Max i els seus amics ocupaven el pis de la Cinta. En tenien cura, el vigilaven i dormien a cobert cada nit sense por que ningú els destorbés o els robés.

Durant el confinament, l'Ajuntament, amb l'ajuda de l'Exèrcit i la Creu Roja, va habilitar a Montjuïc un pavelló amb capacitat per a uns tres-cents homes sense llar. Les dones i les persones amb símptomes tenien altres espais destinats específicament a ells. Lliteres situades a una distància prudencial, lavabos, mòduls amb dutxes, zones de descans i un menjador amb capacitat per a centenars de racions diàries. Cada dia es feien llargues cues a la falda de Montjuïc d'homes que esperaven el seu torn per poder passar el control de temperatura i accedir al recinte. No sempre hi entraven tots. La Cinta no va voler que en Max i els seus amics marxessin de casa seva. S'havien comportat sempre, els veïns no en tenien cap queixa i li vigilaven la casa. L'única vegada que li van entrar dubtes va ser quan li va arribar una factura de la llum excessiva. Va trucar a en Max i li va dir que què es pensaven. Que era abusar de la seva confiança. Ell va dir que no havien estat ells. Que amb el mínim ja feien. En Max va descobrir que un dels veïns del bloc del costat havia punxat la llum a la Cinta des de feia temps. Va arreglar-ho i les factures van tornar a estar al mínim que tocava per un pis gairebé desocupat.

Quan al mes de juny el paleta va poder entrar al pis, els amics d'en Max van marxar. Amb la Cinta van pactar que si a ell li anava bé, li faria un favor si al matí podia obrir al paleta i, al vespre, anava a tancar el pis amb clau. I que si s'hi volia quedar a dormir, ho fes sense problemes. I així va ser, fins que faltaven quinze dies perquè la Cinta s'hi hagués d'anar a instal·lar perquè s'acabava el contracte del pis d'Aribau.

La Cinta no volia deixar sense sostre en Max, volia ajudar-lo d'alguna manera. Va trucar a una amiga seva que treballava al programa matinal de Catalunya Ràdio. «M'has de fer un favor. T'he d'explicar una història. Necessito que m'ajudis a trobar un lloc per a un amic meu.» Després d'aquella entrevista que li van fer a la Cinta a la ràdio en van venir moltes més. Als diaris, a les televisions. Fins i tot li van trucar de mitjans estatals. A totes les entrevistes la Cinta deia que en Max i els seus amics eren bona gent, que necessitaven una oportunitat en forma de sostre, que hi havia molts immobles desocupats. Es van inventar el concepte de *masovers urbans*: fer-se càrrec d'un habitatge on no resideix ningú, amb el compromís de marxar quan els propietaris l'hagin de fer servir. Un pis o un local amb vàter i dutxa. Que ells amb això i un microones ja en tenien prou. Un noi de Collblanc va respondre a la crida i els va cedir un pis que tenia buit des de feia anys i que, de moment, no tenia intenció de posar al mercat. Els mitjans de comunicació parlaven d'història d'èxit amb final feliç. Una història digna de novel·la o pel·lícula, però quan els focus s'apaguen i es torna a la realitat la vida és tossuda i té arestes.

En Max i els seus amics es van discutir i ell va tornar al carrer. Ara aquí, ara allà. Tornava a dormir, mig de dia mig de nit, amb un ull entreobert i en estat de vigilància permanent. Quan necessitava ajuda telefonava a la Cinta. Com aquella vegada que li va trucar plorant perquè la Guàrdia Urbana li acabava de prendre un cadellet de gos d'uns vint dies que havia trobat deslletat i abandonat en un local de Ciutat Vella. Li havia posat un nom que invocava el desig, Hope, i n'estava ben enamorat. Però algú el va veure, li va cridar l'atenció que el gos fos tan petit i va posar una denúncia per maltractaments a una fundació de protecció d'animals que hi va enviar la Guàrdia Urbana. Els agents li van decomissar al·legant cria il·legal. No van voler escoltar en Max. Altre cop els prejudicis. Aquell dia la Cinta va tenir una feinada per consolar-lo i les gestions que va fer per esclarir la situació no van servir de gaire cosa. La Cinta li va explicar que a comissaria li havien dit que una persona amb antecedents no podia tenir un gos d'una raça potencialment perillosa sota la seva responsabilitat, com era el cas. Ell només sabia que no ho entenia.

La Cinta també recorria a ell quan el necessitava. En Max, per exemple, li va fer de vigilant de les noves finestres que van quedar al carrer durant tot un dia i una nit perquè el contractista de les obres no va preveure una grua per pujar-les, ja que l'escala era massa estreta. També la va ajudar a muntar els armaris de la cuina nova. S'hi van passar un dia sencer. Tots dos, amb un tornavís en una mà i un martell a l'altra. I seguint les instruccions pas a pas.

Va ser aquell dia quan, havent acabat la feina i esgotats, ell li va deixar anar un «*Yo, con una mujer como tú, sería capaz de rehacer mi vida*». Ella se'l va mirar molt a poc a poc i va ser incapaç de dir-li res, però a en Max, per primer cop des que la coneixia, li va semblar percebre por als seus ulls. Por de perdre alguna cosa. Va entendre que no hi havia escletxa possible.

Des que la Cinta s'havia instal·lat al pis nou, formava part de tots els grups veïnals possibles que reclamaven un Raval més segur, sense narcopisos, delinqüència ni droga. També més net. Els veïns tenien un xat molt actiu d'informació i col·laboració entre ells. La Cinta es tornava a sentir part d'una comunitat ben travada. Això la feia sentir segura. Amb la Llua anaven cada dia als jardins de Sant Pau del Camp, que envolten el monestir romànic. Tots els habituals es coneixien. La Llua hi va fer nous amics i la Cinta també. De moment, però, l'habitació no l'havia pogut llogar. Una de les conseqüències de la COVID, que prohibia per llei les llars compartides. Seguia havent-hi restriccions i anaven a mig ritme.

El vespre que es va morir la Llua, la Cinta era a la cuina nova, endreçant gots i plats que encara guardava en caixes. Va sentir un cop sec i va pensar «ja està». Feia mesos que el veterinari li havia trobat un càncer a la pota. La van operar dues vegades i la van sotmetre a una sessió de quimioteràpia. La gossa, però, cada vegada estava més fluixa, més lenta, més pesada. No va morir d'això, però. Va ser el cor. Tampoc li acabava de funcionar. No li bombejava bé i se li omplia el pulmó de líquid. El cor. Miocardiopatia dilatada, li van dir. Ja s'havia desmaiat un parell de vegades però després tornava en si, l'última vegada al parc. Aquella vegada, no. Tenia tretze anys, si els càlculs de la protectora havien estat ben fets.

La Llua, estirada a terra, va començar a perdre de tot arreu. La femta escampada com un últim anhel, la brutor d'un final apoteòsic, descontrolat. La Cinta no sabia què havia de fer.

Atordida i adolorida, va enviar el mateix missatge a dues persones. A la Mar, una veïna del carrer de l'Arc del Teatre amb qui s'havien fet amigues perquè se la trobava sempre fent fúting al parc, i a en Max: «La Llua s'ha mort. Necessito que vinguis.» Al cap de no res, tots dos eren al pis del Raval.

Amb la Mar la van netejar amb cura i li van fabricar una mena de bolquer amb draps de cuina de cotó que van col·locar-li entre les potes del darrere i per sota la cua. Després van preparar la mortalla. Amb un llençol de metre vuitanta la van embolicar amb tres voltes i amb els extrems ben doblegats per la part de dins. Com s'emboliquen els regals valuosos. Tots tres feien feina en silenci. Van acabar a la una de la matinada i la Cinta els va demanar si l'ajudarien a portar-la al maleter del cotxe que tenia aparcat a Nou de la Rambla, just al costat de la comissaria dels Mossos. L'endemà a les sis del matí, quan s'aixequés el toc de queda, se l'enduria a la Sénia a enterrar-la a cals pares. Ells ja l'estaven esperant.

Aquella matinada de confinament nocturn, una dona de dol, una amiga i un home amb antecedents penals van baixar un cadàver curosament embolicat amb un llençol pels esglaons d'un pis del carrer de l'Om del Raval. El més problemàtic van ser els revolts de l'escala tan dreta, havien d'anar alerta perquè tot el grup alhora no hi passava i havien de manejar l'embalum sincronitzats —en Max davant per aguantar el pes, la Cinta darrere guiant el gir i la Mar sostenint la part del mig perquè no se'ls escapés cap a terra— i per no donar-li cap cop. Si algun veí els va sentir o els va veure per l'espiell mai en va dir res a la Cinta. Els quatre esperits que hi havia aquella hora pel carrer en el trajecte cap al cotxe estaven tan collocats que devien pensar que allò que els passava per davant dels nassos era un somni o, en el millor dels casos, efecte de les drogues.

Ja al cotxe, la Cinta va estar temptada d'entrar a la comissaria i explicar què estava passant per evitar cap problema. Però en aquell moment no hi havia cap mosso a l'entrada i van fer via a posar un plàstic al maleter i a sobre la Llua.

Quan van acabar, la Cinta els va donar les gràcies. La Mar li va respondre amb una abraçada. En Max li va estrènyer l'avantbraç. Era la primera vegada des que s'havien conegut que es tocaven. La Cinta en va ser conscient a l'instant. La Mar se'n va anar cap a casa seva, allà al costat, i en Max va desaparèixer pels carrerons. Aquelles tres hores que quedaven abans de les sis, la Cinta no les va dormir. A la Sénia el pare havia cavat un forat gran davall un taronger, però quan la Cinta va arribar s'estaven barallant ell i la mare perquè ella li deia que havien de trobar-li un lloc més simbòlic. Finalment, van triar una olivera i van enterrar la Llua allà. Aquell dia, la mare va fer canelons de festa major. Feia molts mesos que no veien la seva filla.

Ja fa uns dies que la Cinta va anar a buscar la Troia a la protectora de Riudoms. Com l'altra vegada, va escollir la gossa que se li va plantar al davant, cap altra. De nou, era difícil saber qui havia triat qui. La Troia s'assembla molt a la Llua, però aquesta —i segur que hi fa que és molt jove, encara— té una energia que no se l'acaba. La Cinta està convençuda que ja se l'ha començada a estimar, tot i que encara s'hi resisteix una mica per por d'esgotar l'enyor de la Llua massa d'hora. No en vol substituir els afectes ni els records, ni els espais que cadascuna ocupa dins seu.

Li ha enviat un missatge a en Max amb la foto de la Troia. «*Es una preciosidad*», li ha contestat ell.

Aquesta tarda, la Cinta i en Max han quedat als jardins de Sant Pau a partir de les set, quan baixi una mica la calor, per fer les presentacions oficials.

Usher

Per molt que em mori i torni a néixer
Cremaria set vides per tornar-te a conèixer.
Puc perdre mil batalles
Si guanyem junts la guerra.
Sempre que hem perdut un combat
Una llum ha arribat del més enllà.
Seguint-la, ens hem trobat.

«Mil batalles», BÚHOS

«I sobre el mur penjava un escut de relluent bronze amb aquesta llegenda gravada: "Qui entra aquí ha estat el vencedor; qui mata el drac haurà guanyat l'escut".»*

* «La caiguda de la casa Usher», dins *Narracions extraordinàries,* d'Edgar Allan Poe. Traducció de Carles Riba. Quaderns Crema, 2003.

Calculen que davant seu, a la cua, com a mínim hi ha vint persones. Totes traginen el llibre de l'Autor, a qui, des del lloc on són ara, no veuen, ni tan sols la muntura de les ulleres de sol exagerades que el caracteritzen. L'envolta un eixam de gent tan gran, a més de càmeres de televisió i periodistes fent connexions en directe, que és absolutament impossible percebre'l bé. Tots col·locats desordenadament darrere les seves espatlles per agafar un bon pla zenital, amb la perspectiva del clatell de l'Autor estampant la firma. La càmera també recull la cara dels lectors embambats davant l'estrella fulgurant. És dijous, fa un dia preciós i Barcelona és un tràfec de gent, atapeïda d'alegria. Com cada Sant Jordi. Són dos quarts de dotze del migdia i al Triangle s'hi han concentrat les signatures de mitja dotzena d'escriptors amb novetats editorials. La de l'Autor és, de llarg, la que aixeca més expectació en aquell punt. El programa de televisió per a joves que es volen convertir en cantants famosos arrasa en audiències i l'Autor, que exerceix de president del jurat, malèvol, desagradable i cínic, s'ha convertit en el veritable protagonista del concurs, un personatge de conte de por que ha plasmat en dues-centes vuit pàgines tots els seus coneixements sobre el pensament negatiu.

En Marc no pot evitar fixar-se en l'autor del costat dels focus. No té ningú a la cua, tampoc cap periodista entrevistant-lo, i fa cara de contrariat. El bolígraf que té a la mà i que fa giravoltar amunt i avall dels dits com una majoret entrenada encara porta el tap de plàstic blau enfundat. En Marc està convençut que, si no fos per aquella noia pèl-roja i pigada que està asseguda a la seva vora en una cadira de platja plegable i que li somriu de tant en tant, en un acte d'empatia exemplar, ja faria estona que s'hauria aixecat i hauria marxat cap a casa. En Marc no ho sap, però, per a aquell escriptor —l'Altre—, cada Sant Jordi és un suplici de farsa, una posada en escena de la qual, si pogués, apostataria per sempre més. Ell, la parròquia fidel la té a les llibreries i als clubs de lectura de les biblioteques, on la seva obra forma part del fons d'armari. Les seves novel·les es venen al gener.

En Marc està patint pel rellotge. Ell i la Patri tenen classe al cap d'una hora i la facultat de fisioteràpia és a Sant Cugat, molt a prop del CAR. Encara sort que tenen la parada dels Ferrocarrils a tocar, a l'entrada del Triangle. Hauran de sortir escopetejats.

Just davant d'en Marc i la Patri hi ha un grup de tres noies. Una d'elles porta una càmera digital petita penjada al coll. En Marc s'hi acosta i assenyalant la màquina els demana si, quan arribi el moment, li podran fer una foto amb l'Autor, que amb la Blackberry no queden mai tan bé. Les dues que no porten la càmera es precipiten a dir-li que esclar, que només faltaria, que no es preocupi. La propietària de la càmera, en canvi, no obre boca. El sotja amb desconfiança, serra les dents i agafa fort la màquina entre les mans, com si tingués por que sortís volant cap al desconegut.

«Soc un bon producte publicitari, per a tu?» li etziba en Marc a l'Autor quan aconsegueix plantar-se-li al davant. Ell ni el mira i mentre guixa la seva signatura ampul·losa i ascendent li respon amb desdeny: «A tu què et sembla?».

«Fotoooooo!» Una noia de les que anaven just davant seu a la cua pitja el disparador. En Marc li diu que gràcies i li dona el seu Hotmail perquè l'hi enviï. La noia que portava penjada la càmera al coll el mira des de darrere de l'espatlla de l'amiga amb cara circumspecta. Ell ho percep —a en Marc sempre li ha interessat més el que passa en els segons plans, allò que queda desapercebut, fora de focus— i calibra la possibilitat de parlar-hi directament i guanyar-se-la, però la Patri l'apressa: «Tio, si no ens afanyem no arribarem a classe i en Martínez ens fotrà bronca».

Al cap d'uns dies, en Marc rep un missatge al Messenger. «Hola, soc l'Esther. Ens vam conèixer per Sant Jordi, fent cua per l'Autor. La Maeva ja té les fotos. Et passo el seu correu i et farà arribar la teva. Només una cosa més, perquè ho sàpigues: la Maeva és sorda. Sorda total, vull dir. Jo, no. Si algun dia vols que quedem tu i jo, ja tens el meu contacte. Vaig trobar que eres molt guapo.»

En Marc i la Maeva s'escriuen uns quants dies després que ella li enviï la imatge d'ell amb l'Autor. Cap dels dos ha començat a llegir-se el llibre, però als prestatges de cadascun queda molt bé tenir aquell títol provocatiu que invoca els pitjors pensaments. Als vint-i-un i als divuit anys, respectivament, un llibre així és com una mena de declaració d'intencions i de rebel·lia cap al món, especialment el dels adults. A més, els serveix d'excusa per parlar del concurs de televisió, dels seus candidats preferits, de la injustícia que s'ha comès expulsant aquell concursant que era el més popular i que —segons el parer d'en Marc— era el que feia més bones versions. Un dia en Marc diu a la Maeva si li agradaria quedar amb ell per prendre alguna cosa, que vol agrair-li la foto. Ella hi accedeix.

Davant de l'Hotel Ritz de Gran Via amb Roger de Llúria, en Marc està una mica nerviós. S'ha posat la seva millor camisa, la de ratlles fines, i se l'ha col·locat per dins dels texans per semblar més formal. En les últimes setmanes, a través del *mail*, ha comprovat que la Maeva és força simpàtica, res a veure amb la primera impressió que en va tenir el dia de Sant Jordi. A més, pensa que és ràpida i que té un punt d'ironia quan escriu i això, a en Marc, li agrada especialment. S'ha descobert somrient cada vegada que l'espera un nou missatge d'ella a la finestreta del xat del Messenger.

Mentre està immers en les cabòries de les converses que s'han intercanviat en els últims dies, se li apareixen just al davant la noia acompanyada d'una senyora tenyida de ros, molt xerraire. Van de bracet. La dona fa dos petons a en Marc mentre l'agafa pel colze i se li presenta com la mare de la Maeva. Es deixa estar de protocols i va directa al gra: vol saber a quin lloc aniran i a quina hora tornaran a casa. Li informa amb to de recordatori que en Marc no acaba de comprendre, que la noia té divuit anys i després li diu que l'ha acompanyada perquè li venia de pas, que va al Bulevard Rosa a mirar roba i que així, «mira, ens hem conegut». La noia, al seu costat, riu per sota el nas i li fa una ganyota a en Marc. «Fins després, passeu-vos-ho bé. Coneixement!». A mig anar-se'n, s'atura com si volgués dir alguna cosa més, però fa que no amb el cap i desapareix. En Marc intenta processar aquell vendaval que acaba de conèixer i que l'ha deixat estabornit fins que sent com la Maeva fa una mena de crit amb sordina que li surt de ben endins. «*É-impo-i-ble*», exclama, i ho acompanya amb un gest d'exasperació amb les mans. Tots dos riuen.

Van al bar Snooker, al carrer de Roger de Llúria, i seuen en una taula prop de la barra. Demanen unes aigües amb gas i llimona (cap dels dos beu alcohol) i els passa l'estona volant explicant-se les coordenades: les escoles, els estudis, els amics, els programes de televisió que miren. També les coses que els fan especials: les tres hores de natació diàries d'ell durant anys per entrenar-se i l'exigència de formar part de l'equip de waterpolo que va acabar deixant perquè preferia dedicar el temps als estudis, la carrera de fisioteràpia i el professor que li ha ofert fer de becari a la seva consulta, les ganes de tenir-ne la seva i guanyar diners. La vocació i l'ambició.

Ella li diu que ha deixat els estudis, que no li anaven bé. Explica que una professora li tenia mania i que li va suspendre castellà tres vegades i se li van esgotar les convocatòries i l'energia. Que ara es dedica a ajudar a l'empresa familiar de subministrament de productes mèdics a les Canàries, que és d'on són originaris els seus pares. Que li agradaria fer disseny gràfic, però que abans s'hauria de treure el batxillerat i, de moment, està bloquejada. Que el seu nom es veu que ve de Tahití. «Tahití?», li demana en Marc, que no sap si ho ha entès bé. Prova sort: «Què se t'hi ha perdut?». Ella li explica que vol dir 'benvinguda', que els seus pares ho van treure d'una pel·lícula perquè els va semblar exòtic. Ell li proposa: «Benvinguda, doncs. Va! Juguem al billar?».

La Maeva, quan arriba a casa a la nit, diu a la seva mare que aquell noi l'ha feta riure molt i que li ha donat peixet al billar, que se li veu d'una hora lluny que és bona persona. La mare assenteix tranquil·la, i el pare —del sofà estant— murmura que a ell també li ha fet aquesta impressió, mentre els espiava d'amagat darrere uns contenidors just davant del Ritz. La Maeva no s'ho pot creure. «Pa-paaaaa!», i li tira un coixí al cap. Se li planta davant perquè la pugui veure bé i li diu, amb tota la fermesa que és capaç, que ja-no-és-una-nena. Ell arronsa les espatlles i li respon que ell és son pare i que ha de vigilar amb qui surt, «que hi ha molt aprofitat, filla».

En Marc, per la seva banda, aquella nit arribant a casa, pensa en ella com en un llibre. «Un llibre sense lletres però en què t'hi quedes embadocat.» S'imagina traient-li aquell audiòfon que amaga darrere els cabells llargs i que fa un renou de mil dimonis quan te li acostes massa a la cara (ho ha pogut comprovar quan li ha fet un petó per sorpresa, molt a poc a poc, en aquell interregne de pell entre la galta i la boca) i anant fins al fons de l'aigua, per nedar amb ella. «Sota l'aigua, només sents la teva respiració i el teu esforç; dins la ingravidesa, la resta desapareix i tot el seu soroll, també.» Ell ha viscut sota l'aigua durant molts anys, ella hi va néixer. El món aquàtic i sord és el seu medi natural. De tots dos.

Sense silenci, l'amor no és possible.

Ha passat un any i en Marc i la Maeva tornen a fer cua, aquesta vegada plegats i sense reticències, davant la taula de l'Autor el dia de Sant Jordi. És a la tarda, i l'Autor està aixecant de nou un *totum revolutum* al seu voltant, en una parada al passeig de Gràcia. És fàcil endevinar quina és la seva cua pel núvol d'agitació que la distingeix. Aquest cop, però, no hi ha l'autor de mirada perduda al seu costat (en Marc havia decidit que si hi tornava a coincidir li compraria el llibre). Quan arriben a la primera posició, tres quarts d'hora ben bons després d'haver-s'hi posat, la Maeva i en Marc anuncien a l'Autor que estan junts «per culpa seva». Ell, sense aixecar els ulls del llibre que acaba de publicar, aquest cop sobre la negativitat en els sentiments —sens dubte l'Autor ha trobat un filó sense fi—, els contesta que no accepta devolucions si la cosa no funciona o la relació acaba sent defectuosa. En Marc li rebat que ells, les imperfeccions ja les porten de fàbrica i que per això són «tan especials». Ho diu amb tanta vehemència que l'Autor se'ls mira per damunt de les ulleres, ara sí, per primer cop. Però només hi veu una parella jove, ben plantada i enamorada. Li deixen d'interessar a la mil·lèsima de segon: sense conflicte ni drama no hi ha història que valgui la pena. Ni a la ficció, ni a la publicitat, ni a la vida real.

La Maeva va néixer amb sordesa profunda. Els pares no van adonar-se que alguna cosa no rutllava fins que ella va tenir dos anys i mig i no reaccionava com els altres nens davant dels sons i els sorolls, tampoc deia res. Cap paraula. Quan el metge els va donar el diagnòstic ells no se'l van voler creure, van negar l'evidència i van mirar cap a un altre costat. Costa molt carretejar les expectatives fallides, sobretot quan impliquen els fills. Potser la nena no hi sentia prou, gens o una mica, però faria vida normal. El metge li va col·locar un audiòfon que la podria ajudar a sentir algun so, algun timbre. Els seus pares volien creure que aquell trasto servia més del que feia realment. Van posar tota l'esperança en l'aparell electroacústic que transcrivia els sons en impulsos elèctrics, en ressonàncies metàl·liques. També la van apuntar a una escola concertada de la part alta de Barcelona i la direcció els va posar una logopeda del CREDAC que li va fer reforç en una aula petita, cada dia, durant tota la primària i tota l'ESO, a banda de la classe ordinària. Però no van voler de cap de les maneres que la Maeva aprengués la llengua del signes ni tampoc es van plantejar un implant coclear, no volien que la mancança de la nena fos massa evident de cara enfora. Si la gent no ho veia era com si el problema existís una mica menys. A ulls aliens, la seva filla era «normal». Així és com la veien ells i com volien que la veiessin els altres.

A la Maeva li va costar molt aprendre a parlar. Proferia sons amb la veu esmorteïda, parlant de manera sil·làbica i perdent algun fonema pel camí, era estrany per a qui l'escoltava però amb pràctica i amb bona voluntat se n'acabaven entenent els codis. Era tímida, no li agradava ser el centre d'atenció i la seva condició li permetia mantenir-se en un segon pla que per a ella era còmode, una cova on aixoplugar-se i recloure's quan a fora feia massa fred. I en solia fer molt i sovint, de manera que gosava sortir-ne poc. Es va convertir en una experta llegint els llavis i fins i tot les paraules més curtes i dites per gent de confiança les podia captar sense estar-hi cara a cara. També va aprendre a desxifrar les vibracions que desprenia cada persona, una mena de sisè sentit entrenat que li servia d'escut o de brúixola, depèn del cas. Cada persona vibrava amb una tonalitat diferent, amb tota la paleta de sons possibles, des dels més aguts als més greus, i amb cada tremolor, modulació, ella tenia una informació gairebé única sobre qui tenia al davant.

La Maeva va aconseguir fixar-se en moltes altres coses: les expressions de la boca, dels ulls, de les mans. Va desenvolupar de manera ferotge el tacte i l'olfacte. I també la desconfiança. Les seves companyes de classe, en plena adolescència, van veure en el seu silenci un signe de debilitat i van convertir la compassió previsible en una batalla campal. Se'n reien d'ella, li pintaven l'uniforme amb retoladors, li escrivien insults, li amagaven l'estoig. Ningú li volia deixar els apunts, que no podia agafar amb correcció perquè els professors s'oblidaven sovint que ella no els sentia, s'havien acostumat a la seva presència discreta, a la seva invisibilitat. Ella patia i amuntegava els greuges dins seu, però era incapaç de tornar-s'hi perquè sabia que el seu punt de sortida partia de molt més enrere que el dels altres i que mai els podria guanyar la carrera. Va durar anys, això, i ella no es va queixar mai, tampoc ho va dir als pares. No els volia fer patir més ni tampoc decebre. Però la por, l'angoixa i la impotència acumulada van repercutir en l'aprenentatge i en les notes. Els professors ho atribuïen a la seva discapacitat i als pares només els preocupava que la filla anés fent. Una corda fluixa massa prima on practicar el funambulisme. La Maeva, des del seu univers mut, va aprendre sobre resistència i resiliència. Però també sobre la solitud imposada.

Va ser en Marc qui, quan feia dos anys que anaven junts, va animar la Maeva perquè reprengués el batxillerat. Li va dir que ell l'ajudaria. No li va caldre. Va aconseguir treure-se'l i es va inscriure a l'escola de disseny Groc, al carrer de Deu i Mata, on va fer el grau superior de gràfiques i publicitat. La Maeva estudiava el que li agradava i aquell grau va ser per a ella font d'autoestima i de realització. Es concentrava com ningú davant la pantalla de l'ordinador, el seu intens món intern va contribuir a desenvolupar una creativitat sense límits que podia aplicar en cadascun dels projectes. Els resultats que havia de presentar eren eminentment visuals i ella hi tenia traça. A més, els companys que s'hi va trobar eren amables amb ella i amb alguns, fins i tot, hi va congeniar i fer amistat. Era una sensació nova per a ella, i va recuperar la confiança en les persones desconegudes. Hi ajudava saber que, si tornava a viure una situació com la que l'havia acompanyada durant tants anys a l'escola, hi hauria xarxa a sota, algú sense prejudicis, a qui podria explicar-l'hi. I explicar el dolor, a vegades, ajuda a espellofar-ne els motius, fer-los miques. En Marc era un expert en això de desbloquejar, descontracturar, destravar, permetre el moviment, ajudar a avançar. Posar-hi calor, fred, llum, aigua, i electricitat, i fer massatges i màgia. La Maeva ja no tenia por de la soledat perquè havia deixat de sentir-se sola: en Marc nedava al seu costat, sota l'aigua i en aquell estat líquid, ella va conèixer la lleugeresa del cos i va aprendre a oblidar tot allò que tant de mal li havia fet.

El 2014, en Marc i la Maeva van decidir anar a viure junts. Van trobar un pis a un preu assequible a Lope de Vega amb Diagonal, al Poblenou, a la vora de la casa dels pares d'en Marc. Un pis prou gran per poder-hi destinar una habitació com a despatx, si mai ho necessitava, i alhora mantenir la intimitat familiar. Mentrestant, en Marc treballava tres matins a la setmana en una consulta de fisioteràpia de Sant Gervasi que s'havia posat de moda perquè hi anaven actors i periodistes famosos que després en penjaven les excel·lències a Instagram. Servien d'eco en una versió digitalitzada del flautista d'Hamelín. Una feina, aquesta, que va aconseguir perquè la Maeva va enviar-hi el seu currículum, sense que ell ho sabés, en el moment en què a en Marc se li havia acabat el contracte anterior de la feina on treballava.

L'estiu del 2019, en Marc va trobar un local, relativament a prop de casa, on establir la seva pròpia clínica. Les obres de reforma de l'espai van topar de ple amb la pandèmia, que en va retardar la posada en marxa. Però just quan el Govern espanyol va permetre que els centres de salut fossin una excepció i poguessin obrir malgrat el confinament, ell va poder engegar consulta pròpia al barri de Sant Martí, a la Gran Via. Tot i que al matí mantenia les visites al despatx de Sant Gervasi, a la tarda atenia els pacients al seu territori i sota les seves regles. Alguns d'ells amb pocs recursos i lesions de llarg recorregut, per això va decidir que aplicaria uns preus molt assequibles a tothom, sense diferències. Pensava que la salut havia d'estar a l'abast de qualsevol persona i ell treballava totes les hores per poder ajudar a qui fes falta. Dissabtes al matí inclosos. Probablement per això els seus pacients sempre hi tornaven. Es passaven el contacte els uns als altres. Parlaven de la seva professionalitat i el bon tracte. Això puntua doble en la satisfacció i poder dormir tranquil, pensava en Marc.

La Maeva va dissenyar-li el logotip i la pàgina web. En Marc va triar les frases que hi surten sobreimpreses. «El moviment és prevenció», de Shirley Sahrmann, una reconeguda fisioterapeuta nord-americana de qui en Marc havia llegit molts llibres. També una que diu «El que els meus ulls no veuen, ho veuen les meves mans; quan els meus ulls s'equivoquen, les meves mans els corregeixen», una frase d'un professor que havia tingut a la carrera en Marc, Manel Domingo. Unes paraules convertides, sense saber-ho quan les van incorporar en el disseny de la pàgina, en una mena de premonició demolidora.

Algunes tardes dels primers mesos, la Maeva anava a la consulta i l'ajudava si hi havia gestions pendents a la recepció: ordenava les dades personals, posava al dia les factures o obria la porta als proveïdors si en Marc estava atrafegat amb un pacient. S'entretenia amb els que eren de confiança, gent coneguda del barri o casos amb tractaments llargs que hi solien anar de manera continuada, mentre esperaven el seu torn. Gent que coneixia la Maeva i que, per tant, en sabien els angles morts. El somriure i la companyia de la noia, durant aquella estona d'espera, a vegades servia de bàlsam per suportar millor el dolor i el consegüent mal humor que els havien portat fins a la clínica. Entre visita i visita, la Maeva li feia un te a en Marc o li portava berenar.

Un dia durant la pandèmia que la Maeva corria per la recepció, va entrar a la consulta una dona gran que hi anava per primera vegada. Es va dirigir a la Maeva com si en fos l'administrativa amb l'exigència de qui sent que ha de ser servit. Va començar a demanar-li coses que ella no va entendre perquè portava mascareta i no li podia llegir els llavis. La dona es va anar posant nerviosa i va començar a cridar-li dient que si li prenia el pèl. «Sembla que es rigui de mi», repetia la dona, colèrica. Va haver d'intervenir fins i tot en Marc quan la senyora li va dir que «quina incompetència, la noia de l'entrada», quan va entrar a la sala a rebre el tractament. Ell li va respondre que la noia de l'entrada a qui es referia amb aquella condescendència era la seva parella i que en aquella consulta el respecte i l'educació eren imprescindibles.

Trobar feina, per a la Maeva, amb tots els seus condicionants, és una missió complicada, però ella no es rendeix mai. Va estar apuntada durant un temps a l'ACAPPS, l'entitat que dona suport a les persones amb sordesa i a les seves famílies, també en l'àmbit laboral, però no va acabar de trobar-hi l'aixopluc ni l'empenta de les expectatives que hi havia posat. La precarietat, la discriminació en un món laboral ple de sons, paraules, timbres i discussions deixa fora de joc la gent sorda. La silencia. I ella, s'hi havia resignat.

A més, la Maeva s'ha construït el seu projecte: es dedica a fer dissenys gràfics i detalls personalitzats per encàrrec. A Instagram hi té tot el catàleg. Des de samarretes fins a tasses o boles d'arbres de Nadal. La família i els coneguts li fan comandes: un aniversari, una celebració, una festa. Hi posa hores i dedicació. També il·lusió. És el seu pla, el que només depèn d'ella. Mantenir l'equilibri i arribar a l'altre costat de la corda fluixa sense cap altra ajuda que el propi cos.

La millor cosa que va treure de l'ACAPPS va ser conèixer la Pilar i la Laura, que s'han convertit en les seves amigues, les seves còmplices, el reflex quan es mira a l'altra banda del mirall de les carències. Li van fer, fins i tot, de dames d'honor en el seu casament. Totes dues porten implants coclears. Es troben cada setmana. I parlen i riuen i s'expliquen els silencis. Ho fan amb aquest llenguatge seu, el de l'amistat muda que es diu a batzegades. A en Marc li agrada mirar-les des de dos metres lluny i sentir el guirigall que munten quan conversen entre elles.

Va ser quan la Maeva i en Marc van començar a viure junts, ara ja fa set anys, que ell va prendre consciència que la Maeva topava de manera freqüent amb les coses. Sobretot les que li quedaven per sota de la cintura. A vegades s'entrebancava i d'altres es descompensava i acabava a terra. Però, durant un temps, no hi va donar importància perquè ho atribuïa a les conseqüències de la sordesa. Fins que el desembre del 2015, just abans de l'aniversari d'en Marc, la Maeva va caure i se li van trencar les ulleres. Durant la visita a l'oftalmòleg, el metge va detectar alguna cosa estranya en la visió de la noia i la va voler enviar a un centre més especialitzat.

El periple va començar a l'ICOA, l'Institut de Cirurgia Ocular Avançada, que en Marc coneixia perquè hi col·laborava sovint. Després els van derivar a la Barraquer, que va ser on van detectar a la Maeva retinitis pigmentària, i això els va posar sobre una nova pista fins aleshores totalment impensable. Escac i mat a un altre sentit. Un nou obstacle en la cursa. Més noms estranys, símptomes i conseqüències. Mai, en el seu cas, un tractament de millora. Veredicte i estadística: un trastorn provocat per una mutació genètica dins les cèl·lules de la retina, l'evolució de la qual porta de manera indefugible a la ceguesa. Afectació: una persona de cada cinc mil. La solitud d'una unitat d'infortuni que discrimina, aïlla, et converteix en un ésser fora del comú, de la normalitat. Haurien d'estar prohibits, els anuncis de mala sort. Els metges que la portaven li van demanar analítiques de genètica a les quals es va sotmetre tota la família i que al cap de cinc mesos van desvelar alguns interrogants i en van generar el doble. I amb les preguntes, la incertesa.

L'origen, un gen adulterat del pare i un altre de la mare que mai haurien hagut de coincidir en cap punt de l'espai i del temps. La causa de tot. També de la sordesa. Una combinació improbable que va succeir desafiant qualsevol llei establerta amb conseqüències nefastes i directes per a la Maeva. Dos gens incompatiblement monstruosos que havien parit una síndrome que suposava un catàleg de problemes de tot tipus: auditius, dificultats oculars i anomalies òssies i articulars que explicarien la seva manca d'equilibri. Una d'aquelles malalties tan estranyes que ningú és capaç de retenir-ne el nom: Stickler, Stickler, Stickler, i que converteix la persona que la té en un percentatge minúscul i alhora un subjecte interessant per a la recerca. I en la recerca hi va entrar en joc una doctora del Clínic, professora de la Universitat de Barcelona, a qui el diagnòstic no li acaba de quadrar. Perquè la síndrome de Stickler té sovint unes conseqüències físiques incompatibles amb les faccions boniques de la Maeva: ni ulls prominents, ni nas petit, ni barbeta cap endins i tampoc el paladar enfonsat.

El diagnòstic definitiu va arribar uns mesos després gràcies a aquesta professora i portava nom de títol de relat de por d'Edgar Allan Poe: síndrome d'Usher, la casa caiguda, la vida que es resisteix a l'enfonsada definitiva. La doctora els va explicar que es tractava d'una malaltia hereditària que combina de manera explosiva la pèrdua d'audició amb la retinitis pigmentària, el deteriorament de la visió amb el temps. Dos sentits afectats sense cura possible: l'oïda i la vista. A més, la Maeva, pel fet de tenir sordesa des del naixement, entrava dins la classificació dels afectats del tipus 1, és a dir, de les persones que tenen problemes d'equilibri greu des d'una edat primerenca. Segons els protocols en aquests casos, els problemes de visió comencen als deu anys i condueixen inevitablement a la ceguesa.

Inevitablement, la sentència convertida en paraula fatal.

La doctora va fer més proves a la Maeva i van deduir que ella només hi veia de la part central, la perifèria ja quedava fora del seu focus de visió. Per això li costava fer-se una idea del que la rodejava i esquivar els obstacles. Síndrome d'Usher.

> Hi hagué un llarg estrèpit tumultuós com la veu de mil cataractes, i l'estany profund i fosc als meus peus es va cloure tristament i silenciosament sobre els fragments de la Casa Usher.

Conviure amb l'amenaça però amb la mirada que només enfoca cap endavant. No distreure's amb les coses que no són importants.

«Puc perdre mil batalles si guanyem junts la guerra», li canta tan sovint en Marc a la Maeva que ho han convertit en seu lema més íntim. Ella en ressegueix cadascuna de les paraules amb els llavis i les fa coincidir amb les d'en Marc, les que tenen so. Com si fos una pel·lícula de cinema mut sense text. L'últim any han anat a veure els Búhos com a mínim sis vegades. Ell n'és fan absolut i a ella li agraden les vibracions que en rep i el bon rotllo que desprenen damunt l'escenari, però el que més li agrada és com en Marc es transforma en energia pura durant els seus concerts. Se situen sempre a primera fila, drets o asseguts, i en Marc les canta fins a quedar escanyat, entre els crits i l'emoció. En l'últim concert que ha fet el grup, a Cornellà, el guitarrista Jaume Nin ha regalat la pua a en Marc, just al final de la darrera cançó. La Maeva va immortalitzar el moment amb la càmera. Una foto que anirà a la llarguíssima col·lecció de la carpeta de l'ordinador batejada amb el nom de *fans* i que encapçala la imatge d'en Marc amb l'Autor, ara fa tretze anys, quan van tirar-se de cap per primer cop junts a la piscina.

Ni el diagnòstic ni la incertesa, ni les preguntes (les que es fan en veu alta i les que no, cadascun pel seu compte) han aturat la parella. A més, la pèrdua de visió de la Maeva no ha avançat, es manté aferrada en el mateix punt que quan l'hi van diagnosticar, i això els té esperançats.

Fa tres anys que, després de parlar-ne amb la doctora i sospesar-ne tots els efectes, es van apuntar al Clínic per tirar endavant un embaràs. La Maeva té trenta-un anys i en Marc, trenta-quatre, i ja fa temps que ho tenen decidit. Volen tenir un fill. Un desig que neix amb una força inimaginable capaç d'enderrocar un castell.

Els han fet proves tenint en compte tot el seu historial i els han posat a la llista d'espera per a un procés de fecundació *in vitro*. No el de procediments normals, sinó el que implica condicionants especials. És a dir, poder descartar els gens perillosos, seleccionar certeses i evitar la caiguda de la casa Usher de bell nou. Ja els van advertir que la fecundació *in vitro* especial es pot allargar quatre anys ben bons.

Ells, mentrestant, s'han acostumat que darrere els seus noms, la seva situació, la seva manera de ser i de fer, hi hagi sempre l'adjectiu *especial*. Com un cognom heretat en comú que els defineix i els representa. Però han decidit treure-li tota la mala connotació que podria tenir i només hi busquen les coses bones, les que els fan tirar endavant. Ni emocions ni pensaments negatius, no volen ser els protagonistes de cap dels llibres de l'Autor que tenen multiplicats per dos al prestatge de casa i que mai han arribat a llegir. Ells, simplement, volen estar en moviment continu, nedant mar enllà. I que ningú, ni cap síndrome, ni buit, ni mancança, ni derrota, i molt menys la Fortuna, els imposi un horitzó impossible.

La Maeva i en Marc mataran el drac les vegades que faci falta, guanyaran l'escut i esperaran la carta del Clínic per començar a escriure el seu projecte en comú, el més important. El més sonor.

Antropologia dels nusos

Y es que al final
Tendrás en tu inventario lo que llegues a amar,
Después no tendrás tiempo de volver a empezar,
Ahora es el momento, inténtalo encontrar.
¿Qué es el amor?
Una ventana abierta a la ilusión
Es volar hacia el cielo con el corazón
Sin miedo a la caída.

«Inténtalo encontrar», MAYTE MARTÍN

«Alerta les 24 hores del dia, receptiva. Sempre amb l'etnografia activada. Infatigable a l'hora de reconèixer aquell substantiu, aquell adjectiu, aquella idea amagada en un pamflet, un diari, un llibre, una pel·lícula o una conversa informal. Especialista a trobar llavors en terrenys aparentment erms.

He parlat de l'amor fins a la sacietat. Mentre era part activa o passiva de relacions de diferents tipus i intensitats, amb bellesa i plaer, però també amb tensió i sofriment.»*

* Fragment del llibre *Crítica del pensamiento amoroso*, de Mari Luz Esteban. Edicions Bellaterra, 2011. Traducció de l'autora.

El terra del pis que la Carla s'acabava de comprar al carrer Viladomat amb avinguda Mistral i que estava reformant des de feia mesos es va ensorrar davant dels seus ulls. Literalment.

Era un dimecres d'octubre del 2012, un dia de color plom i ella hi acabava d'arribar per comprovar com avançava tot, després que els paletes haguessin acabat la jornada. Hi va haver un estrèpit seguit d'un immens núvol de polseguera. Amb les rajoles fetes miques, per aquell esvoranc que posava al descobert tot el subsol, les canonades i les misèries, se'n va anar avall allò que la Carla havia estat fins aleshores: els desitjos, les expectatives, les dades de posició. També la identitat: qui pensava que era, qui esperava ser i els sentiments construïts a còpia de normes establertes. Morals heretades i influències gregàries es van enfonsar enmig de tota aquella runa, d'aquella pols i del desgast del temps. També la seva percepció de l'amor, dels vincles, del que esperava de l'altre, i de quantes persones formen aquest altre.

«Què és l'amor? Es pot definir d'una sola manera? Quants tipus d'amor caben en una única paraula?»

La Carla: dona, blanca, quaranta-quatre anys, classe mitjana, estudis universitaris superiors, soltera.

Psicòloga especialitzada en investigació social i tendències, amb uns quants màsters i moltes vides viscudes. Curosa de l'anàlisi, de saber el perquè de les coses, d'arribar al fons de les qüestions, l'exploració i la reflexió. De la gent, les persones; el que les mou, per què ho fan d'una manera o d'una altra. També de les emocions. Les cataloga i en descriu les característiques com si fossin minerals: grau de duresa, color, resiliència, fractura, lluïssor.

Això li suposa estar vint-i-quatre hores atenta, receptiva, observant. La vida com una taula d'experimentació. En primera persona per fer-ne deduccions, extrapolar de la mostra al col·lectiu, als altres, i convertir-ho en ciència etnogràfica.

«Per poder parlar des de l'estómac, abans he de fer-te un croquis.»

Fins als trenta-dos anys, i d'això ja en fa més de deu, la Carla va viure la vida que tocava i la que creia que la convertia en el que la societat n'esperava com a persona. L'equilibri perfecte dels estudis, la feina, l'esforç, la competència, el progrés, la tranquil·litat d'un estatus. La tendència ascendent i constant d'una vida sense sotracs importants. Això també implicava l'amor, esclar. El que compartia amb l'Oriol, el noi amb qui sortia des de feia deu anys, la seva primera parella, amb qui vivia, planificaven tenir fills, una família, i amb qui convertien el dia a dia en un feix de seguretats i certeses. El camí traçat, conegut, sense ensurts ni emocions. La vida grisa però segura, registrada en qualsevol guió normatiu, sense marges on poder escriure dreceres o prendre apunts. Les relacions afectives: les visites freqüents a cals pares, el mirall on reflectir-se per buscar la mirada pròpia; els amics de tota la vida amb qui quedaven per sopar els dissabtes per parlar sempre de les mateixes coses, previsibles, sense sortides de to.

També la feina que feia en una gran empresa consultora, que la va contractar just quan va acabar la carrera i on es dedicaven a fer estudis de mercat que indagaven sobre la cervesa més original, la xocolata més sostenible o els cereals més divertits. Els productes amb els valors més imprescindibles segons el moment i com cotitzaven en relació amb d'altres de similars o de la competència; les necessitats fútils creades a còpia de tòpics innecessaris. A la Carla li semblava una absurditat cridar al consum de nimietats en un moment de crisi econòmica absoluta. Un mal acudit. Molts amics seus s'havien quedat sense feina. Eren temps de subsistència i de reserves, i de la caiguda d'un sistema construït sobre pilars de formigó plens d'aluminosi.

Va ser de la nit al dia quan la Carla va prendre la determinació que aquella no era la vida que volia. No sabia explicar-se quina havia de ser la desitjada, però tenia clar que no tenia res a veure amb tot allò. I va procedir a extirpar-se-la sense cap mena de reserva, quirúrgicament. Va deixar l'Oriol, el pis, la consultora, l'estabilitat, l'avorriment, l'obligatorietat, les normes i el guió. Va abandonar la idea de la maternitat i en va esmicolar les expectatives. Va anar a viure sola, de lloguer, en un pis del Poblesec que va omplir de llibres, apunts i de capses plenes de preguntes. Les que tenien a veure amb ella, amb qui havia estat fins aleshores, va preferir deixar-les precintades. Tenia ganes de descobrir-se des d'altres llocs, i això la va portar a estrenar una vida social que la va obrir a mons nous. Els anys viscuts van quedar reduïts a una trobada amb l'Oriol, al cap de molts anys, mentre ell passejava pel carrer amb la parella i els seus tres fills. La Carla es va treure un pes del damunt després de saludar l'ex i la seva família; s'hi hauria ofegat, dins d'aquella vida convencional.

Feia pocs mesos que havia anat a viure sola quan va conèixer en Luís en unes jornades sobre arquitectures col·lectives que es feien a Sevilla. Hi estaven convocats diferents professionals d'àmbits diversos amb la idea de repensar la ciutat i, en conseqüència, la societat, des de models diferents. Hi havia sociòlegs, urbanistes, antropòlegs, arquitectes, psicòlegs. En Luís era gallec (com els pares de la Carla) i es dedicava a l'arquitectura social. Amb la Carla van connectar de seguida, van anar junts des del principi els dies que van durar les jornades i, quan van acabar, van seguir en contacte a través de les xarxes i de trucades que es feien sovint. Fins que un dia van decidir veure's a mig camí i, l'endemà d'un Sant Esteve, es van trobar a Madrid. La Carla se'n va enamorar molt i de manera intensa, d'en Luís. L'admirava amb tota l'ànima. Per com era i per com enfocava la feina; aquesta mirada ètica responsable que té com a finalitat el benestar de la societat. Les persones per damunt de tot. La Carla va pensar que així és com li agradaria treballar, a ella. Volia deixar estar els estudis de mercat, deixar d'apuntalar posicions estratègiques de productes per assegurar uns bons resultats en vendes. Volia fer psicologia social.

Es va inscriure en un màster en Intervenció Psicosocial amb la idea de fer el doctorat. Era part del pla que incloïa tot de coses noves per substituir les gastades. Llocs on reposar el peu per tornar a agafar impuls per anar a algun altre lloc. Res important ni definitiu, cap puntal. El camí cap a una transició inesperada però volguda, nova i intensa. També emocionant.

Amb en Luís anava trobant respostes a qui volia ser, què li agradava. Escollir malgrat les conviccions apreses. Mantenien la relació a distància, però amb el pas del temps i la dopamina sota control, cada vegada se'ls feia més feixuc: els buits i les decepcions pesaven més. L'interès per l'altre s'esgotava, inevitablement, a poc a poc. Com es projecta un futur amb mil cent quilòmetres i deu hores de distància? Com s'ensenya la pell a domesticar l'enyorança de l'altre? De què s'omplen els buits de les esquerdes? Quant ha de pesar tot plegat per acceptar la renúncia d'una manera de viure?

Ell ja havia passat per situacions similars i no en volia una rèplica. Això li va dir. Però cap dels dos tampoc no estava disposat a cedir terreny, a sacrificar, per l'altre, la feina, els amics, la casa. La distància posa a prova; és al·licient i llibertat, però també mina a poc a poc, erosiona la relació. I a ells els va acabar passant factura i dinamitant les esperances. A Londres, on van quedar per passar un cap de setmana junts, va ser on van decidir posar punt final a la relació. La Carla s'hi va quedar plorant, en aquella ciutat plujosa, aferrant-se a un guió que encara li havia escrit algú altre. La seva va ser una decisió racional, però la racionalització forma part de la mirada científica, del mètode, i fins i tot del pensament amorós com aquell conglomerat de sensacions físiques, sentiments, coneixements i idees morals que configuren la interacció amb els altres.

Ella en tenia la teoria apresa.

La Carla va patir molt durant el desgel, que es va prolongar durant un any. Necessitava aquella història; necessitava en Luís, la seva manera de qüestionar-se el món i les seves respostes. Hi ha persones que ocupen un lloc tan immens dins del cos de l'altre que és impossible omplir-ne el buit quan desapareixen. El forat queda eternament allà: erm, feréstec i dolorós. La Carla es va perdre en el caos d'incertesa i va començar a experimentar pors de diferents graus segons l'escala de Mohs. Una darrere l'altra.

Per això, quan algú del màster li va parlar dels PIAD, els punts d'informació i atenció a la dona que posa a disposició l'Ajuntament de Barcelona en diversos districtes de la ciutat, va convenir que no hi perdia res si hi anava. Ho va fer, en un primer moment, pensant en la seva mare. Arrossegava una tristesa feixuga de feia mesos, de la qual no acabava de recuperar-se, i va creure que seria un bon recurs per poder-la ajudar. Però quan la terapeuta va parlar amb la Carla, el seu centre d'atenció va canviar d'objectiu i es va fixar en ella.

—Explica'm. I tu, com estàs?

«Tu. Com. Estàs. (Signe d'interrogació. Pregunta)». Tres paraules. Tan senzilles. Tan clares. Tan importants. Tan necessàries. Tan oblidades, malgrat tot.

La Carla se li va posar a plorar. Li va vomitar el que havia viscut fins aleshores. Tots els dubtes i les angoixes. Li va dir que se sentia perduda. Que no tenia la més petita idea de res, que estava fora de combat. Que estava enamorada d'una relació impossible i que la construcció del que volia, amb el que creia i amb el que finalment era, trontollava per tots els costats, i això la feia embogir i sentir-se absurda, ridícula.

«Això que tu en dius amor és dependència», li va dir la psicòloga. «Estàs enamorada d'algú que no t'està oferint res a canvi».

Un cop de puny al bell mig de cara i amb tota la mala llet. Sentir el que no vols sentir d'una persona desconeguda. «Contacte zero. Talla qualsevol fil. Hi seguiràs pensant, però no tindràs el reforç real i el pensament a poc a poc s'anirà difuminant. Aleshores podràs començar a curar-te, podràs tornar a decidir per tu mateixa», li va ordenar.

La Carla va decidir fer-li cas; va seguir al peu de la lletra totes les indicacions i, amb temps i convicció, de la ferida en va sortir crosta.

Encara ara, en aquell lloc hi té una marca; un punt important del diagrama de les seves relacions marcat amb un rectangle (el procés) i doblement assenyalat amb un rombe. En disciplines com la psicologia, l'economia o la programació significa decisió. Però el diagrama de la Carla no s'atura allà. Segueix endavant amb una fletxa. Un flux d'execució, en diuen els teòrics.

Va decidir ser la seva pròpia empresa.

Va mirar com podia arreglar el terra ensorrat del pis de Viladomat, per construir la seva llar, el seu cau.

Va apuntar-se a Tinder.

Va enterrar la seva monogàmia de manera inconscient i no gaire convençuda, però la va colgar en un sot ben profund, sota una fotografia que li va enviar només fa uns anys en Luís somrient, amb els seus dos fills petits, una càmper i la seva dona dolça, mestra d'un jardí d'infants, desitjant-li bon Nadal.

Això va significar una època esplendorosa de trobades sexuals múltiples i casuals. De conèixer molta gent diferent. I, amb la diferència, la diversitat. Maneres variades de pensar i de creure.

La Carla va rellegir i assumir el feminisme com a reivindicació, però també com a refugi on sentir-se a gust, a lloc, compresa. Com a bona investigadora social en llegia tots els tractats que li queien a les mans; reconèixer el patriarcat incontestable en les coses més quotidianes per poder desmuntar-lo.

També va començar a fixar-se més en el seu cos i va aprendre a estimar-lo i, per tant, a defensar-ne les cicatrius, les taques, les imperfeccions, les vergonyes, l'edat, la mirada pròpia sobre la dels altres. Quin sentit té l'amor? Com és? Quin format té? De quina matèria està fet l'amor propi?

«Quan la no monogàmia entra a la meva vida, tot canvia.»

El setembre del 2014, navegant pel Tinder s'hi va trobar en Biel, un company d'institut de qui havia estat enamorada durant l'adolescència. Ell mai li havia fet cas, tenia un parell d'anys més que ella i costava que els grans es fixessin en la gent de cursos inferiors. Però des de llavors ja havia passat molt de temps, i a partir de la ratlla dels quaranta la vida et dona una altra perspectiva de les coses. També de la gent que va passar de llarg, desapercebuda, sense esgarrapar cap espai en la memòria. Van contactar, van quedar i es van embolicar. S'hi van sentir bé, en aquell lloc. En Biel estava separat, tenia les seves històries. Era músic, guitarrista d'una banda important dels anys noranta i líder d'un grup propi en procés de creació. Un home que aspirava a la llibertat en tot els aspectes. També en les relacions, que li servien de mecanisme de creixement personal. Es definia no monògam en construcció i estava explorant totes les possibilitats del poliamor teòric clàssic.

En Biel ocupa un dels llocs centrals del diagrama de la Carla. És el pal major, el contrafort, el procediment. Tots dos, plegats, es van convertir en exploradors d'una altra manera d'interpretar els vincles, l'amor, la biologia, el compromís amb un mateix. La Carla i en Biel parlaven molt sobre les relacions socials i de parella. En la no monogàmia aquesta és l'única via possible per sobreviure. Parlar del significat real i del que s'ha après. De les estructures que es trenquen per donar-los una altra forma. De com vèncer els prejudicis i el què diran.

Plegats van llegir molts llibres, van discutir molt, van prendre decisions i van mirar de ser conseqüents amb el que deien i el que feien, per dur i cansat que fos a vegades. El poliamor es va convertir en una opció política per a tots dos. Van entrar en un grup de Facebook ple de practicants d'amors dissidents, d'oportunitats, i també de cadàvers emocionals. Sempre n'hi ha i es fan sentir. Van assistir a debats i xerrades sobre el poliamor que organitzaven els d'Amors Plurals, un col·lectiu que fa activisme per repensar els afectes i les relacions en general. Van tenir moltes relacions sexoafectives amb altres persones de manera simultània. No van voler fer pactes ni acordar privilegis, entre ells. Van aprendre a enderrocar les exclusivitats sexuals i a controlar la gelosia. Això va ser el més difícil de tot.

Una de les nits que en Biel havia quedat amb una altra dona, la Carla no va poder dormir. La rossegava el neguit i a cada queixalada, una fúria hiperbòlica contra ella mateixa per sentir el que sentia. Va tornar a recórrer als llibres buscant paraules que la salvessin del pou de la inseguretat i l'autocompassió en què s'estava dirigint en caiguda lliure. Hi deia que era important retornar a les primeres vegades vitals que s'havia estat conscient de l'emoció roent. Anar als orígens. Amb el pensament, va arribar fins als temps d'escola; allà on ella anava amb la consigna paterna d'«has de ser la millor». Una imposició que li despertava l'enveja quan n'hi havia una altra que treia més bones notes, o quan escollien un company abans que a ella per fer equip a gimnàstica, o quan una amiga li deia a una altra si volia anar a jugar a casa seva sortint de classe. La lletania de «ser la millor» com a autoimposició traslladada a la vida afectiva i sexual, dècades després, li va resultar reveladora. I la revelació li va ser clau per posar a ratlla la gelosia. Sobretot quan hi estava atenta. Quan es despistava una mica, la fera tornava a fer de les seves.

L'endemà, amb la llum freda del matí i un cafè doble, l'hi va explicar tot a en Biel per telèfon. L'insomni, el neguit i l'aprenentatge. Ell li va respondre que l'estimava i que hi era. Que ni una cosa ni l'altra eren exclusives. Ella va començar a posar nom als sentiments i a les emocions en una llibreta plena de llistes. També va dissenyar un *kit* de gelosia format de propostes per fer-la suportable:

–Confia en tu mateixa
–Guanya temps
–Canvia el context
–Aquesta emoció passarà
–Canta
–Cuida't, mima't
–Dibuixa
–Fes escriptura lliure
–Aprofita la intensitat de l'emoció al teu favor
–Pregunta't, mira't, explora't

Entre llibretes i salconduits, en Biel i la Carla van aprendre a parlar i a saber comunicar-se. A compartir. També van escriure junts unes quantes cançons. Les lletres contra l'amor romàntic eren un recurs habitual.

Un matí com tants d'altres, entre setmana, eren tots dos a la casa del carrer Viladomat, al sofà de color verd de la Carla. Amb la guitarra d'en Biel, que cohabitava amb ella de manera permanent, van compondre una cançó. La Carla en va escriure la lletra i en Biel va fer-ne la música. Es titulava «Dinosaurio» i era un tema punk, fosc, cínic; un crit contra el masclisme i la mirada dominant. En aquell moment, la Carla i en Biel, que encara somiaven junts, tenien la il·lusió de formar un grup tots dos que es digués així, Dinosaurio, com el seu primer disc i també el single que els donaria a conèixer al públic.

Eres un dinosaurio
Te vas a extinguir
Tienes el cuello largo
No me mires así
No me mires así
Yo no te he inventado
Por qué quieres vivir
Me estás asustando
Te quiero lejos de aquí.

En Biel i la Carla no van arribar a crear un grup de música plegats. Però «Dinosaurio» existeix en versió casset i també a Spotify. Ell es va endur la guitarra de casa la Carla quan la seva història d'amor es va esgotar. Van deixar de saber com cuidar-se bé l'un a l'altre i l'espai afectiu va quedar en un racó mort; el so ja no circulava. La seva va quedar difuminada enmig de moltes altres històries de sexe i amor en paral·lel que vivien cadascú pel seu cantó.

Però la cançó i la seva relació transformada es van quedar allà, en el lloc més íntim dels dos. En el seu repertori personal. Encara ara.

L'amistat com una altra manera d'estimar profundament, d'establir vincles íntims, sostinguts i imprescindibles amb el pas del temps.

Així ho va sentir la Carla quan en Biel va fer un concert a la Deskomunal, al barri de Sants, la primavera del 2021. Contra tot programa pautat, va decidir fer sonar «Dinosaurio» i li va demanar a la Carla que l'acompanyés dalt de l'escenari. Ella pensava que era una broma, però quan la van cantar plegats va constatar totes les certeses d'aquella relació construïda a còpia d'entrenaments compartits. Entre el públic hi havia les Llobes. També en Roc. A en Flavio li va enviar la gravació del concert.

Els grans amors de la Carla.

A principis del 2015, durant l'època de descobertes intenses, la Carla va conèixer la Edurne i el seu marit en unes Opencon, unes trobades d'iniciats en les relacions afectives ètiques no normatives, amb tallers diversos que tractaven qüestions com ara el control de la gelosia o la culpa (dues cares de la mateixa moneda), o la gestió de diverses relacions a la vegada. La Carla va quedar fascinada amb aquella parella, que començava a obrir la seva relació a terceres persones, la seva manera de comprendre els vincles. Hi va intimar i, per primera vegada, va viure una experiència sexual amb una altra dona, tot i que ella no podia concebre el desig sense els dos. Un i un en una equació imperfecta que donava tres i multiplicava pel mateix número possessions i gelosies que ensinistraven amb plaer. No s'hi va sentir estranya ni incòmoda. Li va resultar divertit, emocionant, impactant i bonic. Van explorar tot l'univers i les seves constel·lacions. El cos de la Edurne, esberlat, de mare tres vegades —aquell cos tan diferent del seu i alhora tan semblant; la sensació de menjar-se a ella mateixa— la tenia encisada, divertida, capaç de tot.

Entre les propietats del grau de duresa dels minerals hi ha la ductilitat, la plasticitat, la deformació o la tenacitat. Unes característiques que podríem aplicar als vincles amb els altres.

La relació amb la Edurne es va allargar en el temps i, en els aprenentatges, li va aportar moltes més coses. Totes bones. Va ser ella qui, la primavera del 2017, li va obrir les portes a quatre dones més que es van conèixer, com a grup, en un Opencon a Galliners. Dones amb qui compartien amistat, experiències, relacions, pensaments i sentiments. També urpes, crits i silencis. La Marie, la Glòria i la Lola (la Rizzi com la coneix tothom) i la Edurne es van convertir en les Llobes. Lloba, que en llatí servia per descriure les «males dones», una manera amb què determinats escriptors dels segles XIV i XV van voler discriminar dones poderoses, menystenir-les i tenyir-les de maldat. Però no se'n van sortir. No es pot lluitar contra la llibertat, contra el poder, contra la intel·ligència.

No es pot lluitar contra l'amor serè.

A més del vincle grupal, significatiu, nou, profund, visceral, es van desenvolupar les relacions amb cadascuna. Amb la Marie, compartia la creativitat, la fantasia i el gust per descobrir el límit dels límits. La Rizzi la feia créixer, sortir de la zona de confort i sentir sense esquemes, amb el cor. Amb la Glòria van explorar la sensualitat feta de línies i forats, però la relació romàntica «de manual» no va acabar de solidificar-se. Les expectatives del que esperaven de la relació cada una no convergien en un mateix punt. A vegades la pell parla un llenguatge diferent que el de l'estómac, el cervell o el cor. S'estimen amb l'ànima, que és una altra manera d'estimar. Des d'una constel·lació perfecta que només és possible amb l'harmonia de tots els àtoms que la formen. També dels seus forats negres.

De totes les relacions de la Carla, la que té amb les Llobes és la troncal, la indestructible, la principal. Una tribu en procés d'enamorament, admiració i creixement continu i permanent. La sensualitat com una extensió dels seus cossos sense complexos. Un equilibri que passa pel respecte, per les cures, per l'acceptació. Algunes d'elles tenen parella, d'altres fills; un parell, les dues coses. Han compartit intimitat sexual a èpoques, i vacances. Són refugi, acompanyament i força. A vegades es projecten compartint casa quan siguin grans. Al mig del camp, lluny de la ciutat. Sostenint-se les unes amb les altres, com ho fan des de fa temps. Amb les coses bones que els puguin passar a qualsevol d'elles i fins i tot amb les dolentes. També hi són per recollir les peces d'unes i altres quan l'amor i les relacions que tenen fora del nucli s'avarien.

Les Llobes hi van ser, també, quan la Carla va arribar plena de les esgarrinxades que li havia deixat la seva història amb en Flavio, l'home de Lisboa.

Amb ell es van conèixer el 12 de novembre del 2016. La Carla acabava de tornar de Cambodja, d'un viatge de tres mesos amb una ONG per col·laborar en un projecte d'innovació social. Estava bolcada en la seva pròpia empresa i treballava en diversos estudis socials que la motivaven. A escala personal acabava de deixar enrere una relació passatgera amb un noi monògam que no havia funcionat i de tant en tant enyorava el que tenien amb en Biel damunt del sofà verd, entre acord i acord. I sempre hi havia les Llobes.

La consultoria per a la qual havia treballat li va proposar d'anar a fer un projecte a Lisboa. Un estudi de *scouting* sobre la sidra per valorar la percepció dels atributs en punts de distribució, com els bars. Feia temps que havia deixat aquest tipus d'estudis de mercat, però la proposta de marxar uns dies a Portugal i canviar d'aires li va venir de gust.

Quan era allà va fer *match* a Tinder amb en Flavio. Era bateria d'un grup i s'estava reformulant professionalment, com la Carla. Li agradava compondre, la música, l'art. A la Carla sempre li ha agradat la gent creativa; creu que és la manera més directa de submergir-se en l'ànima d'algú i, per tant, de coneixe'l bé. Amb en Flavio van passejar per tot Lisboa: el Bairro Alto, el d'Alfama, els carrerons del voltant del castell de San Jorge. També van beure molta sidra. La Carla es va enamorar de la ciutat i d'aquell home lliure, que exercia el poliamor d'una manera natural, sense tractats ni estudis, ni teories ni màsters. Sense tot allò que li havia sortit malament amb en Biel. En Flavio li va esvair tots els dubtes sobre la possibilitat d'estimar d'una altra manera i convertir-ho en una opció de vida.

En Flavio, que sempre somreia, que tot ho posava fàcil; que la feia gaudir del sexe com ningú; que li feia unes fotografies precioses.

Ell es va enamorar de Barcelona amb la mateixa intensitat que ella de Lisboa. Cadascú era les seves ciutats respectives, les seves llums, els seus gustos, els seus mars, les seves carreteres, els seus climes, les seves cançons. Trenta-quatre hores i cinquanta-vuit minuts de música Spotify. Cinc-centes cançons, avui dia. S'enviaven missatges, feien algun videoxat de tant en tant; respectaven la llibertat de l'altre com la pròpia, es cuidaven des de la distància i es veien quan podien o en tenien ganes. I quan es trobaven sempre era poderós i emocionant.

Durant una xerrada inaugural d'Amors Plurals que es feia per Sant Antoni i en plena efervescència de la connexió amb en Flavio, la Carla va conèixer un altre home: l'Ismael. Tots dos havien assistit a aquell acte com a veterans de la qüestió a qui els assistents podien fer preguntes. Durant el mig any que es va allargar aquella història, la Carla va mantenir les dues relacions a la vegada. No hi havia gelosia, ni complicacions ni maldecaps; tots tres tenien totes les coordenades, que eren acceptades explícitament i feliçment. La Carla estava enamorada de tots dos amb la mateixa intensitat i va aprendre que sí, que era possible. I que se sentia preparada per viure aquesta etapa amb plenitud i consciència. Tot anava bé «fins que». Sempre n'hi ha un, quan la història es troba al mig del relat, del desenvolupament. Com en aquesta.

L'estiu del 2019 en Flavio va començar una relació amb una noia de qui es va enamorar molt i que portava malament les seves altres vides. Això va ser motiu de confusions, discussions i problemes de comunicació que van enterbolir la relació amb la Carla. La situació va esdevenir tan insostenible que ella va decidir deixar-lo. Ell estava desbordat i ella sentia que cada vegada la tractava pitjor. En Flavio no va saber posar límits a l'altra noia, encaparrat com estava a fer equilibris i a satisfer a tothom. Però la Carla no volia que ningú —i menys algú que ella no havia triat, aliena al seu dia a dia— li condicionés la vida sexual.

El dolor que va sentir ella amb tota aquella situació li va esquinçar l'ànima i se li va fer físicament evident en forma d'herpes en un braç, com si fos un tatuatge de punxada permanent.

Quan ja havien passat uns mesos d'aquell final dolorós, en Flavio va anar a Barcelona amb el seu grup per fer un concert. Va avisar la Carla. Després de l'actuació es van veure i van passar la nit junts. Es van permetre un regal de comiat. La nit més trista, més bonica, més amarga viscuda mai per cap dels dos. La constatació de ser l'última; de saber que no n'hi haurà cap altra com aquella. Ja no es feien bé l'un a l'altra. Reconèixer-ho va ser el primer pas per acceptar una trista victòria pròpia: la de saber el que volia ella i actuar en conseqüència.

La Carla pensa que les ruptures no són necessàriament un final. Així ha estat amb en Biel i després amb en Flavio.

Relacions transformades. Nusos enredats els uns amb els altres per convertir-se en teixits.

I al bell mig de l'entramat de connexions: les Llobes. Com sempre, dins d'aquell cau que havien construït d'un amor profund es va sentir salvada, incondicional i segura. Sòlida. Per això, tornant a casa, els va voler escriure una cançó que va acompanyar d'una sola nota feta amb el baix que va comprar per ocupar l'absència plena d'enyor:

> Sou llum, sou llum
> M'ompliu el cor de sang que bull
> Ens vam trobar a mig camí
> Sense saber a on anem ni d'on venim
> Vam decidir quedar-nos a jugar
> Feia massa calor per deixar-ho estar
> Sou llum sou llum
> Sou llum sou llum
> M'he buidat de pors i fum
> M'he buidat de pors i fum

Va trucar a en Biel, que es va presentar a casa seva a l'instant amb la guitarra i que la va ajudar a posar-hi la música. També la va enviar a en Flavio, qui al cap d'unes setmanes, sense dir-li res, li va fer arribar els acompanyaments amb la seva bateria. La Carla va emocionar-se molt en veure com tots dos l'ajudaven a expressar el seu amor per elles, les Llobes. Aquella cançó feta a sis mans, amb un objectiu final que només era per a ella, és l'acte més tangible i real del que considera l'anarquisme relacional. Senzillament, teixir, connectar els diversos universos i fer que es cuidin i s'estimin entre ells.

«Històries d'amor reals, dius? En els últims anys, he anat fotent canya al concepte d'amor. No sé si et serviré de massa, sincerament.»

Les Llobes i en Biel, presents, reals, incondicionals. En Flavio, amb qui han dit de veure's a l'estiu. A ella li faria molta il·lusió, però no diposita gaires esperances en aquesta trobada. Si aconsegueixen veure's, serà molt feliç. Si no, esperarà una altra ocasió i seguirà somrient amb els missatges i les cançons que ell li envia cada dia. És una altra de les coses que ha après la Carla aquests últims anys: deixar de construir expectatives. Perquè els terres s'ensorren quan menys t'ho esperes, indefectiblement, sense que s'hi pugui fer res.

Les Llobes, en Biel, la xarxa que ha creat. Els seus afectes, l'estabilitat emocional i la intensitat a la vegada. Les seguretats del seu pla sentimental. Treure poder a l'amor. Descentralitzar les relacions de parella.

En el diagrama de la Carla encara hi ha dos noms més, a la dreta, sobreposats l'un damunt de l'altre: en Xevi i en Roc. Amb en Xevi es veuen de tant en tant; passen la nit junts i després s'obliden uns dies. Necessiten aquest espai, també mental. Amb ell han decidit transitar a l'amistat, de moment. Resituar el vincle.

Amb en Roc serà més difícil saber en què es transformarà tot plegat, perquè han viscut una història intensa, bonica, que els ha trasbalsat. Encara no estan preparats.

Ell era monògam. I van voler intentar-ho. Fins i tot ser qui no eren; fer-ho per l'altre. I en l'intent, l'esforç d'ella per protegir-lo de la part dolorosa del poliamor sense renunciar-hi. Perquè la Carla se'n va enamorar molt però no volia fer cap pas enrere; li havia estat molt difícil arribar on era i estimar-se a si mateixa. Costava molt carregar la gelosia del Roc, la incomprensió. Treballar la culpa pròpia, empatitzar. A costa de què? De perdre la llibertat aconseguida. I la llibertat és l'únic que no es pot cedir.

Per això van decidir acabar la relació de més de dos anys, amb intermitències, amb una pandèmia pel mig i moltes sessions de teràpia per reconduir la relació, després d'un viatge a Galícia. Van desfer els mil dos-cents quilòmetres amarats de llàgrimes i de mocs i de la sensació de no haver-ne sabut prou. Ni l'un ni l'altra. Ell es va quedar la ferida; ella, la terapeuta i un regal que li guarda per als seus quaranta anys.

De propina, en Xevi. Víctima col·lateral d'aquesta relació, perquè la Carla va quedar tan seca, inerta, que no va saber què volia ni què esperava d'aquell altre home.

A la dreta del croquis, allà on s'acaba el full, la Carla hi ha dibuixat dues columnes. Una l'ha titulada «Adeu» i a l'altra hi ha posat un «Hola». A sota de les dues: punts suspensius en vertical. Encara no sap què ha de posar en cada llista.

On és ella? Què és el que vol? Què és el que necessita? Cap a on vol anar? Què pot oferir?

Què hi ha després de la no-monogàmia si tampoc no vol, ni sap tornar a la monogàmia?

Potser simplement entrar i sortir de l'amor per poder pensar-hi. Prendre distància. Fer-ne etnografia.

Entrar-hi i sortir-ne permet una estranyesa que serveix per mirar diferent, viure diferent. Reinventar l'amor. Reinventar-se.

La Carla és en aquest punt del seu mapa d'espaitemps. Desfent els nusos tenint-se present en tots els moments. I recordant-se permanentment que si el terra s'enfonsa sabrà com arreglar-lo.

La tieta

Esperamos que no haya testigos
Por si acaso te diera vergüenza.
Si algún día sin querer tropezamos
No te agaches ni me hables de frente
Simplemente la mano nos damos
Y después que murmure la gente.

«El último trago», CHAVELA VARGAS

Quan l'ambulància va arribar al segon primera del 178 de l'avinguda de Madrid, ella jeia bocaterrosa amb les cames de gairell, girades cap endins. Un chihuahua cridaner donava tombs, nerviós, al voltant del cos com un esperit sense consol. Va ensenyar les dents als tècnics sanitaris quan van aixecar la dona de terra. De la boca del gos en van treure una pastilla de Sintrom. La resta estaven disperses damunt les rajoles de la sala. Va ser un veí qui va sentir el cop i va avisar la neboda, que vivia fora de Barcelona, ella va trucar al 061. Feia una hora de tot plegat. Encara van ser a temps d'estabilitzar-la de camí al Clínic, tot i que la dona seguia inconscient. El codi ictus va ser infal·lible. Al portal de casa van trobar la filla de la neboda, que, advertida per la mare, hi havia acudit corrents. Va pujar amb ells a l'ambulància, asseguda al costat de la llitera. Agafava la mà de la dona i anava dient fluixet: «No passa res, tieta. No passa res».

La Pepita tenia vuitanta-tres anys i uns ulls tan blaus com un cel clar, sense núvols. Portava els cabells tintats de coure amb unes ondulacions amples que li donaven volum i conservava una pell que era l'enveja de les amigues. Sempre li havien dit que tenia una retirada a Sophia

Loren i a ella l'afalagava tant el compliment que s'havia fet seu el paper. I de quina manera l'interpretava! Aquell cop de cap enrere exagerat quan alguna cosa li agradava. La boca de pinyó, quan volia convèncer. La mirada fixa i directa quan escoltava. I aquell pitram espectacular perfectament hidratat que marcava distància i superioritat. Sobretot aquella elegància i aquell refinament. Anava sempre feta un figurí. Amb dos botons descordats de la brusa, moltes polseres que feien soroll i anells grossos amb pedres precioses. La barbeta amunt, pas segur i un estil que només es té si has estat escollida pels déus. La Pepita, però, no havia nascut amb pedigrí. Venia de família humil, sense recursos. La seva mare, que havia quedat vídua poc després de néixer la quarta criatura, va pujar sola, amb braó, els fills i els havia espavilat. Feien el que podien en un poble on, com en molts, hi havia dos bàndols, a part dels escèptics o els incerts. Ells anaven amb els que havien guanyat la guerra però ni així van aconseguir fer-se un lloc d'autoritat. Només el seu germà, el pare de la neboda, manobre d'ofici i membre de l'Orquestrina Sally, on tocava la trompeta, va aconseguir ser regidor del poble. Va durar-hi dos anys.

Molt abans que el cinema arribés al Casino del carrer Major, ella ja portava el nervi de la Loren a dins. Tenia caràcter i sabia què volia. I el que volia era fugir d'aquell lloc ple de xafarots i fer fortuna. Marxar. Mirar de ser algú altre en algun altre lloc. Reescriure la seva història i canviar els viaranys que el destí li havia traçat. Potser, ves a saber, viure una vida de pel·lícula. Com la Loren.

Va estudiar infermeria a Reus i deien que se'n sortia prou bé. Un dia, una companya li va explicar que, a Amèrica, els fills d'un propietari de camps de cafè ja jubilat i amb problemes de salut buscaven un professional que en tingués cura. El senyor Ömer, un suís establert a San Salvador, vidu de feia anys, ja no podia valer-se sol. Els fills, un noi i una noia, no podien estar per ell tot el que precisava la situació perquè tenien feines i responsabilitats a l'altra punta del país i necessitaven algú amb referències, empenta i força per cuidar-se'n i traginar-lo. Ella no s'ho va pensar gens ni mica. La Pepita se'n va anar a fer les Amèriques.

Quan es va despertar ja havien passat dotze hores i set minuts des que l'havien recollida de casa. La Pepita se sentia com si estigués tancada dins d'una caixa blanca. En un llit que no reconeixia. Intentava parlar però no li sortia la veu. La mà esquerra tampoc la podia moure. Això la feia enfadar. No entenia res.

«Tieta, soc aquí.»

Va reconèixer *la nena.* Era al seu costat. Li va mirar els ulls, la boca, el nas. Els cabells foscos, rinxolats. Va provar de tocar-la amb la mà dreta. I sí. Aquesta la podia moure. Aleshores li va venir el nom com si el cervell li fes la rateta i li enviés un reflex fugaç: Laura. El va intentar dir, però altre cop la boca que no se li obria. Va fer un soroll. «Mmmmmmbbbbmmmb.» Es va tornar a enfadar.

Va sentir que la Laura li deia que s'havia desmaiat. «Has caigut i has perdut la consciència, tieta. Som al Clínic. Els pares estan venint. Jo no em mouré del teu costat.» La tieta va fer que no amb el cap. De fet, es va pensar que feia que no, perquè el cap no es va moure. Va deixar caure la mirada a l'altre costat. Va plorar en silenci, des de l'esòfag, d'on surt el crit somort. Fins que es va adormir.

Quan va tornar a despertar-se ja havia arribat la neboda amb el marit. La nena encara hi era. També el metge. Li va dir que havia tingut un ictus però que l'havien agafat a temps. Que semblava que no hi havia afectacions severes, tot i que havien de vigilar això de la mobilitat d'una part del cos i el problema de la parla. Que era normal. Ella va tornar a intentar-ho, però de la boca només en va sortir un grunyit. Encara va poder sentir que el metge li deia a la neboda que les pròximes hores eren crucials, que, a vegades, hi havia rèpliques. Sobretot a aquesta edat.

Va estar-s'hi set anys, gairebé vuit, a San Salvador. Fins a l'últim dia de vida del senyor Ömer. Era un home cultivat i educat. A la Pepita li agradava molt sentir-lo parlar de qualsevol cosa: del negoci del cafè, que l'havia convertit en un dels més reputats de la regió, d'una lectura que li havia agradat molt, dels fills, de la situació del país o del jardí immens de la casa cuidat amb entrega absoluta i que era la seva passió. Passejaven a pas lent, ell agafat al braç d'ella, entre aquell bé de Déu, i ell li anava indicant el nom de totes les flors com si fos una classe de botànica. Ella se les va acabar sabent de memòria i per ordre: rosers, gerberes, marqueses, lliris, pasqües, hibiscos... i la zona de plantes medicinals: el tamariu, la calaguala, el *caulote* o el *loroco*, de la qual la cuinera utilitzava les flors per preparar alguns plats deliciosos. El senyor Ömer no parlava mai amb prepotència i la feia sentir com una interlocutora interessant, tot i els seus pocs estudis i l'escàs món que a ella li costava reconèixer tenir. La Pepita li admirava profundament el saber estar i aquella amabilitat amb tothom, sense diferències. A més, no es queixava mai. Ni tan sols quan la malaltia el feia patir. El va acompanyar dues vegades a l'Hospital Mont Sinaí, a Nova York, perquè se sotmetia a uns tractaments especials que estaven en fase d'assajos. Ella el vetllava durant tota la nit i aprofitava quan s'adormia a mig matí per fer també una becaina. Beneït sia, el senyor Ömer. Durant tots aquests anys, la tieta enviava per gir postal el sou que li pagava el senyor i això ajudava a mantenir la família. La padrina ingressava els diners puntualment al Banco Español de Crédito, que, aleshores, tenia seu a Tarragona. Quan el senyor Ömer va morir, la tieta va tornar a la Moixera. Amb les butxaques plenes d'experiència, molts diners i sobretot una enyorança pregona cap a aquell home que va arribar a estimar d'una manera estranya: entre la incondicionalitat, l'enlluernament i el respecte.

La generositat del seu pacient va ser excessiva però valorada i corresposta en la seva mesura. Ella s'havia esmerçat a cuidar-lo. Ell, agraït de mena, va decidir que no li faltaria mai de res. I ho va complir.

Quan la Pepita va arribar al poble, va pagar de cop totes les lletres de la casa familiar, on vivia amb la mare i la neboda, que era com una filla per a ella. També va comprar un *paratu* de televisió. El primer del poble. El posava ben fort perquè se sentís des de la muralla. Obria els finestrals del menjador de bat a bat, els que donaven al carrer, i deixava que els veïns miressin aquell prodigi de la tecnologia per la finestra. Era tot un espectacle i cada vegada hi havia més concurrència davant la casa de la Pepita, als vespres. Com en una de les sessions de cine al Casino. I amb la mateixa emoció que provoca una bona pel·lícula. Però amb una projeccionista de luxe: la Sophia Loren de la Moixera.

Amb els diners i ben assessorada va comprar un parell de pisos dels municipis turístics de la comarca, que llogava i revenia. Així el patrimoni va anar creixent fins que el poble li va quedar més petit del que ja era dins seu i va decidir anar a viure a Barcelona. Es faria dir senyora Josefa i no deixaria que ningú escrivís la seva història.

A l'hospital, van passar un parell de dies i no hi va haver rèplica. Però tampoc va aconseguir parlar, encara que ella, per dins, pensava que sí que ho feia. La part esquerra seguia paralitzada. «A vegades, han de passar molts mesos», els va dir el metge. «Heu de tenir paciència. Però aquesta senyora ja no pot viure sola.» Van fer una reunió familiar i van decidir que no la portarien a la Moixera. Que si ella estigués en plenes facultats i pogués escollir no ho hauria volgut mai i que si pogués parlar s'hi negaria a totes passades. Per això van buscar un lloc a Barcelona, perquè si les coses milloraven fos més a prop de casa, de les seves rutines. Ja aleshores el verb *millorar* es conjugava en condicional i a poc a poc es va convertir en un desig en el qual dipositar només les engrunes d'esperança. Com que els diners no eren problema, la van admetre ràpidament en un sociosanitari al carrer de Sant Antoni Maria Claret, prop de l'Hospital de Sant Pau. Era un edifici modernista, ple de finestrals de colors i amb una escalinata a l'entrada que li donava un cert aire senyorial. Estava envoltat d'un jardí on, amb una mica de sort si les coses milloraven, la tieta podria passejar. Els van dir que tenien un bon servei de rehabilitació. També de logopedes entrenats en guerres difícils.

Van acordar que la Laura hi aniria cada migdia, sortint de la feina, a donar-li el dinar i a fer-li companyia. La neboda, per la seva banda, vindria de Reus i hi passaria els caps de setmana. Ho van fer així quatre mesos i mig durant els quals no hi va haver cap progrés. Cap canvi. Cap senyal de fortalesa en una dona cada vegada més menuda, més fràgil. La Pepita no va tornar a parlar. Només seguia mirant amb aquells ulls de cel i fent una mena de ganyota que s'interpretava com un somriure quan al davant tenia la neboda, la Laura o el jove fisioterapeuta dels dissabtes al matí que sempre li deia que era la pacient més reguapa de la planta i que semblava una artista de cine. Elles en van aprendre el codi i ella va renunciar a la paraula. Intentar-ho només la feia enfurismar-se contra un buit profund.

Cada setmana, la Pepita esperava la visita de la Laura. Des que la nena havia anat a estudiar a Barcelona i, després, havia començat a treballar, l'anava a veure els dijous. Ella sempre l'acabava convidant a berenar sopar. «Així ja arribaràs llesta a casa», li deia. Durant molts anys al Pans and Company de la plaça del Centre, on sempre triaven el mateix entrepà, la Laura un vegetal amb tonyina i ella un de pernil del país, i compartien unes patates fregides, que la tieta espipellava de damunt la safata. Quan acabaven, sortien de bracet, i la tieta l'acompanyava fins a l'entrada del metro, just davant del Granja Döner Kebab, on sempre hi havia cues a l'entrada i molt de soroll. No es movia del capdamunt de les escales fins que la perdia de vista. Aleshores anava a fer una volta per aquells carrers que tan bé coneixia. Sempre acabava trobant algun veí o alguna dependenta que abaixava la persiana del forn que li donaven conversa una estona. Ella els explicava, ben cofoia, que acabava de sopar amb la seva neboda. Que era una noia tan i tan espavilada i que a ella se l'estimava molt. Ells sempre li responien que tenia molta sort.

Al cap d'un temps, la Pepita va descobrir un gimnàs darrere de casa, al carrer de Galileu. Amb un restaurant amb vistes a la piscina de vint metres i on feien un menú als migdies molt complet. Van canviar els sopars pels dinars i així allargaven la tarda. La noia la posava al dia i la tieta l'escoltava i preguntava. Ella a la Laura també li explicava aquelles coses amb què gastava el seu dia a dia. Per exemple, que amb les amigues havien trobat una cafeteria nova a l'estació de Sants on feien uns cafès irlandesos que eren extraordinaris (li brillaven els ulls quan ho deia), que s'havia barallat per enèsima vegada amb la senyora de fer feines pels racons que s'entestava a passar per alt i que estaven plens de ronya, que a l'estiu volia anar de vacances a algun lloc de la costa, que havia parlat hores per telèfon amb la seva mare, la neboda, i que l'havia posada al dia de tot el que tenia a veure amb la família de la Moixera: alguna separació, un embaràs, els avis cada vegada més fumuts, o que l'esteticista li havia dit que la manicura francesa ja no era tendència i que ara tornava a estar de moda el Shellac Ferrari. Un dia la noia va arribar nerviosa i molt disgustada. S'havia barallat amb un noi amb qui mig anava i que li havia cridat de mala manera per una rucada. La tieta es va posar molt seriosa i li va dir amb una veu agra que la Laura no li havia sentit mai: «No deixis que mai cap home t'aixequi la veu. Mai».

La senyora Josefa era una dona jove, autònoma, molt atractiva i tenia diners. Passejava pel carrer de Berlín i l'avinguda de Madrid com si el barri fos seu. La gent se la mirava. I tant que se la mirava. Feia girar. Ella ho sabia i caminava d'aquella manera contundent, apresa. Tothom li deia *senyora* i la tractaven de vostè, i fins i tot el porter de l'edifici i el senyor de la xarcuteria del carrer de Vallespir, quan la veien entrar, li feien una semireverència amb el cap. A la fruiteria de la plaça del Centre sempre li guardaven la millor fruita, al punt de maduració, i a la farmàcia li avançaven les receptes si el metge no l'havia pogut atendre abans que se li acabessin els medicaments.

Un dia va conèixer en Ramiro. L'hi va presentar una de les amigues, la dona d'un notari, que feia temps que li anava al darrere amb la idea d'emparellar-la amb «un bon partit dels que ja no s'estilen». Quan el va veure per primera vegada, a la Pepita li va semblar que era un home amb planta, canós i grandot, com a ella li agradaven. Va pensar que farien patxoca l'un al costat de l'altra quan anessin a sopars o al teatre. En Ramiro tenia el doble d'edat que ella. Li va dir que treballava al ministeri, que era funcionari, però que estava d'excedència. També li va dir que era la dona més espectacular que hi havia sobre la capa de la Terra. Se'l va creure. Es van casar en una cerimònia íntima, a la Moixera, a la qual només va anar la neboda d'ella i la germana d'ell, i van començar una vida plegats que ho va ser tot menys plàcida. Ell li mentia constantment, la tancava a casa quan sortia, li va prendre part dels quartos. Li va arribar a pegar un parell de vegades que venia de ves a saber on, més begut del compte. La tieta es va convertir en una dona trista i poruga. Va deixar de passejar per la plaça del Centre amb aquella decisió i aplom. Anava a fer els encàrrecs a correcuita i gairebé no enraonava amb ningú, neguitosa que ell ja fos a casa. El porter de la finca era un testimoni d'excepció de com s'anava desdibuixant aquella dona i s'anava convertint en una ombra de si mateixa. Sempre que li demanava si les coses anaven bé, ella li responia un «sí, sí» apressat i inquiet que feia sentir al porter una impotència immensa.

Si hagués tingut prou força o haguessin estat altres temps, la Pepita l'hauria plantat, hauria fugit o se n'hauria divorciat. Però no ho eren o ella no se sentia amb prou coratge. Tot allò que li estava passant només l'hi podia explicar a la neboda, i la neboda, encara molt jove, des de lluny i tan espantada com ella, no podia fer-hi gaire res. Quan la situació ja havia arribat a massa blaus evidents, a ell li van diagnosticar un càncer de pulmó. Va durar set mesos. Tot aquell temps, ella va estar al seu costat: fent-li les cures, cobrint-li les necessitats, sostenint-li tot el mal humor i també tots els temors. Acompanyant-lo a les sessions de quimioteràpia i a les revisions al metge. Va estar guardant dies sencers aquell home que li havia esquinçat la vida i les entranyes. Va ser allà, sargint tots els estrips. Els que es veien i els que no. Quan va morir, però, no el va plorar gens ni mica. La neboda, que era amb ella també aquell dia, recordaria sempre que va ser en aquell moment que va presenciar-li un gemec pregon, que sortia de molt endins, d'allà on neixen la por i el silenci. L'endemà, la tieta va anar a comprar el gos.

Des del llit, veia entrar i sortir les infermeres i el metge de tant en tant. I les auxiliars que li venien a canviar el bolquer i a netejar-la. Cada dia, puntual com un rellotge, un tècnic ajudava la Laura a posar-la en una cadira de rodes i ella l'empenyia fins al menjador de la derrota. Ple de caps caiguts damunt dels colls flonjos, boques tortes, mirades buides. Olor de verdura bullida i algú que de tant en tant abocava un got d'aigua a terra o feia caure la forquilla amb un cop de colze. I malgrat tot, i des del seu forat, aquell era el moment preferit de la Pepita. Perquè ella entrava triomfal per la porta del davant, amb la Laura empenyent-la. Els que encara tenien una mica d'esma aixecaven el cap per mirar-les.

Era l'única que cada dia tenia acompanyant a l'hora de dinar i sempre —tret dels caps de setmana, que era quan hi havia més diversitat—, la mateixa persona. La que xerrava pels descosits i deia coses boniques a l'escamot de la taula, qui li guardava l'exclusiva de com li havia anat la jornada, qui li relatava que l'havien canviat de departament a la feina o que havia conegut algú interessant, mentre l'ajudava a posar-se el menjar a la boca i li netejava la cara. Durant aquella estona, per un instant, tornaven a ser al restaurant del gimnàs, compartint la vida juntes. Aquell era l'únic retall que a la Pepita li quedava de la seva vida passada. Això, l'ictus no l'hi havia pogut esborrar.

També esperava especialment el moment final del dinar. Quan la Laura li deia: «Tieta, ara toca fer un irlandès, especialitat de la casa». Li allargava el got d'aigua amb quatre pastilles de colors diferents i ella s'ho bevia, diligent. Però no. No hi trobava la nata ni aquell gustet de whisky dels que els feia en Manuel al bar de l'estació de Sants i que tenien desproporcionadament més de tot que de cafè. I mira que moltes vegades ella li havia dit que comprés cafè del Salvador, que era el millor del món. Però per als comptes del bar d'en Manuel aquell gra era massa car. Després de beure's allò, a la Pepita li entrava un cansament insubornable. La Laura la tornava a l'habitació i ella feia una bona migdiada. Quan es despertava, a vegades s'havia fet tant tard que *la nena* ja havia marxat.

Els mesos transcorrien i no hi havia cap mena de progrés en l'evolució de la tieta. La metge del centre havia trucat a la neboda i li havia dit que la cosa no avançava. Que en el procés de rehabilitació ja no podien fer gaire cosa més. Per si es volien estalviar la quota del logopeda. Que seria molt estrany que la senyora Josefa tornés a parlar mai. La mobilitat de la part esquerra estava encallada i ella la veia irrecuperable. «Esclar que mai se sap, però tenint en compte la seva edat...», li va dir, i això va ser força definitiu, que, tot i que creia que amb el medicament supervisat podien mantenir bastant a ratlla qualsevol possibilitat de nou ictus, veia que el seu nivell cognitiu en relació amb l'entorn estava disminuint. A la neboda li va semblar entendre per telèfon no se sap què d'agnòsia. Que ja no reaccionava a certs estímuls. Com si només reconegués aquelles persones amb qui tenia un vincle emocional, però ningú més. I que a vegades estava molt enfadada i que grunyia a la infermera del vespre quan la volia espavilar per anar a sopar.

La neboda ja feia molts mesos que rumiava la insostenibilitat d'aquella situació. La mare creia que la Laura carregava més del que li tocava, per edat i per les feines que tenia, i ella volia tenir la tieta més a la vora. Era ella qui havia de tenir-ne cura cada dia, les hores que convingués. Fet i fotut, la tieta era com una mare per a ella. Així ho sentia. La Pepita i la padrina Montserrat van exercir-ne, des del punt de vista logístic, però també dels afectes. La van péixer i cuidar durant tota la infantesa. Els seus pares tenien dos fills més a part d'ella i vivien, fent de masovers, en un mas als afores del poble. S'encarregaven de gallines i porcs, i sobrevivien a base de feinetes de manobre que li sortien a ell. Per tant, ja els anava bé haver d'alimentar una boca menys. A més, ella anava a l'escola de monges al mig del poble, al costat de la muralla, i ben a prop de casa la padrina. La nena era espavilada i obedient i els estudis li anaven bé. La padrina i la tieta li feien la roba, li cosien els botons, li pentinaven les trenes i li cuinaven el menjar. I els agradava tenir aquella nena amb elles, esprimatxada com un pardal escardalenc i tan temorenca que quan es quedava sola a casa passava més estona travant les portes amb cadires al darrere que recreant-se en la tranquil·litat que li suposava que no hi hagués ningú més. Quan la tieta va marxar a Amèrica, ella era una mica més gran i la padrina també. A la dona li va anar molt bé, aleshores, tenir la neta amb ella. No només per la companyia que li feia, sinó perquè l'ajudava amb totes les coses de la casa que ella ja no tenia empenta per fer. La mossa se l'estimava molt, aquella dona vella que s'havia esforçat perquè pogués estudiar, fins i tot amb el batxiller, i després progressar com a ajudant de secretària de la fàbrica de metxes d'encenedors que poc més tard es va convertir en l'empresa de cordons més important de la zona.

«Si ens l'emportem, en serà conscient?», li va demanar la neboda a la doctora del centre. Li va respondre que era difícil de saber-ho amb seguretat, però de ben cert que li seria molt més positiu, vista la seva reacció, tenir-la a ella a la vora. «Probablement mai es podrà moure del centre on decideixin ingressar-la. No sabrà si és aquí o allà.» La tieta mai hauria tornat a la Moixera de manera conscient ni voluntària. Aquell poble li recordava massa d'on venia, el que havia estat i d'on havia fugit. El lloc on la gent malparlava a l'esquena dels altres, i on haver nascut pobra era una mena de cicatriu que et deixava marca per a tota la vida, en canal. Potser a algú altre se li n'hauria refotut. Però, a la Pepita, l'opinió aliena li pesava massa. Al poble, que s'havia fet gran i pròsper en els darrers anys i era un destí de moltes parelles joves que hi volien viure bé, acabaven d'obrir una residència amb assistència mèdica les vint-i-quatre hores i amb molt bones instal·lacions. La neboda podria ser-hi dia sí, dia també.

La darrera setmana del sociosanitari del carrer de Sant Antoni Maria Claret, la Laura va anar a ajudar a fer les maletes de la tieta i acomiadar-se dels companys de taula del dinar i de les infermeres. L'última tarda, quan la tieta acabava de marxar, i la Laura era a l'habitació, va entrar una auxiliar amb qui no havia coincidit mai. Se li va presentar, li va dir que els seus pares s'acabaven d'endur la tieta cap al poble, a la Moixera, i que havia vingut a fer l'última repassada i a donar les gràcies per tot. «Li recullo les coses que queden per aquí i me'n vaig.» La noia li va dir que la seva tieta era una dona molt guapa. També li va dir que, amb el seu home, feien una parella de cinema i que sovint, quan els veia junts, pensava que ella, de gran, volia tenir algú que l'estimés d'aquella manera.

—De quina manera? Quin home? De què em parles? —li va demanar la Laura, atabalada.

—El que la ve a veure cada tarda a partir de les sis, just quan jo li vinc a retirar el got de llet amb galetes Maria del berenar. A ella se li il·lumina la cara quan el veu. I fa una mena de gest amb la boca com si li somrigués. Ell li diu: «Com estàs avui, estimada Josefa?», amb una delicadesa com de vellut. I amb una complicitat que només sedimenta amb els anys. S'asseu en aquesta butaca del costat, li parla fluixet, jo no sento què li diu. Però ella se'l mira amb complaença. A vegades li llegeix un bocí d'un llibre, i a vegades li canta ranxeres tristes. I li posa crema a les mans i als peus. Molt a poc a poc, entremig de cadascun dels dits. I un cop a la setmana, normalment els divendres, li talla les ungles. Sempre he pensat que tallar les ungles a algú altre és l'acte d'amor més veritable i autèntic que hi ha. No creus? També li acarona els cabells i ella se'l mira d'una manera... Si fos possible amb aquestes condicions, diria que la teva tieta és feliç.

La Laura li va dir que s'equivocava. Que la seva tieta no tenia cap home, que era vídua de feia molts anys. Que les seves amistats eren dones. D'aquelles que l'edat converteix en les millors còmplices d'entesa i de perruqueria. I que les úniques que la visitaven eren ella i la seva mare. Que s'equivocava, li va tornar a dir, de pacient.

—Estàs confosa. La meva tieta viu sola amb un gos. Fa temps que no vol saber res dels homes.

La noia se la va mirar i li va fer que no amb el cap. Després, va arronsar les espatlles. I molt fluixet va dir:

—Jo només sé que vull un amor com el que tenen ells. Així de romàntic. Fins a l'últim dia de la meva vida.

La Laura va comentar-li a sa mare allò que li havia dit l'auxiliar, però la mare no li va donar importància. De fet, no en va voler saber res. La Laura hi va estar pensant durant molt de temps, però després també va oblidar-se'n. Oblidar, sovint, és un acte conscient per poder sobreviure.

Ho va esborrar de la ment fins al dia del funeral de la tieta. Gairebé un any després. La tieta va morir dormint. S'havia anat apagant a poc a poc, com una flama exposada a un corrent d'aire del mes de juliol. Al final ja no reconeixia ningú. Ni la neboda, ni la Laura. Havia quedat reduïda a una mirada blau cel fixada permanentment en un punt indefinit de l'habitació. Ja ni tan sols la movien d'allà. S'havia encongit, els cabells van perdre el color i les ondulacions i els ulls es van empetitir i se li van omplir de núvols. La fragilitat li va esborrar aquella llum i la bellesa que sempre li havia servit per plantar cara al món. Ni geni, ni força. La pell baldera. Una tristesa immensa. I molta resignació. A la Laura li va costar molt de temps que la memòria passés ràpid les diapositives d'aquells últims mesos per recuperar la imatge de la tieta amb tota la seva esplendor. Segur que ella hauria volgut que la recordés fulgurant.

El dia del funeral, l'església de Sant Andreu de la Moixera estava plena a vessar. Totes les morts, en aquell poble com en tants d'altres, eren viscudes col·lectivament, com un acte social, de gregarisme. El de sentir-se part d'una comunitat en què el que li passa a un li passa a tothom. També, i sobretot, les desgràcies. Abans, al tanatori, la Laura va rebre les abraçades i el condol de desenes de persones que ni coneixia i que, en segons quins casos, dubtava que mai haguessin coincidit amb la seva tieta. Feia anys que havia marxat del poble i molta d'aquella gent pertanyia a generacions molt més joves que la Pepita. Homes i dones que van fer una mena de corredor del tanatori a l'església per on ella i la seva família van passar, darrere del cotxe fúnebre a pas de processó, mentre li arribaven comentaris fluixets: «I aquesta xiqueta, qui és?». «La filla de la Fina. La que viu a Barcelona», deia una altra. «Ah! Que gran, no? És ben igual a son pare. Ben igual.»

Des del primer banc de l'església, mentre sentia el discurs monòton del mossèn, que parlava d'estar en pau perquè la mort forma part de la vida i de la importància d'entregar l'ànima a Crist *nostru sinyó* i tot el sermó, a la Laura li va venir al cap el senyor de les ranxeres que anava a veure la tieta a Sant Antoni Maria Claret. Va ser com un rampell. Es va preguntar si devia saber que la tieta havia mort. També es va demanar si aquell home devia estar assegut en algun d'aquells bancs, entremig de tota aquella gent. Potser era algú dels que se li havia acostat per donar-li el condol. Va ser llavors que també va pensar, per primer cop, si aquell home sabia que la seva tieta tenia una neboda segona, que es deia Laura i que era ella. La seva tieta devia haver comentat mai res d'ella?

Ja al cementiri, on només van anar els familiars més íntims, també va repassar els parents, per si alguna cara li era desconeguda, o no quadrava amb les coneixences més properes. Però els tenia tots sabuts. Se'l va tornar a treure del cap a empentes i rodolons. Fins que al cap d'un mes, la seva mare li va demanar que l'acompanyés al cementiri a netejar el nínxol i a posar-hi flors. Quan van ser-hi, es van trobar un ram fresc, acabat de posar, que la mare va jurar i perjurar que no era seu. «Deu ser d'algun altre nebot. Ja ho demanaré.»

Probablement no ho va arribar a demanar mai. Quan no vols saber segons què, val més no gratar-hi massa. A la neboda li havia funcionat sempre bé la tècnica de l'escapisme, marca de la casa de tota una generació que va créixer amb els silencis i els secrets dels fills de la guerra i la misèria. I tanmateix les flors eren boniques i feien senyal de presència i de cuidat. «Feien senyor», que deia. Les flors apareixien cada tres mesos, després cada quatre. Més tard, cada sis. Cap dia en concret. Imprevisibles, però amb una certa constància. I eren sempre precioses. La tomba de la tieta era, sens dubte, la que feia més goig de la zona oest del cementiri de la Moixera.

Un dia que la Laura va baixar de Barcelona a veure els pares es va desviar arribant a Reus i va voler passar pel cementiri. Va anar a veure la tieta, i allà hi havia un pom ben recent, encara humit, fet de dàlies ataronjades, exquisides. La Laura s'hi va estar una bona estona asseguda. Va aprofitar per explicar-li a la tieta com li anaven les coses. Havia deixat la feina que tenia i potser se n'aniria una temporada a Friburg a fer un màster de filologia, una especialització en l'obra de la Rodoreda. Encara hi estava donant voltes però li havien dit que, amb el seu currículum, tenia moltes opcions. També li va explicar que, de moment, seguia sense tenir massa sort amb les parelles que ensopegava. «Ja ho veus, tieta. Potser això de l'amor no està fet per a mi.»

Abans de marxar es va treure de la bossa un estoig petit que va deixar al costat de les flors.

A dins hi havia un tallaungles. De penyora, ella es va endur una dàlia.

Caputxeta

Noia de porcellana
Buscava una ànima a dintre teu.
I això era com buscar
Papallones blanques damunt la neu.

«Noia de porcellana», PAU RIBA

—Però, àvia, quines dents més blanques i grosses que tens...
—Són per menjar-te millor!

Al portal, just davant de la porta de ferro del número 53 del carrer Septimània, darrere de la ronda del General Mitre, hi ha una noia asseguda a terra. Està plorant amb el cap amagat entre els braços. Els cabells llargs i negres li cauen com una cascada de lava a banda i banda de les espatlles. És dissabte 19 de març del 2019, són gairebé les nou del vespre i s'ha esvaït tota la llum del dia. Té la bossa a terra, ben a la vora, amb una xapa de la Rosalia de cap per avall i el ferro del metall que pinça la roba una mica rovellat. Porta unes sabates de taló entre marrons i granat amb les puntes pelades i allà on la pell s'aixeca el color es difumina en tons més clars. Les mitges curtes de color carn estan arrugades fins al garró, d'aquella manera tan incòmoda que fa impossible caminar amb facilitat, i tot i que la llum de l'entrada, que s'encén quan es fica la clau al pany, és molt tènue, deixa al descobert la imatge de la derrota.

Se la troben quan ja estan de tornada després d'un dia a casa en Jaume i la Dolors, uns amics que viuen al Poblesec. Hi han anat a dinar tots quatre, ells i els nens: la Laia i en Jan. En Jan va a collibè damunt el seu pare, cansat perquè s'ha passat el dia fent bots damunt del llit dels amfitrions, amb la Bruna, la nena de la casa, amb qui comparteixen edat i energia desmesurada. La Laia camina al costat del pare, negociant-li quina pel·lícula miraran junts mentre mengen les pizzes que la mare s'ha aturat a comprar al súper de la plaça de Sant Joaquim, a pocs metres de casa. Sempre tanquen tard i els ha salvat força vegades a deshores de descuits diversos.

Han decidit agafar el metro per anar més ràpid, tot i que sortint de casa dels amics han sospesat la idea de pujar caminant mentre vagarejaven pel barri, entre el carrer de Blai i el de Margarit, ple de gent i mainada que crida i va amunt i avall amb patinets i pilotes. S'han aturat davant de La Carbonera, una llibreria que els agrada molt i on acostumen a passar revista sempre que són per la zona. No hi entren perquè ja és tard, però avui al vidre de l'aparador tenien escrit amb retolador de guix líquid negre: «L'amor romàntic és la millor campanya publicitària de la història. M'estimes i em times.» I a sota, el nom de l'autora de la frase, Júlia Bertran.

En Jan s'ha mig adormit damunt de son pare, però quan s'aturen davant del portal es desvetlla de cop. El pare agafa la mà a la Laia, en un gest protector instintiu, i s'acosta a mig metre de la noia per demanar-li si està bé. Ella mussita un «sí, sí. Perdó. Ja m'aparto.» Fa com si s'aixequés però només es desplaça uns centímetres just sota de l'intèrfon. Podrien obrir la porta i entrar cap a dins, però es queden palplantats davant seu com si els haguessin sortit arrels o fossin davant d'una de les imatges del World Press Photo: les ombres, la llum, la bellesa i el dolor aliè que t'embarga.

«Per què plora aquesta senyora, papa? Per què està tan trista?», li demana en Jan al pare en un volum prou alt, malgrat la seva veu d'espinguet, perquè ho sentin tots, la noia també, que es remou sobre ella mateixa. Ell l'abraça amb força i es posa el dit índex damunt els llavis i després el posa als del nen. El gest, però, no causa l'efecte desitjat i ell segueix acumulant una tirallonga de perquès sense resposta.

El pare torna a insistir a la noia si poden fer res per ella, si la poden ajudar, però ella, sense mirar-lo, amb la cara encara més entaforada que abans entre els braços i les cames arronsades va repetint que no, que no, amb el cap. La noia segueix plorant, ara amb una mena de xiuxiueig que pren forma de gemec estrident quan agafa aire per tornar a començar la cadència. Els cabells es mouen a ritme dels sanglots i li brillen amb la llum matisada del fanal del davant. La Laia no gosa moure's ni un mil·límetre d'on és, allà ben a prop d'ella. Sentint el seu udol, ressonant-li per dins cadascuna de les llàgrimes d'aquella noia. Preguntant-se què li pot haver passat que la faci estar tant trista o si, potser, té mal del que cou o sagna o punxa o romp o destrossa en algun lloc del cos. «On són els seus pares?», «Per què està sola?», «Per què ha triat el seu portal?», es demana tan endins que li ressona la pròpia por per totes les parets de l'estómac. Als onze anys i mig la resistència s'esmicola en segons davant les desgràcies dels altres.

Arriba la mare carregada amb les bosses del súper i la Laia corre al seu costat. «Mama, aquesta nena està plorant. Diu que està bé, però no sabem què li passa. Només plora. Digues-li alguna cosa, si us plau». La mare deixa les bosses a terra i s'ajup a la seva alçada, just davant seu. La Laia fa el mateix que ella, al seu costat, en un efecte mirall. De més a prop, la nena veu que la noia té la màniga de la jaqueta vermella que porta mullada i plena de mocs. Estranyament no li provoca fàstic ni té nàusees, com li passa sovint quan veu secrecions alienes. Està massa trasbalsada i es nota la panxa regirada, i aquest cop hi identifica un altre motiu més subtil: la pena.

—Hola, soc la Paula. Aquesta és la meva família, el meu marit i els meus fills, i vivim en aquesta casa. Ja veiem que no estàs bé. Si vols pujar, et podem donar un got d'aigua i vas al lavabo a rentar-te la cara. Què et sembla?

La Laia encara pot veure com el pare mira la mare, en direcció cap a ells, i amb cara de retret i preocupació. També li sembla notar que el pare prem la mà d'en Jan una mica més fort. És llavors quan a ella l'envaeix la sensació d'un perill dens i negre com el sutge que fins aleshores no havia advertit, ni tan sols ensumat. També veu com el pare els assenyala a ells, els nens, dient «què fem?». Però la noia aixeca la vista i mira la mare amb ulls de petroli, mentre s'eixuga les galtes inflades i el nas amb la part de dins de la màniga. Li diu que no vol molestar, que ja marxa, que li sap molt de greu estar asseguda a la seva entrada. Que s'ha perdut i no sap ben bé on és, que se sent una mica atabalada. «Doncs, si vols, puges i t'ajudem a situar-te.» Ella dubta i amb el dubte s'encongeix encara més, però, vençuda per tot, li acaba dient que sí, que puja només a rentar-se la cara. A l'ascensor, que és petit, la mare i la Laia van amb ella i les bosses del súper, mentre el pare i en Jan pugen per les escales els quatre pisos.

Senten com en Jan segueix demanant qui és aquella senyora i per què plora, i per què va a casa seva. El pare li contesta amb un to baix que ara miraran de saber-ho i a veure si la poden ajudar. «I després, a la dutxa, Jan, que fas olor de gos mullat.» En Jan riu i comença a lladrar, després a udolar. Arribant a dalt de tot, la mare i la Laia somriuen sentint-los de fons. La noia també. Sembla més tranquil·la.

> Un dia, la seva mare li va demanar que portés uns pastissos a l'àvia, que vivia a l'altra banda del bosc, i li va dir que no s'entretingués pel camí perquè creuar el bosc era molt perillós, ja que sempre hi havia rondant per allà el llop ferotge.

Quan entren, ella els diu que tenen una casa molt bonica, endreçada i amb mobles moderns, la Laia li diu que gràcies amb una veu fluixa i una vergonya que no sap d'on li neix, just abans que ella entri al bany. En surt amb la cara neta i les restes de rímel escorregudes per sota les parpelles. Els pares la fan seure al sofà i li donen un got d'aigua mentre ella no para de repetir que li sap molt de greu tot. Respira profundament i comença a parlar.

Té dinou anys, els explica. Es diu Naira i és de Berga, tot i que viu a Cadaqués amb la seva àvia des que era petita. Els diu que no té pare —«com pot ser que no tingui pare?», demana el Jan—, que la seva mare es va desentendre d'ella quan només tenia quatre anys. Aleshores l'àvia, que vivia a Cadaqués, se'n va fer càrrec. Que sí, que la mare les anava a veure de tant en tant, sobretot per demanar-li pasta a l'àvia, però que la seva és una mare «plena de forats» per on s'escola tot, fins i tot les excuses, diu. Una desconeguda per a ella, a qui no sap ni què dir-li quan apareix de tant en tant per casa perquè és com trobar-se amb una estranya. La seva mare l'havia tinguda de molt jove i sense voler-la —això va sentir que un dia li deia a l'àvia mentre discutien a la cuina i creien que ella dormia— i li va caure el món a sobre, no va saber com fer-s'ho. Els diu que té la sensació de ser invisible per a ella, «no em veu». Quan ella li demanava explicacions a l'àvia —ho feia més quan era una nena—, la dona li assegurava que la seva no era una mare dolenta, que molt probablement se l'estimava d'una manera diferent, sense saber-ne prou. Que hi ha gent a qui li costa una mica aprendre a fer-ho perquè la vida, a vegades, està plena d'esbarzers «i tots traginem esgarrinxades», li havia mirat d'explicar.

«L'àvia parla de manera estranya», els va dir. S'inventa paraules i imatges per descriure les coses que veu o les que li passen per dins, com si fos un conte o una pel·li. «Jo ja hi estic acostumada i m'agrada molt perquè acabes veient tot el que ella imagina. Però també acabes notant els seus sentiments.» I quan parla de la mare i de la vida, la Naira hi veu molta tristesa, en aquells pensaments de l'àvia, perquè «en el fons és la mare de la mare i potser creu que no ho ha fet prou bé i se'n sent responsable».

La Naira només sabia que la seva mare no era com la resta. Molt diferent de les que coneixia, les de les amigues de l'escola. Aquelles mares eren amoroses, portaven berenar per a les filles quan les anaven a buscar a la sortida d'escola, els feien festes d'aniversari, les ajudaven amb els deures, les cuidaven quan estaven malaltes, els compraven roba de marca o els cosien els sets. Enumerava tots els forats amb resignació desproveïda de qualsevol mena de pesar. «Si no ho tens, no pots trobar-ho a faltar», va concloure arronsant les espatlles. Ella no havia tingut mai res de tot això. No sabia si se l'estimava o no, fins i tot. A la Naira no li sortia de dins, ella tampoc en sabia, potser això també ho havia heretat d'ella. A més, bastava tenir l'àvia, se sentia molt afortunada de poder-hi comptar. Ella sí que sempre l'havia cuidat molt. Es preocupava per ella i, tot i que ja era velleta i sorda com una tàpia, era alegre i decidida i «cuinava com els àngels», com no es cansaven de dir les veïnes: les seves truites de samfaina eren les millors del món i el seu arròs caldós havia fins i tot guanyat premis al poble. Està molt orgullosa de la seva àvia. Quan diu això, somriu, i la Laia pensa que potser la Naira té gana i per això parla de les truites de la seva àvia.

També els explica que estudia un mòdul de tècnica en maquillatge i estètica i que l'àvia és la seva model i que es deixa fer totes les provatures del món. La Naira els diu que l'àvia té una pell molt fina i poques arrugues i que quan li pinta els llavis i li aplica ombra als ulls sembla que tingui vint anys menys, com a mínim. Estudia, però tres hores dos dies a la setmana va a fregar a casa d'una gent del poble. Els diners que guanya els dona a l'àvia. Just fa un parell de dies que aquesta gent li ha dit que li apujaran el jornal i que de cara a l'estiu li pot sortir més feina, perquè els hotels van com bojos buscant temporeres per als mesos de calor, i segur que l'asseguren i tot. Està contenta perquè els cursos que fa costen una pasta i els hi paga l'àvia amb la seva pensió i ella pensa que si treballa més s'ho podrà arreglar ella i així l'àvia anirà més tranquil·la. Ho explica movent les mans amb les ungles llargues i despintades a bocins. El tros de color que encara se li pot veure és d'un vermell insolent. Gens avinent amb les mans, que semblen les d'una persona gran, tallades, gastades i plenes de repels. A la mare li sembla intuir l'olor de salfumant.

Aleshores atura el discurs. «Merda, l'àvia!» Els diu que l'àvia deu estar molt amoïnada perquè no sap res d'ella, ni tampoc on és. No l'ha pogut avisar perquè se li ha acabat la bateria del mòbil.

El pare li deixa un carregador i ella endolla el telèfon. La pantalla s'engega i la mare veu de reüll que té una foto d'ella i una senyora gran al seu costat que l'abraça al salvapantalles. Pensa que deu ser l'àvia. Ella continua. Els explica que aquell matí havien baixat amb en Miki a Barcelona. En Miki és el seu nòvio. Era. És. Era? Té vint-i-un anys i treballa de mecànic a l'Estartit. Fa nou mesos que van junts i ella n'està molt enamorada. Bé, n'estava. Bé, no ho sap. Aquí torna a esclatar en plors. Quan es calma els explica que quan baixaven amb cotxe cap a Barcelona, just entrant a la ciutat per la Meridiana, ella li ha dit que tenia un retard de tres setmanes.

«Un retard de què?», demana la Laia. «De la regla», li diu la mare, i ella assenteix amb el cap. La Naira continua. «S'ha posat molt nerviós, s'ha enfadat molt. M'ha demanat si m'havia fet el Predictor i jo li he dit que no. Aleshores m'ha dit que era una inconscient, que tot era culpa meva i que havíem d'anar a l'hospital. M'ha portat al Clínic i m'ha deixat a l'entrada, al capdavall de les escales. Ha dit que seria allà quan sortís. A l'hospital, una infermera m'ha fet pixar en un bastonet i al cap de no res han aparegut dues ratlles roses. Aquella dona m'ha fet moltes preguntes de l'última menstruació, de com em trobava, de si tenia parella, si treballava, si vivia amb els pares... si sabia què pensava fer. Només li he sabut respondre "no ho sé" a tot. M'ha dit que calculava que estava d'unes set o vuit setmanes i que si necessitava ajuda ella em podia donar contactes. Però que seria bo que parlés amb els pares. Jo no li he pogut dir que no es pot parlar amb uns pares que no existeixen. Em feia pal explicar-li la meva vida a ningú. I, a més, no ho hauria entès.» S'atura i els mira. «I ara us ho estic explicant a vosaltres. Quina moguda!» Sospira.

Els explica que quan ha sortit de la revisió en Miki era allà on ella l'havia deixat, al mig del carrer. Mossegant-se les ungles i mirant el mòbil, nerviós. Quan li ha dit que estava embarassada s'ha posat a cridar. «Ha dit que estic boja, que no pensa tenir cap fill ni ara ni mai i menys amb mi, que ja m'espavilaré. Que soc una immadura i jo què sé quantes coses més. També m'ha dit que em deixava a l'estació de Sants i que tornés sola a Cadaqués. I que no em queixés, que tenia molta sort que m'acompanyés fins a l'estació perquè no em mereixia ni això. Que ell no volia saber res de mi. Li he dit que ja sabia que no portava diners i m'ha dit que era problema meu, que només faltaria. Que si era prou gran per estar embarassada també ho havia de ser per saber tornar a casa.»

En aquest punt del relat, la Naira torna a esclafir a plorar. La Laia fuig a la cuina. No sap ben bé si per pair tot allò que acaba de sentir o perquè no pot suportar veure-la diluir-se en aigua una vegada més. És incapaç de calcular quantes llàgrimes pot emmagatzemar l'ésser humà, mai havia vist ningú vessar tristor tanta estona seguida, ni tan sols en Jan quan cau i es fa mal. Va directe al rebost de la cuina i agafa el pot de vidre ple d'avellanes i ametlles torrades a casa i un altre got d'aigua i l'hi porta. Ella li diu que és una nena molt amable i la Laia li torna a contestar que moltes gràcies, amb un fil de veu. I aleshores la nena es queda allà, al seu costat i comença a ferli carícies al braç, com quan el pare la desperta al matí per anar a escola o quan al costat de la mare al cine mantenen d'aquesta manera el contacte enmig de la foscor. I quan li està acaronant amb els dits aquell tros de pell, veu que al costat del rellotge té la paraula *love* tatuada al canell esquerre amb una lletra en cursiva i en majúscules. La Laia pensa que la Naira, ara, haurà de ratllar aquella paraula, o esborrar-la, si és que es pot eliminar el que s'ha gravat a la pell, o potser esperar que aparegui algú altre que torni a omplir de sentit aquelles lletres. O potser pensar en l'àvia quan es miri el tatuatge. Per tot això, ella té clar que no s'enamorarà mai de ningú.

De sobte, va veure el llop, que era enorme, davant seu.

—On vas, nena? —li va preguntar el llop amb la seva veu ronca

—A casa de l'àvia —li va dir la Caputxeta.

—No és lluny... —va pensar el llop per a ell mateix, girant-se.

La Naira prossegueix i els diu que des que en Miki l'havia deixat a Sants ella s'havia posat a caminar, vagant sense saber ni què fer ni on anar. A Barcelona no coneix a ningú.

No sap com aconseguir els diners per al bitllet i no vol trucar a l'àvia perquè s'espantaria molt i no té cotxe per anar-la a buscar i tampoc podria ajudar-la. I potser també s'enfadaria amb ella quan li digués que estava embarassada, i li fa pànic que no vulgui saber res d'ella, com en Miki. L'àvia ja ha fet aquest recorregut una vegada amb la seva mare i no havia anat bé. Ella no li podia fer això. No podia decebre-la. «És la persona que menys s'ho mereix d'aquest món.»

Els diu que li ha demanat a un guàrdia urbà com ho havia de fer per anar a Cadaqués i ell li ha indicat que havia d'anar a l'estació del Nord, que d'allà en surten autobusos tot el dia.

Aleshores ha començat a caminar i a caminar. I caminant ha arribat a Gràcia, i ha anat pujant fins a Lesseps. I ha entrat per aquells carrerons i després de deambular tot el dia, esgotada, s'ha assegut en aquella entrada d'un carrer que li ha semblat tranquil. «Fins que heu arribat vosaltres. I em sap tot molt de greu.»

Els diu que té por i se sent perduda i embolicada com una pedra de Santa Llúcia —«ara semblo l'àvia i els seus contes», afegeix, i somriu—, i que al mateix temps està tan cansada que no té esma per a res. Que no acaba d'entendre tot el que ha passat en aquell dia tan estrany. Havien de passar un dia bonic amb en Miki a Barcelona, al parc de la Ciutadella. Ell estava content i afectuós fins que ella li ha deixat anar allò del retard. Que aleshores s'ha convertit en algú altre, un llop ferotge. «Se li han fet grossos de cop els ulls, el nas, les orelles. És molt estrany, però és com si, de cop, s'hagués distorsionat. I quan m'ha començat a cridar, m'he espantat. Pensava que em pegaria. Ha començat a accelerar i a frenar amb ràbia i a donar cops amb els palmells de les mans obertes al volant. He tingut por que xoquéssim amb el cotxe del davant o del costat quan érem al mig de la Meridiana. No l'havia vist mai d'aquella manera.»

En Jan se n'ha anat esperitat a la falda de la seva mare, li ha agafat amb les dues mans la cara i li ha dit a poc a poc perquè ella l'entengués: «Tinc por». Ella li ha contestat que no passava res, que tot anava bé.

El pare s'aixeca de la butaca on està assegut just davant del sofà i engega l'ordinador. Busca els horaris d'autobusos. I veu que, efectivament, hi ha un bus de la Sarfa que surt direcció a Cadaqués a quarts d'onze de la nit, l'últim, de l'estació del Nord. Costa vint-i-dos euros. Li demana si sabria arribar a la parada de metro de Lesseps i des d'allà anar fins a plaça Catalunya. Aleshores haurà de caminar quinze minuts per arribar a l'Arc de Triomf, que és on hi ha l'estació del Nord. Ella diu que creu que sí, que ara que torna a tenir bateria es posarà el Google Maps. Li proposa que què li sembla si li compren un bitllet perquè pugui tornar a casa amb l'àvia. Ella repeteix que li sap greu, però el pare ja ha fet la transacció i li imprimeix el bitllet. La mare li diu que avisi l'àvia que arribarà tard a la nit i li demana si quan sigui dalt de l'autobús els pot enviar un WhatsApp perquè sàpiguen que està bé. Intercanvien els números de mòbil. Ella els diu que així ho farà.

Abans de marxar els dona les gràcies i la Paula li dona vint euros més «pel que puguis necessitar». La Laia surt corrents de la cuina amb una bossa de plàstic plena de fruita seca i fins i tot hi ha posat un parell de Sugus amb gust de maduixa que ha trobat en un calaix i que guarden per a quan tenen visites que venen amb menuts. Ha pensat que potser li farien servei pel camí.

Ella marxa, i ells surten al balcó. Veuen la Naira que s'ha tapat el cap amb la caputxa de la jaqueta i que va en direcció al metro de la plaça Lesseps.

Al cap d'una estona, a tres quarts d'onze, la mare rep un missatge al mòbil del número que ha registrat com el de la Naira i al lloc del cognom hi ha escrit dins d'un parèntesi «19 anys. Cadaqués. Portal». La noia no hi té cap foto, ni estat, ni informació sobre l'última connexió, o almenys la Paula no té accés a veure res de tot això:

«Ja soc a dalt de l'autobús. He arribat amb temps. Et volia donar les gràcies per tot. Tens una família maquíssima. Uns fills increïbles. No tinc paraules per agrair-vos tot el que heu fet per mi, aquest vespre. Només arribar a casa us ho dic perquè estigueu més tranquils. Moltes gràcies per tot.»

La Laia, des del llit, sent com els pares parlen en veu baixa. No se li escapen les seves paraules:

—I si ens ha enganyat? —diu la mare.

—No ho sabrem mai, en tot cas hem fet el que havíem de fer.

—Feia molta pena, estava destrossada. A veure què fa ara, quines decisions pren.

—Li enviaràs un altre missatge?

—No. Ja està. Si mai necessita contactar-nos té el nostre telèfon. Espero que tingui sort.

—Jo també —diu el pare.

«Jo, també», pensa la Laia abans d'adormir-se. Aquella nit somia amb llops i caputxetes. I caçadors que treuen nens de dins la panxa de l'àvia.

El caçador va treure el seu ganivet i va obrir el ventre del llop. L'àvia i la Caputxeta eren allà, vives!

Per castigar el llop malvat, el caçador li va omplir el ventre de pedres i després el va tornar a tancar. Quan el llop es va despertar del seu son, va tenir moltíssima set i es va dirigir a un estany pròxim per beure. Com que les pedres pesaven molt va caure dins l'aigua i es va ofegar. La Caputxeta va prometre a la seva àvia que no parlaria mai més amb cap desconegut que trobés pel camí.

I així va ser. Mai més han tornat a saber res de la Naira.

Triangle equilàter

Woman, I can hardly express
My mixed emotion at my thoughtlessness
After all I'm forever in your debt.
And woman, please let me explain
I never meant to cause you sorrow or pain
I love you.
Now and forever.

«Woman», JOHN LENNON

«Un triangle equilàter és una figura geomètrica plana limitada per tres segments rectes d'igual longitud. És el més simple dels polígons regulars. Els seus tres angles interiors fan una mida de 60 graus, i per tant els triangles equilàters són acutangles, i els exteriors en fan 120. Un triangle equilàter pot ser dividit per una de les seves altures en dos triangles rectangles, en què els dos angles més petits fan 30 graus i 60 graus. Els seus tres costats són iguals.»*

* Definició de «Triangle equilàter» a la Viquipèdia.

És una temeritat estimar dues persones a la vegada? Aquestes dues persones es poden arribar a estimar entre elles? Muten els graus de cada angle quan això passa? Si la perfecció no existeix, quin sentit tenen, els triangles equilàters? (En el món real) els costats poden tenir exactament la mateixa longitud? I el més definitiu: què en fem, dels triangles rectangles restants, quan una línia talla la fórmula inicial amb una ganiveta i la xapa en dues parts no necessàriament iguals?

Els angles rectes no són sempre perfectes.

L'Enric i en Sergi han quedat per fer un cafè a mitja tarda a la Casa Seat, als Jardinets de Gràcia, davant per davant del Palau Robert. L'última vegada que l'Enric va anar a sopar a casa seva, només dues setmanes abans, la Bàrbara estava esgotada i se'n va anar a dormir més aviat que de costum. Cap dels dos recorda haver tingut mai una conversa tan sincera i estimulant des dels principis dels temps, ara fa vint anys. De segur que l'escenari hi ajudava: eren a la terrassa del pis de la Bàrbara i en Sergi a Pere IV, davant del Parc del Centre del Poblenou, s'havien acabat una ampolla de Teixar, una garnatxa vella del

Montsant gentilesa d'un dels pacients agraïts d'en Sergi. Passava fresca i es van sentir a gust per compartir els llocs recòndits de l'ànima. «Què n'esperes de la vida, tu?», «Te la imaginaves així?», «Què canviaries ara, si sabessis tot el que ha passat?», «Quantes vides caben en una vida?».

No saben com hi van anar a parar, en aquell pèndol d'abisme ni en aquell grau d'intimitat. Potser no els havia interessat saber-ho fins a aquell moment o simplement mai havien estat tant de temps sols, sense la Bàrbara. Ella s'havia retirat a la seva habitació, que dona a la terrassa i, des d'allà, amb les persianes closes, els sentia de lluny sense esforçar-se a entendre el que deien. El so de les seves veus tan conegudes, tan properes, tan íntimes, de fons, com una barcarola que bressola, la van acompanyar fins que va caure rendida. El compte enrere del toc de queda d'aquell estiu del 2021 en forma d'amenaça va precipitar el final de la conversa, l'Enric havia de tornar al seu pis de Sants, on s'havia traslladat just feia un parell de setmanes, i a tots dos els va envair aquella sensació d'haver interromput alguna cosa important, d'haver quedat a mig fer.

Són a la Casa Seat. En Sergi li ha volgut mostrar l'exposició de fotos d'Antoni Campañà, que complementa la que hi ha al MNAC d'imatges de la Guerra Civil que van quedar soterrades en unes caixes vermelles. L'artista va amagar secrets i pors durant més de vuitanta anys. Per prudència o atordiment, per no saber com manegar la guerra, les emocions, la incertesa. Les fotos que hi ha a la Seat, però, canvien de registre i li suposen una resurrecció pública com a artista. Des d'una òptica publicitària. Són les imatges que el fotògraf va fer de la transició industrial i del naixement del sector de l'automòbil. També de com els cotxes van canviar les ciutats i la societat catalana a mitjans del segle XX. Hi ha els primers models de la marca. Fotos en blanc i negre. En un pla nadir, buscant-hi la mirada artística. En Sergi és amic dels nets de Campañà des de l'època de l'escola, en sap els detalls de primera mà, molt més del que n'ha sortit als mitjans últimament. Li ha agradat ensenyar-l'hi, explicar-n'hi la història, també allò que no s'ha dit, encara. A l'Enric li plau escoltar-lo, pensa que tot allò és material de documental. Potser l'hi proposarà més tard. Mentre parlen, en Sergi rep un seguit de missatges de la Bàrbara. «Sergi, faràs gaire tard? T'esperem per sopar?», «Els nens estan cansats», «Va, vine!».

—T'he de deixar, que he d'anar cap a casa. La Bàrbara està neguitosa.

—Estic content que ens hàgim vist. M'agrada parlar amb tu. —S'atura i afegeix:— Cada vegada més.

La primera vegada que la Bàrbara, la filla de l'impressor de Sóller, va veure l'Enric al Col·legi Major Ramon Llull, al recinte de l'Escola Industrial del carrer d'Urgell de Barcelona, va pensar que era la persona més fora del comú que s'havia trobat mai en els seus disset anys a l'illa: una empenta incontinent, generós, curiós, alegre, intel·ligent, sempre amb idees. De conversa intensa i loquaç.

Era de Banyoles, no gaire alt, pigat i esmolet. De família culta i bona posició. Estudiava ciències de la informació amb la germana de la Bàrbara, dos anys més gran que ella. Quan la Bàrbara va arribar al Col·legi Major des de Mallorca, l'Enric ja feia dos anys que hi regnava. Era dels que no passaven desapercebuts en un lloc com aquell: dos-cents seixanta residents, meitat nois, meitat noies. Alumnes excel·lents perquè la mitjana entre les notes de COU i la selectivitat servien de tall per entrar-hi i la demanda solia ser elevada. Estudiants que venien d'arreu dels Països Catalans, en especial de les Balears, induïts pel boca-orella de la bona fama del centre i probablement, en el cas de Sa Roqueta, per l'estola del beat mallorquí Llull. Una institució que era tot un referent històric en el món educatiu, de les poques residències mixtes que hi havia i que des de feia uns anys estava gestionada per la Universitat de Barcelona.

Ella s'hi va fixar tot d'una, en l'Enric. La seva germana n'hi parlava sovint, però només les primeres converses en persona ja van superar totes les expectatives. Era impossible no fer-ho. Els responsables del bar el saludaven pel nom i sabien com volia el tallat de mitja tarda: llarg de cafè, amb una punta de llet ben calenta. Sempre feia broma amb les cuineres, que li posaven doble ració de brunyols quan n'era temporada, i la portera esperava que el noi arribés de classe cada dia perquè era dels pocs que s'hi aturava, li donava conversa i li explicava alguna anècdota divertida que la tenia entretinguda. L'Enric organitzava moltes de les activitats del centre des de la comissió de festes, a la qual es va apuntar el primer dia, sempre predisposat a qualsevol dels saraus. Com quan va contactar amb un reputat director teatral que coneixia de Girona perquè els dirigís el grup del col·legi, que fins aleshores feia el que podia. També va muntar rutes per descobrir barris de Barcelona amb estudiants d'arquitectura de la residència com a guies i va instaurar una sessió de conferències sobre literatura contemporània a la capella modernista de l'edifici. Va convertir en ritual l'anada de tots els residents mallorquins del col·legi als foguerons de Gràcia per Sant Antoni Abad i era qui sempre ideava alguna ocurrència per als aniversaris d'amics i coneguts. Amb ell no existia l'avorriment, cada dia era una sorpresa. Hi ha persones que són com una mena d'imant. Atrauen tothom que se li acosta, tothom vol ser-ne amic. L'Enric era així.

Les ganes que en tenien l'un i l'altre, fins i tot abans de conèixer-se, van fer que s'avinguessin de seguida. A la Bàrbara li anava bé aquell caràcter expansiu que omplia els revolts de la seva timidesa. L'Enric hi era sempre, i multiplicat per mil. Oportú, amatent, amb una idea d'última hora per fugir de la rutina i convertir qualsevol moment en un fet important.

Encara ara, amb la sacsejada dels anys que han passat i la perspectiva de les coses viscudes, la Bàrbara pensa en ell com en la persona que li va obrir de bat a bat totes les portes d'allò desconegut, que li va ensenyar la seva immensitat i li va fer perdre la por de descobrir-lo. Qui li va donar accés als racons perduts de Barcelona i amb qui era impossible marcir-se mai. Se l'havia trobat a l'entrada de la facultat de medicina més d'un dijous al vespre —el dia que la gent de comarques sortia de festa a la nit—, quan ella acabava les classes del torn de tarda. Havia fet el trajecte d'anada i tornada fins a l'Autònoma, quan ell ja havia acabat les classes, només per acompanyar-la. «Així m'expliques coses», li deia. També l'esperava a l'hora de sopar, quan tan sols quedaven quatre gats al menjador desangelat, i se l'enduia a fer un volt fins que trobaven els amics en algun dels bars habituals del centre. Més d'un cap de setmana, quan ell tornava d'haver-lo passat a Banyoles, a cals pares, se li plantava a la sala d'estudis immensa, on ella destil·lava totes les hores de solitud dels dissabtes i diumenges, amb un croissant de xocolata, una piruleta Fiesta en forma de cor vermell lluent o una proposta formal de suís a can Viader.

L'Enric és el substantiu de la seva primera joventut. La persona de qui no li seria possible prescindir. Sempre n'hi ha una. Dues, a tot estirar. Encara ara, des de la vida adulta en què s'han sumat el doble d'anys d'aleshores i el desgast del temps hi ha passat per sobre com un tren sense conductor.

Quan en Sergi va conèixer l'Enric va pensar que era un pedant i un tibat. Li va generar urticària general amb efectes de llarga durada.

Un dia, l'Enric va decidir, talment com si fos part d'una estratègia o d'un guió planificat, que la Bàrbara seria la seva parella. Ho va perpetrar des d'una clarividència absoluta. Era intel·ligent, curiosa, lleial, divertida. Se sentia molt a gust al seu costat i el compensava sense reserves. Trobava que ella aconseguia amarrar-lo a terra amb fermesa quan les seves empescades s'escapolien dels marges, però alhora l'empenyia a volar amunt i a brillar amb tota la seva esplendor. L'estimava com s'estimen els millors amics, com s'estimen els amics que són germans de pell, els que es necessiten com l'oxigen. La Bàrbara era tot el que ell creia que havia de ser una bona companya d'aventures, d'estudi, de vida. El que sempre havia imaginat. Si l'hagués hagut de preveure en un paper o en un guió, la descripció de la protagonista hauria estat la seva. Així doncs, per a ell, el pas d'amiga a parella era un fet gairebé tan connatural com que, en els dies ennuvolats, els gira-sols es miren els uns als altres per compartir l'energia mútuament. L'Enric sabia que la Bàrbara n'estava molt, d'ell, i estava convençut que sabria correspondre-la com ella es mereixia.

La Bàrbara, en canvi, es va enamorar de l'Enric d'una manera irreversible. Per a ella, el seu amic es va convertir, molt a poc a poc, en aquell algú que ocupa tots els espais mentals, que fins i tot fa sentir el dolor d'estimar massa. La preocupava que aquells afectes sòlids enterbolissin una amistat granítica. Però alhora li resultava difícil amagar-li els sentiments reals. L'envestida era difícil: la Bàrbara veia que l'Enric sentia coses, des d'un altre lloc i d'una altra manera que no sabia traduir, i passava angúnia. Això la feia entrar en una espiral de confusió permanent. I amb la confusió, la ràbia. L'Enric, però, no coneixia el camí de tornada. La seguretat en totes les facetes de la vida s'esberlava en aquell «nosaltres» sense garanties: s'hi multiplicaven totes les esquerdes, tots els dubtes, tots els retrets. Tot concentrat en una mateixa àrea perimetrada: el millor i el pitjor de tots dos. Mogut, canviant. Explosiu i complicat per a tots dos. Per a la Bàrbara, l'Enric era com una muntanya russa constant.

A estones, la Bàrbara sentia que tocava els núvols. D'altres, es veia a si mateixa com a no res, minúscula, insignificant. D'una inferioritat aclaparadora. Al costat de l'Enric va aprendre que també podia sentir-se molt sola.

El desig va venir més tard. Invocat pels òrgans equivocats. Van tenir un sexe inexpert i cohibit, de principiants, gens ajustat a la intensitat de la resta de la relació. Desplaçat també de les coordenades de l'admiració mútua. Ell es pensava que no en sabia prou, i això l'omplia d'inseguretats, i de pas, les hi encomanava a ella. Cap dels dos l'hi deia a l'altre per no ferir-lo. Estimar algú també consisteix a estalviar-li el pes insostenible de les veritats. Van convertir en costum la suma de distàncies curtes i silencis breus. Mai podia haver-hi massa centímetres de distància entre tots dos. A vegades eren a dalt de tot, i d'altres anaven directament al precipici sense possibilitat de retorn. Tot i això, van omplir aquells primers anys de totes les formes d'amor. Sobretot de les que feien patir.

A quart curs de medicina, la Bàrbara va començar la part formativa a l'Hospital de Sant Pau. Allò li va suposar accedir a una altra vida. Nous companys i unes assignatures més pràctiques i dirigides que li feien la carrera molt més estimulant que fins aleshores. Els habituals eren un grup de quatre. L'Helena, en Vidal, en Sergi i ella. En Sergi era el delegat de classe. Ella no el va saber veure fins a finals de curs. Enginyós, parlaire i foteta. Amb uns ulls blaus bonics darrere unes ulleres rodones com les de John Lennon. Quan ella li deia Lennon ell li responia picant si volia ser la seva Yoko, que per ella deixaria els Beatles i que «*let it be, let it be*». Era el fill d'un dels professors més respectats de la universitat. Això li donava credencials i una seguretat que manejava amb una ironia sense repels. Amb la Bàrbara es van entendre. Ell a ella li admirava la capacitat de feina, l'entrega, les reserves. La passió per l'art, l'accent mallorquí, les paraules genuïnes, en especial els insults: «tros de banc», «cap de fava», «betzol», «pardal». N'hi feia fer llistes i les utilitzaven fora de context. A ella li agradava d'ell que la feia riure; l'agudesa, que ell atribuïa a uns gens gallecs que el convertien en barceloní infreqüent. «Com en Rubianes, *nene*», es vantava. Amb en Sergi se sentia còmoda i tranquil·la, podia ser ella mateixa sense impostures ni haver de demostrar res. S'hi trobava a gust. Discutien sovint sobre qüestions mèdiques i maneres diferents d'encarar-les. Solien escoltar-se amb respecte l'un a l'altra. Tots dos pensaven que l'altre en sabia més. De medicina i de la vida. Ell li va desgranar tota la discografia dels Beatles: n'era incondicional. Cançó a cançó, anècdota a anècdota. Ella li va portar panades i cocarrois fets per sa mare quan va tornar de les vacances de l'estiu. «A l'Enric també li agraden molt. Ara a l'agost, quan ha vingut a passar uns dies a ca mumare, n'hi ha fet a balquena. L'ha fet feliç.» En Sergi va pensar que no havia menjat mai res igual. A ella li va dir que es podien millorar.

Quan l'Enric va conèixer en Sergi va pensar que era un arrogant poc consistent i banal. Va intentar advertir a la Bàrbara que aquell tio li tirava la canya i que no li serviria ni tan sols d'amic, de tan superficial que era. El posava tan nerviós que va fer per coincidir-hi el mínim possible.

Després de quatre anys l'Enric i tres la Bàrbara, tots dos van marxar alhora del Col·legi Major i van anar a viure a llocs diferents de la ciutat, tot i que no gaire lluny. L'Enric a un pis de l'Eixample, a Roger de Llúria amb Provença, amb la seva germana gran, advocada. La Bàrbara, al carrer de Bonavista de Gràcia, amb dos amics de la residència i un jove italià paracaigudista, en Giorgio, que va resultar ser providencial per a ella. Li va ensenyar la llengua, a cuinar la pasta *al dente* i la va acollir moltes nits a la seva habitació guitarra en mà quan ella arribava trista i tèrbola, després d'estar amb l'Enric. Amb en Giorgio va descobrir que, de tot el que ella sentia i vivia, Franco Battiato ja n'havia fet abans una cançó.

Amb l'Enric van acordar que habitar espais diferents deixaria entrar la llum a la seva relació. Per això, aquelles vacances de Nadal van decidir passar-les separats. Tres setmanes d'aire per omplir els pulmons. El dia que la Bàrbara va acabar les classes, l'Enric la va acompanyar fins a l'aeroport. De tornada a casa, l'Enric es va creuar amb un noi italià que li va demanar indicacions d'on era el metro. Ell el va acompanyar fins a la primera entrada de passeig de Gràcia. L'italià es va posar a riure. «*No, no. Il treno, no! La discoteca.*» No van anar al carrer de Sepúlveda —on hi havia el mític local que el noi cercava—, sinó que van estar passejant per Barcelona. Van anar al Gòtic fins a Els Quatre Gats, al carrer de Montsió, i van tornar a pujar, fins que van acabar al pis de l'Enric, on van passar la nit junts, folls de sexe, sadollats de desig. L'italià va quedar molt sorprès que l'Enric no hagués tingut relacions íntimes amb altres homes abans que ell. Fins aleshores, mai s'havia qüestionat que allò pogués passar amb cap home, no entrava en cap dels seus esquemes, ni els preestablerts ni els projectats. Per això, l'endemà, amb la perspectiva de les hores passades, era incapaç de comprendre res, ni tan sols d'intentar processar-ho. Només sabia que allò que havia sentit li havia plagut massa, si és que el plaer es pot calcular en metres cúbics.

Quan van acabar les vacances, l'Enric i la Bàrbara es van retrobar a Barcelona. Ella li va fer entrega d'un cinturó de pell girada que li havia comprat la seva padrina en una botiga d'Inca. Ell li va regalar unes arracades d'or en forma de piràmide que a ella li van semblar precioses.

No va ser fins a finals de gener, una tarda que l'Enric va acompanyar la Bàrbara a casa seva, just després de sopar amb en Giorgio un plat de *fettuccine* amb pesto verd, que, tancats a la seva habitació, ell assegut a terra i ella damunt el llit, el noi li va dir que ho havien de deixar, que no podien seguir sent parella, que no estaven bé, que la seva era una història clivellada i que s'havia omplert de buits massa feixucs. L'Enric va intentar argumentar-l'hi com va poder: «T'estimo des d'un altre lloc: més intens, superior, incondicional. Però no des d'aquí», li va dir posant-se una mà al ventre.

No com li demanava ella. Tampoc com ella necessitava. La Bàrbara va fer que sí, però no ho va entendre. Ira i tendresa compartien un equilibri massa fràgil dins seu. Per moments, fins i tot sentia que l'odiava. Ell, però, li va prometre que hi seria sempre. I ella es va aferrar al condicional com una supervivent ho fa a un tros de fusta corcada.

—N'estàs segur? N'estàs segur? N'estàs segur, Enric?

Ell li va contestar un sí rotund, categòric. El que no va saber dir-li és que l'única certesa que tenia, la mateixa que temia, era que l'estimava amb totes les seves forces i que només sabia imaginar-se un futur amb ella. Un model de família i totes aquelles convencions segures que són com les vies d'un tren, sense possibilitat de canvi d'agulles. També el desig dolorós de tenir-hi fills, algun dia. Que era amb ella amb qui volia tot allò.

Però no podia. Ni dir-ho. Molt menys, fer-ho.

No sabia per què, i encara menys explicar-li tot el que li passava per dins i això el feia sentir-se frustrat. Des d'aquella experiència amb l'italià, n'era incapaç. Tot això no l'hi ha dit mai. A vegades encara pensa que va ser en aquell precís moment quan ho va engegar a rodar tot, «el que hagués pogut ser si», amb un simple rampell.

Malgrat tot, a pesar de les paraules no verbalitzades i el dolor de no saber-les materialitzar, l'Enric va continuar allà, a la vora d'ella, d'una altra manera però permanent, allargant-li la mà, la vida, la il·lusió i explicant-li que al fons hi havia horitzó, que ja el trobarien. Potser tots dos miraven en direccions diferents. Cadascun, també, entenia el que volia entendre.

La Bàrbara va trigar molt a confiar a en Sergi tot el que li passava amb l'Enric. Ella era molt discreta i tampoc sabia com fer-ho. Íntimament passava vergonya d'admetre que l'Enric no l'estimava com ella volia, i no permetria anàlisis ni judicis externs. En Sergi, però, era molt persistent i, a més, la veia patir. Li sabia greu aquell anar i venir, aquella necessitat dependent —així ho creia ell—, aquella costura feta amb fil torçal. Però també aquella balada trista cantada a mitja veu amb una tornada repetitiva que no aconseguia avançar. L'Enric, l'amic i l'amant, que omplia totes les paraules i els desitjos de la Bàrbara, els seus dies i les seves nits. Que l'empetitia però que, a vegades —i només per aquestes vegades ja valia la pena—, la convertia en estranyament excepcional. Com es mesuren els grans amors quan els costats tenen mides desproporcionades?

A més, a la Bàrbara en Sergi li provocava una reacció física, gairebé elèctrica. Podia notar-lo sense haver-lo vist. Quan se li posava al darrere o fora de l'angle de visió, la pell se li eriçava. No ho sabia explicar. Un camp magnètic, potser afavorit pels llums tènues i amb una aura màgica de les aules d'estudi de Sant Pau. Diagonals de llum que rebotaven des dels finestrals damunt les taules de fusta d'estudi i projectaven milers de milions de partícules de pols suspeses en l'aire a càmera lenta. A vegades havia fantasiejat amb la idea de besar-lo allà mateix. Recorria a la idea just quan posava el cap damunt del coixí, en aquell terreny íntim i privat que no cal compartir amb ningú i que desperta tots els sentits. Alguna vegada havia estat capaç de filtrar el desig en el somni, d'altres li venia al cap l'Enric i els pensaments es dissolien com ho fan en partícules de pols dins l'ombra. Aleshores es despertava nerviosa. L'endemà, esquivava en Sergi als passadissos de Sant Pau perquè no li notés el neguit.

El corrent elèctric va treure guspires a la primera festa del novembre de cinquè, quan en Sergi i la Bàrbara es van embolicar. La Bàrbara pensava que no havia viscut mai el sexe d'aquella manera, amb tots els seus replecs. En Sergi va pensar que ho havien enviat tot a pastar fang.

Però tot i així van anar caient en el parany cada vegada que hi havia ocasió. Després no en deien mai res i era la seva manera de protegir-se, de fer com si no hagués passat res. Cada vegada que passava, ella es convencia després que només era sexe. Ell es persuadia que no se n'estava enamorant.

El dia que l'Enric va anunciar a la Bàrbara que s'havia enamorat d'algú altre, ella va sentir com si la desnonessin de casa seva. Un dolor profund, immens, eixordador, amb efecte rebot que n'eixamplava la capacitat d'una necessitat encara més gran. De convèncer-se que potser no s'ho havien dit tot, que no hi havia espai per a la rendició de cap dels dos. Quan li va confessar que era un home qui estimava, la Bàrbara va pensar que era una equivocació, una mentida per allunyar-la, una manera de compadir-la, una mostra de la crisi i l'emboirament vital que l'Enric portava a sobre des de feia temps. Vençuda per l'obstinació de l'Enric en els seus arguments, aleshores es va convèncer, alleugerida, que aquella opció era l'única manera que el seu lloc preferent es mantingués intacte. Seguirien sent els primers l'un per l'altra. Per tot. Aquell mateix dia, l'Enric li va demanar si l'acompanyaria a explicar-ho a la seva mare, que baixava de Banyoles l'endemà a la tarda i amb qui havia quedat als jardins de Joan Brossa de Montjuïc. Que la necessitava a la vora. Ella li va contestar que hi comptés. Ho farien junts.

Unes setmanes després, l'Enric va convidar la Bàrbara al Liceu. Hi feien *Oedipe*, una òpera dirigida per Lawrence Foster amb música de George Enescu. Dues files més endavant, dues butaques a la dreta, l'Enric es va fixar en un home que li va cridar l'atenció. Corpulent, cabells arrissats, clatell ample. Des d'on ell era veia com aclucava els ulls, concentrat mentre escoltava la música. Atrapat per aquella presència, aquells moviments de cap i aquell tros de pell, no es va poder estar de mirar-se'l tota l'estona. A l'entreacte, amb un nerviosisme que se li sobreeixia per tots els porus, li va dir a la Bàrbara que necessitava anar-lo a conèixer. No va tornar fins al cap de vint minuts, quan ja sonaven els senyals acústics i s'apagaven els llums de la sala. Es va trobar la Bàrbara dolguda i ofesa per haver-la plantat, per la solitud i tanta certesa tangible. Ell es va disculpar, però el podia l'emoció abassegadora. «És de París. Xef d'un restaurant amb una estrella Michelin als afores. Un encant, Bàrbara.» Durant la segona part de l'òpera, l'Enric va veure de cua d'ull com la Bàrbara plorava en silenci. Ell tampoc va poder evitar-ho però va ser incapaç d'agafar-li la mà per consolar-la. Dues files més endavant, a aquell home de clatell ample amb rínxols daurats, també li lliscaven llàgrimes, galtes avall. A la sortida de l'òpera, l'Enric va acompanyar la Bàrbara a la parada del bus que pujava Rambla amunt cap a casa i va tornar corrents a buscar el xef.

Mentre esperava el seu número, va pensar que li agradaria que en Sergi fos allà amb alguna de les seves bromes. Aquella nit, un Èdip escrit per Sòfocles va seguir explorant sense descans la seva veritat, malgrat que això suposés l'autodestrucció. Una altra vegada, l'heroi s'oposava amb voluntat obstinada a la sort que li havia estat predestinada. A l'Enric, aquella nit, li va agradar sentirse Èdip. La Bàrbara va entendre, per primer cop, que el cordó umbilical s'havia esqueixat. N'hauria de preparar un enterrament discret.

El segon trimestre de cinquè de medicina, en Sergi i la Bàrbara van marxar d'Erasmus. Ell a Maastricht, ella a Pàdua. Abans d'anar-se'n, van acordar que cadascun faria el que voldria, que no hi havia ni compromís ni lligams, que la seva categoria improvisada d'amics-amants els permetria màniga ampla. Ho van dir amb la boca petita, després de passar la nit junts. Cap dels dos tenia clar si allò era el que volien o no. Sigui com sigui, en Sergi va exercir la seva llibertat. La Bàrbara, no.

No tant.

Tres setmanes després que la Bàrbara aterrés a Pàdua, l'Enric s'hi va presentar per sorpresa. Van estar tres dies junts. La Bàrbara va fer-li d'amfitriona i ell es va deixar passejar per tots els racons que ella havia descobert. Li agradava estar amb ella, escoltar-la, mirar-la, veure-la contenta. Tots dos van tenir la sensació de tornar a temps enrere, quan vivien al Col·legi Major. En van reconèixer el gust, les textures, les olors. L'estranya sensació de retrobar-se amb la versió de qui havien estat feia anys, quan tot era senzill. A vegades, mentre passejaven per la ciutat, ell li agafava la mà. Una tarda, després de recórrer la Piazza delle Erbe i beure dos Spritz cadascun, l'Enric li va fer un petó llarg als llavis. El costum. Els anys junts, les cartografies massa apreses. Els seus cossos també. Van riure tots dos. L'Enric no li va voler donar importància. La Bàrbara, sí. S'hauria quedat en aquell moment de manera permanent. Encara no havia desaprès a estimar-lo d'aquella manera.

Quan en Sergi la va anar a veure, l'Enric feia just una setmana que havia estat a Pàdua d'improvís. Quan la Bàrbara l'hi va explicar, en Sergi el va maleir intensament, com s'odia l'enemic amb qui es dorm. Havia tornat a passar-li al davant. Quan ell arribava, l'altre —sempre l'altre— ja feia estona que n'havia tornat. Va estar de mal humor tot el primer dia i la Bàrbara va estar a punt d'engegar-lo a dida. Però era hivern, feia un fred inclement i no hi havia vols disponibles, i encara menys *low cost*, que era l'únic que es podien permetre. Ella vivia en una residència de noies on les visites estaven prohibides. Disposava d'una habitació amb un llit molt petit, un armari i un escriptori. En Sergi va entabanar la portera i la va convèncer que era el cosí de la Bàrbara perquè el deixés passar. A la dona li va caure bé i ell va aconseguir dormir tota la setmana de sotamà al catre menut i incòmode de la Bàrbara. A la residència, totes les noies n'estaven encantades. El coneixien com *il cugino* i s'hi reunien com lloques al voltant, rient-li les gràcies.

Van ser uns dies feliços. En Sergi i la Bàrbara es van perdre més de dues vegades pels carrers pintorescos de Pàdua, van passejar pel costat del riu Bacchiglione, van visitar la basílica de Sant Antoni i van contemplar durant una hora asseguts a terra, en silenci, la capella de Giotto. Al cafè Pedrocchi es van quedar a l'entrada. No van voler temptar la llegenda que deia que, si hi accedeixes abans d'acabar els estudis, no aconseguiries titular-te mai. La carrera de medicina ja era prou llarga i difícil per postergar-ne el final a canvi d'un caputxino amb un toc de menta. Encara que fos el millor del món.

A finals de setmana van decidir anar amb tren a visitar Florència, i d'allà a Venècia, on van arribar de nit. Cansats i morts de fred. Era molt tard. Van entrar en un hotel de quatre estrelles, el primer que van trobar obert, on els van dir un preu d'habitació que no podien pagar. El recepcionista se'n va compadir, la nit era gelada, els va demanar quin era el seu límit i els va rebaixar els comptes fins a la xifra de què disposaven. Va ser en aquell llit immens amb llençols que feien olor de bergamota on en Sergi li va pregar a la Bàrbara que li digués «*ti amo*». Ella li donar un «*ti voglio bene*» com a única resposta.

Quan es van acomiadar, van pactar, en una promesa de llarg recorregut, que un mes més tard la Bàrbara li tornaria la visita. Agafaria un vol fins a Brussel·les i d'allà un tren fins a Maastricht. Aquelles quatre setmanes, per a tots dos, es van fer eternes, però quan va arribar el dia en qüestió en Sergi, nerviós i excitat, va voler anticipar-se i fer-li una sorpresa: anar-la a buscar a mig camí, a Brussel·les. L'ànsia de tornar-la a veure era massa gran per poder-la contenir més hores. No tenia gaire clar amb quin tren arribava, li havia dit dues opcions cap al migdia i des de primera hora del matí que ella havia sortit amb el vol de Pàdua no tenien manera de contactar-se. Hi havia de confiar. S'hi va estar tot el dia, a l'estació central, a pocs metres de la Grand-Place, esperant-la, veient arribar i marxar tots els trens programats que s'anunciaven en un gran panell al capdamunt de les escales. Va arribar a comptar fins a vuit trens que feien el seu mateix trajecte. Va veure vint-i-dues retrobades i disset comiats. Va imaginar-se quants d'aquells serien definitius i en va fer una previsió de dotze, perquè la humitat i les hores a mesura que passava el dia també li entumien l'optimisme. Tenia por que la Bàrbara hagués anat a alguna de les altres dues estacions que té la ciutat, que s'haguessin creuat, que no l'hagués vista, que ella hagués anat a buscar el tren cap a Maastricht. Però li estranyava, perquè no s'havia mogut de lloc en cap moment i havia repassat tren per tren, passatger per passatger.

Van passar totes les hores del dia i l'estació es va anar buidant de mica en mica. En Sergi no havia menjat res; estava esgotat, desanimat. Va voler quedar-se, però, fins al darrer tren anunciat, el que arribava entrada ja la nit. La Bàrbara va sortir encongida de l'últim vagó, amb cara de cansada. En Sergi era allà, sol a l'andana, tremolant de fred, de nervis. Esperant-la.

Damunt de la taula de la consulta de la Bàrbara al CAP Pare Claret hi ha una foto dels seus tres fills i en Sergi que els encercla amb els braços. Només ell mira a càmera, més enllà de l'objectiu: la fita a ella; els nens, cadascun mira cap a un lloc diferent. És metgessa de família vocacional, li agrada molt la seva feina i és una de les més sol·licitades pels pacients del barri. Ha arribat a visitar tres generacions d'una mateixa família. Té molta mà amb la gent gran, i quan fa visites a domicili, alguns la tracten com una filla. En Sergi, per la seva banda, és anestesista a l'Hospital del Mar. Diuen que els pacients que ell atén sempre s'adormen amb un somriure. Quan va fer el MIR, el seu objectiu era ser cardiòleg com el pare, però no va aconseguir la puntuació necessària. Amb els anys s'ha convençut que ell no va triar la seva especialitat, sinó que va ser l'anestèsia qui el va triar a ell. Fer desaparèixer el dolor, esmorteir-lo, és una de les seves habilitats. Ara no voldria haver fet una altra cosa.

Cada dimecres la Bàrbara fa torn de tarda, i al matí queden amb l'Enric, un cop ella ha deixat la canalla a escola, per esmorzar junts. Almenys un cop a la setmana, l'Enric va a sopar a casa seva. Coincideix amb el dia en què el fill gran, de qui és el padrí de bateig, va a tennis i el recull a la sortida. Li porta un milfulls de crema pastissera que encarrega a Monsieur Bosc i que als nens els encanta. Fins fa un parell de mesos, l'Enric ha viscut a prop del pis d'en Sergi i la Bàrbara, al carrer del Llatzeret. Va ser ell, fa anys, qui els va dir que hi havia una promoció nova de pisos a la vora de casa seva que feien molt bona pinta. En Sergi preferia anar a viure a la Dreta de l'Eixample, a la vora dels seus pares, «un barri còmode i net, Bàrbara», li va dir. Però ella volia ser a prop del mar, de casa. Sí, potser també de l'Enric.

Quan l'Enric va acabar la carrera i el màster va anar a viure dos anys a París, on va fer un postgrau en cinema documental. Té una productora al 22@, a quatre passes de casa de la Bàrbara i en Sergi. Viatja per tot el món i treballa bàsicament en coproduccions. És habitual que els seus documentals es projectin en festivals internacionals: Suïssa, Copenhaguen, Cracòvia, París, Zagreb, Grècia, el Canadà. Li van bé les coses. S'ha fet un nom i és reconegut arreu. Després d'en Jean-Paul, a qui va conèixer al Liceu i amb qui va acabar tenint una relació de cinc anys, ha tingut tres parelles estables més i desenes de relats curts que coneix aquí i allà, en els seus viatges. Ara fa uns mesos que torna a estar sol. Sovint diu a la Bàrbara que és perquè no acaba de tenir sort, que potser és massa exigent amb el que cerca. L'altra nit, a la terrassa del Poblenou, a en Sergi li va reconèixer que tenia por de fer-se vell sense ningú al costat a qui estimar, que era una de les coses que més l'amoïnaven i que a vegades no podia dormir pensant-hi. Que sentia haver fet tard per fer una família «com la que tens tu», li va dir, amb una tristor molt fonda que a en Sergi li va tocar l'ànima. I que això era dels retrets més durs que es feia. En Sergi va pensar que estava equivocat, que ells són la seva família, que ell ho sent així. Però no va saber dir-l'hi. Creu que tampoc hauria trobat les paraules encertades.

En Sergi va trigar molts anys a tolerar l'Enric com a part de la seva família, però sobretot a acceptar que l'Enric era part de la Bàrbara i que n'era una part molt pregona, visceral gairebé. «Els millors anys de la Bàrbara van ser els que va estar amb mi», li va sentir dir una vegada a l'Enric, mig de broma, en un dinar d'amics del Col·legi Major al terrat de la casa del Llatzeret, mentre recordaven anècdotes d'aquella època. Ella, entre rialles, li va deixar anar un «Au, va! No diguis dois» mentre li picava l'ullet des de l'altra banda de la taula. En Sergi no sabia si ella també ho pensava. Mai s'ha atrevit a preguntar-l'hi. Només aquella possibilitat pesa com una llosa de mal de traginar. Quan a en Sergi li estreny la ràbia només pot ser desagradable. Aleshores l'hi fa pagar tot a la Bàrbara amb estirabots indulgents.

Un dia de Nadal, molts Nadals després d'aquella nit en què va descobrir el plaer a la boca d'un metro, l'Enric va trucar-los preocupat i nerviós perquè acabava de rebre el resultat d'unes proves que li havien fet a l'hospital: li havien diagnosticat un càncer de tiroide. S'havia vist incapaç de dir-ho als pares i a la germana. Per Nadal no toca, però necessitava parlar amb la Bàrbara. Amb qui si no? Quan l'hi va dir, però, ella es va quedar muda, col·lapsada. «Segur que no serà res, Enric. Anirà tot bé», li va dir ella titubejant, amb un fil de veu. La Bàrbara va sentir com li fallava la fermesa, no li va sortir parlar-li com a metge, amb neutralitat. La tristor li coïa a dins i no l'hi volia transmetre. En Sergi li va agafar el telèfon. Van estar molta estona conversant tots dos. En Sergi amb el seu to pausat, serè. Li va dir que accedirien al seu historial mèdic, que li repassarien totes les proves que li havien fet, que coneixia bé els oncòlegs de l'hospital, que hi serien. L'Enric li va fer un munt de preguntes. Ell va intentar donar-li respostes només de les seguretats realistes.

El dia que el van operar a l'Hospital del Mar, en Sergi va fer canvi de torn i va moure l'agenda de guàrdies per poder assistir-lo. No li van posar problemes. En Sergi va ser l'última persona que l'Enric va veure al quiròfan. Va perdre la consciència tranquil i confiat. Amb un somriure als llavis.

La Bàrbara va trigar un temps a triar en Sergi. A escollir-lo com a opció. A elegir la tranquil·litat. L'amor correspost, segur. Va trigar molt més del que ho van fer els seus pares o els seus amics, que n'estaven encantats. Només una mica abans, però, del que ho faria l'Enric en aquella sala d'operacions, sentint la veu d'en Sergi, de fons, mentre li estrenyia la mà.

L'elecció d'amor de la Bàrbara —escollir sempre és l'única manera possible d'avançar— va ser lenta, deliberada, de llarg recorregut, no sempre cap endavant. Va ser, sobretot, una decisió lliure, amb consciència plena de totes les renúncies descartades pel camí. Amb l'única certesa que el seu punt de principi va arribar cap al tard, enmig del fred, en una andana de tren al cor d'Europa.

Els angles rectes no són sempre perfectes.

Cor d'ànima

Quand il me prend dans ses bras
Qu'il me parle tout bas
Je vois la vie en rose
Il me dit des mots d'amour
Des mots de tous les jours
Et ça me fait quelque chose
Il est entré dans mon cœur
Une part de bonheur
Dont je connais la cause

«La vie en rose», EDITH PIAF

«Dins els instruments de corda fregada hi ha una peça molt petita, invisible des de fora. Un cilindre de fusta que s'aguanta per la pressió entre les dues tapes, la tapa harmònica i el fons, i que transmet les vibracions.

Aquesta peça és l'ànima, un bastonet petit i fràgil, d'equilibri delicat. Si a un violí, amb un cop, li cau l'ànima, deixarà de sonar. Fins que un lutier expert l'hi torni a posar. I és que sense ànima, no hi ha música.»*

* Fragment del text «L'ànima dels instruments de corda» de Marga Hervàs Ruperti, al programa *Tots els matins del món* de Catalunya Música.

Quan l'Eva i en Ioan van entrar en aquella botiga de joguines del barri antic de Rotterdam, no tenien clar què hi buscaven. Van contemplar durant una bona estona, cadascú pel seu compte, els objectes de diferents formes i colors: una baldufa de fusta; un putxinel·li articulat; una Barbie sirena; un cotxe antic descapotable, verd brillant. Tots dos van coincidir davant d'un robot d'un pam, amb rodes, blanc, amb una màscara negra. Van convenir que era el personatge de ficció que buscaven per al seu projecte creatiu, un giny cridat al moviment, no estrictament seqüencial, que pogués variar com el temps d'un metrònom.

El projecte que els tenia encaparrats des de feia dies consistia a donar a la música una dimensió visual; fer tangible allò que no ho és; materialitzar les emocions i, per tant, les vibracions, l'aire, l'equilibri. Tot plegat es va acabar convertint en l'obsessió de l'Eva i en Ioan; també en la seva via d'escapament quan no n'hi havia cap altra, durant molt de temps. Encara ara el tenen en construcció; la intensitat de la idea i els records que els porta, no sempre bons, els mantenen en un impàs sostingut.

Són centenars de minuts de metratge que transcorren de punta a punta del món, amb un guió que escriuen a quatre mans des fa anys. Pendents de ser muntats i sincronitzats amb la pista d'àudio. N'han publicat alguns fragments, a manera de prova, a YouTube o al seu Vimeo. En moviment perquè el batec d'una melodia no es pot escriure en un paper.

El protagonista és l'E-21, un nom inspirat en l'autopista que uneix Holanda amb França, dos punts cardinals en les seves vides. Un robot *made in* Xina, amb control teledirigit i sensors infrarojos. Amb un suport magnètic que permet dibuixar o programar perquè busqui petites monedes o clips. El que no estava escrit ni a l'etiqueta ni a les instruccions era la història d'aquell robot. Sempre n'hi ha una. Sovint no s'explica perquè és terrible.

L'E-21 treballava en una fàbrica de tubs de níquel a Pequín, en una de les més importants del mercat internacional. Hi feia jornades més llargues que les hores de sol que té un dia. L'E-21 no havia fet altra cosa en tota la seva existència i, per tant, no sabia si aquella feina repetitiva, monòtona i precisa li agradava o el condemnava; tampoc no tenia temps per reflexionar hi. Fins que un dia de tardor, la finestra que hi havia just al costat de la màquina que l'E-21 manipulava es va obrir de bat a bat amb un cop de vent. Enmig dels xiulets de l'aire, l'E-21 va detectar-hi l'harmonia d'un cel·lo i un violí, una melodia que sortia del no-res. El so més proper a la veu humana, acompanyat d'un altre d'agut que el feia enlairar i omplia tots els forats. L'E-21 va quedar hipnotitzat per aquella música. Va deixar caure les peces de níquel i va saltar per la finestra per seguir-la per tot el món. Descobrir-ne el misteri i comprendre'n l'ànima.

L'E-21 va viatjar per tot el planeta, a través de la gent, de les cultures, de la natura. A Gibraltar va ser atacat per un mico que li va robar la motxilla on duia les coses essencials; al Carib va arreplegar ampolles, llaunes i plàstics bruts d'entre les roques; va practicar submarinisme al Pacífic i va descobrir la immensitat del seu blau profund; a Estònia es va convertir en un cavaller medieval; a Nova York es va despistar al metro i va perdre el tren i l'oremus; també es va atabalar amb la lluminària de Broadway i a Rússia, ai a Rússia!, es va enamorar d'una matrioixca, com mai ho havia fet abans un robot. El seu cor el va deixar allà com a penyora, dins de la nina més menuda de totes. Ella diu que l'hi guarda fins que ell torni.

Tot això està filmat. Guardat en un calaix des de fa temps. Embolicat amb encenalls de fusta i serradures. I moltes estelles.

Preludio deciso

L'Eva va començar a estudiar violoncel, de petita, induïda pel pare. Aquell mestre de primària de Sada, aprop de Betanzos, a Galícia, desitjava amb tota l'ànima que la seva filla fos música i es convertís en l'artista que ell no havia pogut ser mai, i no per manca de talent. L'home hi va destinar tota l'energia, la tenacitat, el seu amor tossut, els seus diners i també l'obstinació d'un escultor del Renaixement que treballa la peça centímetre a centímetre per buscar la perfecció, l'excel·lència. No li va deixar, a la filla, gaires punts de fuga per poder ser altra cosa; gairebé ni la possibilitat de dubtar-ho. Metamorfosar les frustracions pròpies en esperances. Un acte de fe i de vida dipositat amb tot el pes sobre la filla, el futur per fer, possible. Passat el temps i amb la perspectiva que donen els anys, l'un i l'altra convindran —no saben si equivocadament o no, i és que ja no volen jutjar-se— que tot aquell esforç té el valor d'una herència anticipada.

De fet, una altra dèria del mestre respecte als fills era l'esport. «Mens sana in corpore sano», els repetia com qui passa el rosari. L'Eva va aprendre a destinar a l'exercici la mateixa exigència imposada que tenia amb la música. Primer va ser amb la natació, però els monitors li deien als pares que era poc àgil; que «el cul li pesava massa» per tenir cap mena de possibilitat ni expectatives. Després va provar el caiac i allà, dins de la canoa, depenent només d'ella mateixa, de la seva força i la seva habilitat, l'Eva va trobar la millor manera de propulsar els somnis a mar obert. Fins al punt de convertir-se en subcampiona d'Espanya en la modalitat de piragüisme d'aigües tranquil·les. Quan als quinze anys va rebre una carta de la federació en què li oferien una beca per dedicar-s'hi a temps complet, residència inclosa a un centre d'alt rendiment esportiu de Pontevedra, on podia fer el batxillerat en paral·lel, el pare va estripar el document i li va dir que ni pensar-ho, que no era el moment. Es va acabar el caiac de cop i l'Eva va estar dos anys sense parlar al seu pare, odiant-lo amb totes les vísceres. Però va seguir assistint, amb l'imperatiu de l'obediència amb què havia crescut, a les classes de cel·lo, de solfeig, de llenguatge musical. El seu pare l'acompanyava cada dia al Conservatori de la Corunya. Aquells vint-i-tres quilòmetres d'anada i tornada els feien i desfeien tots dos en un silenci rotund i incòmode. Però fins i tot a això es van acostumar. Ell no li demanava com li havien anat les classes; ella no li explicava que la professora era una bruixa. Tampoc no li va arribar a dir que el necessitava i molt perquè li encomanés aquella passió que l'ajudava a tirar endavant. A vegades els silencis estan plens de paraules que consolen. Ni l'un ni l'altra, per testarrudesa, se les van permetre durant molt de temps.

Després de fer la selectivitat, l'Eva va fer les proves per entrar al grau superior de Música. Va treure notes excel·lents i va poder triar entre els millors conservatoris de l'Estat. Va decidir-se per Saragossa. I va escollir, per primer cop, la música com a opció de vida. Tenia divuit anys i la consciència plena que es volia dedicar a allò. El mestre de Sada ja no hi tenia res a veure, en la decisió.

Va ser la mare d'en Ioan qui va convence'l que el millor instrument que podia estudiar era el violí. Era una dona culta, cantant de música contemporània professional, i sabia el pa que s'hi donava en aquell món, competitiu, discret, difícil, on els violins ocupen un lloc privilegiat a banda i banda del director d'orquestra. I on només els escollits arriben a solistes concertinos, a tenir un nom propi. A en Ioan tot allò li preocupava més aviat poc, i a més tenia aficions dispars que li agradaven tant o més que la música, com la vela o el circ.

La mare era romanesa i el pare suissofrancès, i vivien a París, a prop i ben avinguts amb la primera dona del pare d'en Ioan i dels seus dos fills més grans, l'Stéphane i l'Alexandre. Eren els amos del circ acrobàtic Les Farfadais, a la capital francesa. En Ioan hi passava totes les hores que podia, en aquell lloc màgic. Per a un nen de set anys, allò era el paradís, un refugi de somni. A més, a vegades els seus germans el deixaven actuar, davant de públic, en els números aeris, que eren els seus preferits. L'Stéphane era gimnasta de competició i va començar actuant al carrer. Era un noi de ment dislèctica i brillant, i amb una visió per als negocis sense precedents coneguts a la família. Va ser ell qui va muntar la carpa de circ i la va convertir en un negoci rendible sobretot quan es va associar amb el germà gran, dissenyador i amant de l'escalada. El circ donava feina a més de dos-cents treballadors i, en pocs anys, s'havia guanyat el renom arreu del món.

La mare d'en Ioan s'encarregava amb diligència i literalitat de fer baixar el nen de les altures i fer-lo tocar de peus a terra. Exigent amb els estudis de violí i molt conscient que el cos registra la memòria dels músculs dels vuit als deu anys, anys essencials en l'aprenentatge d'un instrument, per assentar la posició i l'actitud. El plaer o la vocació van per altres camins, sovint inescrutables i mai amb una fórmula mestra. En Ioan en tenia vint quan va decidir estudiar el grau superior de Música. Ell va escollir el conservatori de Rotterdam, de gran prestigi a Europa.

Els quatre anys que l'Eva va viure a Saragossa va conviure amb el millor i el pitjor de la condició humana. El dolor reiteratiu i continu va venir en forma de maltractament per part de qui es va convertir en la seva parella durant tot aquell temps. Un company cel·lista de València, temperamental, masclista, gelós i psicòpata, que la tenia controlada i minimitzada; li vigilava el mòbil, les anades i sortides i els amics. Un home que la tenia empresonada dins de totes les inseguretats possibles i les pors impossibles, i del qual l'Eva era incapaç d'escapar. L'amor no sempre passa factura a les trencadisses de l'ànima.

El salvador d'aquella desfeta dissonant va ser el seu professor: Ángel Luis Quintana. Actualment solista de l'Orquestra Nacional de Madrid. Que aquell home cregués en ella com a persona i en el seu do musical la va salvar del precipici i la va empènyer a consolidar la seva carrera. Quan va acabar el grau, el professor la va enviar a fer un màster al conservatori de Rotterdam. Holanda era un dels països capdavanters en música clàssica i, per extensió, en cultura. Amb inversions públiques i bons sous; amb consideració. I el més important: amb el reconeixement de la ciutadania, que entén la música clàssica no com un art distant i elitista, sinó com una eina bàsica per a l'educació i el creixement de la societat.

Allegro ma non troppo

Durant els dos primers anys de conservatori a Rotterdam, l'atzar o la improvisació va fer que l'Eva i en Ioan només coincidissin una vegada en aquell maremàgnum d'alumnes i classes. Va ser en un assaig d'un quartet de Mozart, el Fa Major K370. Un grup de cambra format per un oboè (que va ser qui va organitzar la trobada), una viola, un violí i un cel·lo. Cap dels dos no va parlar amb l'altre; ni tan sols es van saber veure en aquell assaig ni tampoc en la posada en escena posterior, malgrat que era ell qui li donava l'entrada a ella, que la va automatitzar sense ni mirar-lo, perquè amb el so de la seva respiració ja en tenia prou. L'Eva, aleshores, sortia amb un violinista assossegat i tenien una relació sense ensurts. En Ioan tenia de companya una arpista des de feia un parell d'anys. Els caps i les vides de tots dos en aquells moments s'escrivien en pentagrames i partitures diferents.

La primera vegada que van tenir consciència l'un de l'altra va ser al cap d'un any, l'abril del 2016. Una orquestra privada d'Amsterdam va contractar amb ells i amb uns quants músics més del conservatori per anar un mes de gira a la Xina, on hi havia programats diversos concerts. Un cop allà, en Ioan s'apuntava a tota l'activitat social que hi havia fora del temps d'assajos i actuacions, però l'Eva era reservada, extremament tímida i només es feia amb una amiga violinista de Madrid: la Sofía. Tot el dia juntes i solitàries, procurant no coincidir amb els altres tot el que era evitable. En Ioan havia arribat a pensar que aquella noia tan bonica tenia Asperger o algun problema relacional perquè no parlava mai i defugia qualsevol mirada, com un animal ferit o espantat. A l'Eva, per la seva banda, els francesos no li havien caigut mai especialment bé. No en tenia motius ni en sabia desenvolupar la convicció, però així era. Estaven condemnats a viure permanentment en contrapunt.

Però aquella nit de temperatures més baixes del que era previsible, després d'un concert a Pequín i ja al restaurant on sopava tot el grup, en Ioan es va queixar que feia fred en aquell lloc; que s'havia deixat la jaqueta a l'hotel i que, a cos de camisa com anava, s'estava gelant. L'Eva, que havia agafat més roba de la que li feia falta, li va oferir la jaqueta llarga blau marí que havia penjat al respatller de la cadira i li feia nosa. Ho va fer amb un fil de veu, però prou alt perquè ell la sentís. Va acceptar. Aquella nit van estar xerrant una bona estona, tranquil·lament, i van deixar caure a terra els prejudicis que tenien l'un de l'altra.

Aquella nit, l'olor de l'Eva, de la jaqueta, a en Ioan li va esgarrapar la pell i se li va inocular porus endins. Fins a racons que ni tan sols coneixia.

L'endemà, l'orquestra tenia el dia lliure i hi havia prevista una excursió de tot el dia a la Gran Muralla. En Ioan no va pensar a endur-se de l'hotel la jaqueta de l'Eva per tornar-l'hi i ella hi comptava. Per això quan en Ioan va adonar-se del descuit, va córrer a comprar-li un folre polar, de color fúcsia, en una de les botigues de *souvenirs* que hi havia a l'entrada de la Muralla. «No és tan elegant com la teva, però avui soc jo qui no puc permetre que passis fred». Ella li va agrair el gest amb un somriure obert i ell es va posar a caminar sol, quilòmetres enllà d'aquella estructura, a pas lleuger. Com si fugís del fred i de l'aigua d'aquells ulls blaus que en les últimes hores se li havien escolat en el pensament com una melodia que no que no et pots treure del cap.

L'endemà van anar tots els músics a un club molt popular de la zona a fer el final de festa. Un lloc curiós, enfarfegat, lluent i sorollós. Va ser allà on en Ioan i l'Eva es van fer un petó. En anglès, que era la llengua estranya però comuna. Com dir-se el desig des d'un altre lloc? En el seu cas, amb el llenguatge universal de la música, que transcendeix les llengües, les fronteres. També les de la pell. I aquesta els era molt més íntima, coneguda, definitòria. La fricció de les cerres amb les cordes va crear un so tan autèntic que va vibrar per dins de les ànimes de les dues caixes d'una manera similar. Al mig, només idees banals. Ella va pensar que aquell noi era molt prim. Ell va pensar que allò no estava passant. Cadascú en el seu idioma; en la llengua estrangera no hi havia espai per a les bromes ni les dobles intencions. Només l'essència. Tots dos van refer el camí cap a l'hotel, junts, amb taxi.

De tornada a Rotterdam van passar dues estacions, fins al febrer següent, abans que ella anés a viure amb en Ioan al seu pis minúscul. Només van ser unes setmanes. Feia uns mesos que l'Eva ja havia acabat el màster i just abans del viatge a la Xina s'havia instal·lat a l'Haia, on feia classes particulars i enllaçava bolos amb orquestres de mides diferents mentre que ell seguia a Rotterdam, molt capficat en el final de màster. Van ser uns mesos fàcils, tranquils, per a ells. En Ioan aquell estiu va anar a Galícia a conèixer la família de l'Eva. Va tenir la benedicció del mestre de Sada a l'instant: la seva filla havia escollit un violinista a qui li agradava menjar bé tant com a ell, i sobretot era un noi de bones maneres a taula, cosa que ell sempre havia valorat. Res a objectar. Ella, per la seva banda, va acceptar acompanyar-lo a la boda del seu germà Stéphane a Rochester, als Estats Units, al setembre, amb tota la família d'en Ioan. Per a ella, dir que sí a aquell viatge va ser una aventura de vida, una confirmació de la tria. Dues setmanes intenses amb una família que no coneixia de res, convivint amb una gent estranya, saltimbanqui i pintoresca. La seva timidesa es va esvair de cop enmig d'aquells artistes en el seu estat més pur. L'actitud intensa del circ; l'emoció de la corda fluixa; una manera de funcionar que era un xoc absolut respecte de tot el que havia viscut l'Eva fins aleshores, i una setmana a Florida per celebrar una lluna de mel en comunitat. La constatació que tot allò que li oferia en Ioan era tan diferent de tot com desitjat.

Va ser durant aquells dies de descans, en un escenari tan diferent de l'habitual on el present i la seva inversemblança pesaven més que el futur incert, que el marit de l'Stéphane els va parlar d'una agència de viatges de creuers que buscava músics d'estils diferents. També de clàssica. Solien ser formacions petites, habitualment duos, que amenitzaven la vida dels clients en plena mar. Ni l'Eva ni en Ioan s'havien plantejat mai aquella possibilitat. Per als músics com ells, treballar fora de les formacions clàssiques o de la pedagogia era més que vendre's l'ànima. Suposava perdre la credibilitat, el prestigi i tots els contactes que implicaven contractes per mantenir el nivell de concerts. També l'orgull propi. Però estaven en un moment d'impàs, tant laboral com vital; no sabien on volien viure, potser a Barcelona, potser a Lió, potser a Lisboa, qualsevol ciutat que fos prou a prop de casa. D'algun dels dos.

Només eren conjectures, massa aviat per escriure un relat important plegats; els agradava l'aventura i van pensar que seria una bona experiència per viure i viure-la junts. Van enviar a l'empresa seleccionadora un vídeo en què interpretaven una versió de «La vie en rose». La Piaf sempre és cavall guanyador i més en ocasions com aquesta. Els van escollir i van firmar un contracte per a vuit mesos a l'altre extrem del món, un viatge que recorreria el Pacífic amb punt de sortida i arribada a Alaska.

Largo pesante

No feia ni un any que anaven junts i dir que sí a aquella experiència va ser per a tots dos una validació de la relació. Una aventura plena de situacions estranyes, diferents, intenses, que els despullaria de totes les capes embetumades de la seducció per presentar-los en la seva versió més autèntica, més realista. I no sempre la millor. Ell i ella esquitxos en una tripulació anònima formada per mil tres-centes persones que reproduïen una societat construïda, inventada i irreal, però amb tots els seus vicis jeràrquics, amb tots els graons de l'escala social. La humanitat condensada dins d'un cos pesant, de ferro i acer. Al mig del no-res.

A dalt de tot el capità, l'autoritat i el comandament de decisió. El metge, l'enginyer i el cap de seguretat. Les ratlles grogues damunt les espatlles. Com més fils arrenglerats, més rang. A baix de tot, tocant a la bodega i al calabós, la comunitat filipina. Homes i dones que feien jornades de més de tretze hores diàries, sense veure el sol durant mesos seguits, tancats a la cuina rentant els plats, o netejant les habitacions, a canvi de sis-cents dòlars que enviaven a la família així que tocaven terra per mantenir-ne la subsistència a distància. El vaixell sempre en moviment i ells, esperant l'hora d'anar a dormir per caure al llit de matinada, rendits de cansament. Companys silenciosos però generosos. Sempre amb un somriure als llavis o un cop de cap per allunyar el desànim de qui volia abandonar. Ells van estar temptats de fer-ho diverses vegades. Primer ella, superada per la situació; els ramats de gent; el cartellet damunt el pit amb el nom imprès, invitació directa perquè qui s'hi dirigís la tractés com si fos algú conegut. Els últims tres mesos, va ser ell que no hi trobava el sentit, l'objectiu, l'oxigen. Però van fer-se de timó l'un a l'altre, també en la mala mar. L'amor acabat d'estrenar sap com surar fins i tot enmig de l'embat dels oceans.

L'Eva i en Ioan ocupaven un lloc de privilegi a l'escala social d'aquella mena de comunitat que la mar i el destí havia agermanat: al mig, però tirant a la part alta. La traducció d'un bon sou; un bon horari; les mateixes hores lliures que els clients quan el vaixell amarrava. El lloc designat per als músics de clàssica; només ells dos en tot el repertori. L'elitisme, tot i que la seva funció fos amenitzar les vetllades dels tres mil passatgers pels quals sovint passaven desapercebuts. Contribuir a la felicitat de la gent, els van dir. Com si això fos possible sense màgia. A canvi, cap mena d'estímul artístic. Cap mena de resposta, d'interès, de llum que donés sentit a la música que feien.

«Could you play "Despacito", please?»

Sobretot quan els col·locaven a la recepció per rebre la nova remesa de clients, cada quinze dies. Una munió de persones amb maletes, atrafegades, buscant la cabina assignada, descobrint amb escarafalls el bar, el gimnàs o la piscina, mentre l'Eva i en Ioan tocaven Brahms, Schubert o Mendelssohn. Amb un somriure après, de falsa benvinguda. El seu programa diari també incloïa tocar en actes com ara subhastes organitzades per als clients més rics de la travessia o durant l'hora del te. Quaranta-cinc minuts de concert. La *vie en rose* i els aplaudiments en forma de centenars de culleres dringant contra les copes de Murano.

De tots aquells mesos, l'un i l'altra es queden amb els viatges. Amb les descobertes del món que van fer, cada vegada que el creuer arribava a port, cada vegada que tocaven terra. A vegades un dia, a vegades dos. Amb aquelles hores a correcuita que tenien per descobrir un restaurant, un paisatge o una platja. Hawaii un dia i la Polinèsia al cap de dos. Amb aquell matalàs petit de llitera que compartien fins que l'Eva es quedava adormida i en Ioan s'enfilava a la seva per descansar les cervicals que necessitaria a punt per poder tocar. Amb els amics que van fer de tots els països i que encara conserven. Amb el repertori que van fabricar i cada una de les seves versions. Amb l'aprenentatge junts, tot i la manera tan diferent de treballar que tenien i la sentència d'haver d'entendre's. Sí. L'Eva seguia sense mirar-li els ulls quan ell li donava l'entrada. Però amb el temps ja no era qüestió de vergonya.

També amb els cursos de seguretat que havien de seguir de manera estricta i amb una periodicitat setmanal. Que els feia plantejar de què els serviria la música en cas d'alguna emergència, quan la vida estigués en perill. La banalitat de la intranscendència; la utilitat del que no es veu, de l'esperit. En quina tonalitat s'escriu allò que és essencial?

Quan van tornar del Pacífic, van donar l'experiència per viscuda i van decidir que mai més recaurien en una feina com aquella. Però no ho van complir. En part perquè, com sospitaven, en aquells vuit mesos de parèntesi havien sortit de la roda dels contractes que els tenien en compte a l'hora de formar part del sistema establert d'orquestres i grups de cambra, i van entrar en l'ostracisme dels qui han abandonat el vaixell a canvi de quatre duros.

Per això quan l'agència els va proposar un altre creuer, en aquest cas per l'Atlàntic i durant sis mesos, van tornar a dir que sí. Aquella va estar a punt de ser la seva condemna.

«L'ànima del cel·lo i el violí és un bastonet petit i fràgil, d'equilibri delicat. Si a un violí, amb un cop, li cau l'ànima, deixarà de sonar.»

Just abans d'embarcar-se per segona vegada, aquelles decepcions i cabòries van ser les que els van portar a imaginar-se el seu projecte: materialitzar la recerca del sentit, de la música, de la creació. Del que ells esperaven de la vida i també del que els movia. Fer tangible allò que no ho és. Posar imatges a la música. El seu últim dia a Holanda van anar a la botiga de joguines i hi van trobar l'E-21. Al llarg del viatge en furgoneta cap a França per deixar totes les pertinences, van dissenyar la història que volien explicar. I es va convertir en el seu únic motiu. La seva contrafuga, on van abocar tots els esforços i les hores lliures. Es van obsessionar amb la feina i es van oblidar de qui havien estat ells, com a parella.

A bord, aquella va ser la seva manera d'evadir-se de la humanitat, la seva closca, la seva armilla salvavides. La manera de poder mantenir la solitud pròpia i no haver de carregar la dels altres nàufrags de la tripulació. Quan algú els proposava una sortida o una activitat, ells s'excusaven amb una única resposta: «Hem de treballar en el nostre projecte». Sovint, ni tan sols baixaven a terra quan el vaixell havia tocat port i baixat àncora.

Ella escrivia el guió de la història de l'E-21. Ell componia la música, en feia els arranjaments i es barallava amb els programes d'edició. Concentrats en la història del robot; tancats una altra vegada en unes rutines que ja coneixien, es van anar difuminant com a parella en un *descrescendo* que es va fer etern. La nuesa dels seus sentiments era insostenible.

Es van ofegar en la seva pròpia obsessió.

S'havien arribat a insultar mentre tocaven en directe i, quan acabaven els concerts, cadascú anava pel seu cantó, desafinats. L'Eva, a córrer quilòmetres damunt la cinta del gimnàs, l'únic lloc on podia simular la fugida. En Ioan, tancat a la cabina, fugint del fil musical repetitiu del «Despacito» en les seves múltiples versions, que enfilava en bucle per tot el vaixell i que el perseguia i el feia tornar boig. Estirat al seu llit petit, tocant el sostre al costat de la sortida de l'aire, en Ioan engolia una darrere l'altra totes les pel·lícules que li aguantaven els ulls cansats.

Passaven els mesos, la quotidianitat, i ells van deixar de ser parella per convertir-se en companys obligats de travessia. Autòmats, rèpliques del seu E-21. Tots dos n'eren conscients. També ho eren de l'exili l'un de l'altra en alta mar i dels seus riscos: no poder acabar de fugir mai. Hi ha gent que sap que s'ha de morir i decideix fer un creuer a manera de comiat. Però no sempre ho planifiquen bé i no arriben a tocar port. A bord, els cadàvers són difícils d'amagar, no els pots llançar a la intempèrie.

La pena tampoc.

La trampa va acabar convertint-se en la solució. Allà, tancats en els pocs metres quadrats de la cabina. Una arca de Noè en miniatura on era impossible extingir-se. Tres concerts cada dia; tres posades en escena; tres representacions de complicitats. Tot mentida. No els quedava cap altra opció que mirar-se, parlar. Entendre que sempre, en totes les relacions, hi ha un moment que s'omple de zones mortes un cop esgotades les novetats, les sorpreses, les taquicàrdies, la pell a recórrer, les històries desconegudes per explicar. Aquell moment en què es procedeix a la dissolució o s'opta pel camí difícil. En els dos casos, perdre-hi sempre.

Deixar de creure en tot o assumir el convenciment que amb una altra persona, al cap del mateix temps, en aquell mateix punt on es trobaven hi hauria les mateixes preguntes, els mateixos dubtes. I, probablement, les mateixes respostes. Era insuportable, però més ho era desestimar-se. A la balança va pesar la convicció que l'altre era la persona amb qui valia la pena viure tot allò. També el dolor del desencís.

Les últimes setmanes del creuer, l'Eva i en Ioan van desar l'E-21 en una caixa. Van fer excursions. Van canviar el repertori. A l'Eva li va arribar una proposta de contracte en una escola de música de Barcelona amb mètode Dalcroze, al carrer Sèneca. Va decidir acceptar-la. Van escollir que allà seria on voldrien viure.

Andante con espiritu

En Ioan i l'Eva diuen que Barcelona té alguna cosa especial, que embruixa i atrapa, la punyetera; que ells, tot i viure-hi des de fa tres anys, la segueixen mirant amb la il·lusió dels ulls de turista que sembla que tot ho estreni. És com una mena d'enamorament que encara no han esgotat. Pot ser que l'amor a les ciutats es panseixi més a poc a poc que el de les persones?

Tot i que fa tres anys que hi són instal·lats i hi treballen, viuen a l'Hospitalet de Llobregat. L'Eva hi va anar a petar, tot just arribar, perquè l'Stéphane i el seu marit hi tenen des de fa anys una carpa de circ. Dins una nau de la perifèria, en un polígon. Els serveix com a centre d'operacions per als espectacles que fan per Europa. La parella va triar el lloc pel clima i el menjar. I la llum. Hi viuen i assagen els espectacles, amb part de la companyia, sis mesos, i els altres sis els passen als Estats Units. L'Eva, només d'arribar, va estar-s'hi molts mesos sola, en aquella carpa. Dormia en una habitació menuda, al costat del taller, enmig de perruques, vestits de lluentons i miralls que deformen. Les rodes, les estructures, els llençols i les politges emmagatzemades. Quan tornava cansada de les classes de música, als vespres, entrar en aquell lloc immòbil, inhòspit, amb olor de talc i de ferro, la feia sentir a casa. El món d'en Ioan, per estrambòtic que fos, formava part de la seva essència.

En Ioan no se'n va anar a viure amb ella, almenys d'entrada. Tot just arribar del creuer, li va sortir un concert molt important amb el quartet de Rotterdam a Amsterdam. Durant uns mesos s'hi va dedicar en cos i ànima. Va recuperar la pulsió del plaer de tocar. Després va guanyar una plaça d'interí a la borsa de treball de l'Orquestra Simfònica de Galícia. Un contracte per tres anys. No podia dir que no, ni a la feina, ni al sou, ni al prestigi. Tampoc a tornar a ser un músic dels de veritat. Durant un temps va viure a casa dels pares de l'Eva, a Betanzos. Ell, allà, tampoc s'hi sentia gens estrany. Viure en l'univers de l'Eva primigènia li va fer redescobrir-la. També les seves vulnerabilitats, les seves pors i els seus somnis. Els descartats i els que encara empaita ara i, sobretot, els incomplerts.

Després de la pandèmia l'Eva i en Ioan s'han hipotecat amb un pis de poc més de cinquanta metres a Collblanc, molt a prop de la carpa. Els va convèncer, també, el nom del carrer: París. L'han reformat i s'hi senten molt a gust. A l'Eva li han ampliat les classes a l'escola i torna a fer molts concerts amb orquestres diferents. A en Ioan també li comencen a sortir coses a Barcelona que pot combinar amb la feina a la Simfònica de Galícia. S'estan retrobant amb ells i la creació, a poc a poc.

Barcelona ha exercit de lutier expert que ha col·locat a lloc bastonets de fusta i fragilitats, i els ha ajudat a compondre les ànimes respectives. Cadascú la seva i respecte a l'altra. Ho saben per com vibren, per com l'arc s'adhereix a les cordes gràcies a la resina. El so és únic i màgic. Una, des de l'abraçada amb tot el cos a l'instrument que recull l'embat del propi pes. L'altre, des d'aquell punt entre la barbeta i la clavícula on el pols batega a través de la caròtida primitiva en un compàs imperfecte.

La música que fan ara junts sona tan bé que podria enamorar qualsevol, andròmines incloses.

S'han atrevit, fins i tot, a engegar un projecte nou junts. No hi havien tornat des de la dolorosa i fallida experiència del creuer. Creien, fins i tot, que l'única manera de mantenir l'equilibri entre ells passava per no compartir feina plegats. Però van descobrir la música d'un compositor barroc escocès que els va commoure prou per atrevir-s'hi. James Oswald, que té una obra de norantasis peces dividides en les quatre estacions de l'any, i cadascuna de les peces té el nom d'una flor o un arbust que acompanya amb il·lustracions basades en la nomenclatura botànica.

Ells n'han fet una selecció, han gravat una reinterpretació de les peces i hi han afegit una dimensió visual amb la col·laboració d'una artista que és biòloga i il·lustradora científica. Un calendari floral d'una bellesa orgànica que uneix música amb ciència. Emoció i matemàtica. L'essència de la música que compta el temps per estacions, per tremolors, per moviments, per indicadors de caràcter: *dolce, animato, deciso, con pasione, lontano, mosso, risoluto, tranquillo.*

Sense ànima només hi ha música esbarriada.

Com el cor abandonat d'un robot que hi somia.

Retrovisor

I arriba un dia que sa vida és
Un teatre
Que se diu felicitat,
Primavera i trinaranjus
Amb qui més has estimat,
Te regal sa meva vida
I sense tu ja no me val

«Viure sense tu», ANTÒNIA FONT

«Capficades totes dues en un silenci que de vegades es retrobava i d'altres s'allunyava, com acostuma a ser el silenci entre dues persones que conversen sense enraonar, sense guions, sense explicacions ni comentaris d'allò que vèiem i allò que sentíem, mirant el mar i pensant que no teníem cos o que potser en teníem un de sol, o bé dos cossos que s'havien trobat després d'haver vagarejat com idiotes per una galàxia desconeguda.»*

* Del conte «Mar» a *El cant de la joventut*, de Montserrat Roig. Edicions 62, 1989.

Tenen memòria les cases? Les parets se'n recorden, de totes les persones que hi han viscut? Els envans amaguen entre humitats les restes de fluids, de les olors, de les seves ànimes?

Tornar a una casa del passat, quants records amagats desperta? Són prou fiables? Les cases defineixen els habitants o són els inquilins els qui hi donen significat?

Els amics són els qui converteixen les galàxies llunyanes en llocs coneguts on poder vagarejar sense recel ni sensació d'idiotesa.

Totes sis són al balcó del tercer quarta de l'avinguda de Sarrià 38, el que fa xamfrà amb el carrer Loreto. Durant els tres anys que van viure en aquell pis, ara en fa vint-i-cinc, no hi havien sortit gairebé mai, allà fora. Un espai brut de sutge i pols, menystingut i infrautilitzat completament al llarg de tot aquell temps que van habitar-hi, en època d'estudiants. Però ara els ha vingut de gust sortir al balcó i veure la lluna plena que fa i que des d'on són les rep d'un color rosa ataronjat. El rosa els recorda el de les cadires i els sofàs de coixins desmanegats, sempre per terra, que hi havia al menjador quan elles hi eren. Al costat d'un pòster enganxat amb xinxetes de l'ànec Lucas de la Warner Bros bevent Trinaranjus.

«Que la vida és un teatre que se diu felicitat.» Elles ho vivien així, malgrat la cara d'emprenyat d'en Lucas, que les sotjava cada vegada que entraven al menjador. La contestació insolent d'una joventut nova com la punta esmolada d'un Staedtler acabat d'estrenar.

A sota del pòster, davant del radiador gran, l'Elena hi aparcava la seva BH Gasela vermella, regal de la mare al seu pare que va acabar heretant ella i emportant-se a Barcelona. Anava a la facultat amb aquella bicicleta. Li agradava sortir d'hora mentre que la Pia i la Montse s'ho prenien amb calma. Massa, per al gust l'Elena. A ella no li ha agradat mai ni haver d'esperar ni la impuntualitat. N'hi haurien cabut sis, de bicicletes, aparcades en bateria en aquella sala, però ella era la més conscienciada. Encara ara. El reciclatge, l'ecologisme; l'escalada els caps de setmana, la senzillesa de les coses naturals; les idees tal com ragen. Els pocs compliments i les paraules justes, sempre la veritat.

També hi ha el prestatge immens, de punta a punta de la paret. Tot just pintat de blanc amb acabat brillant, ple de llibres de disseny i d'algunes novel·les de fa uns anys, propina probable dels variats inquilins que han passat per la casa al llarg del temps, perquè n'hi ha en totes les llengües. Abans el moble era d'un color beix difícil d'entendre. En l'època d'estudiants, les lleixes estaven ocupades per ampolles d'alcohol gastades o a mig fer. Restes de les festes, de les visites, dels naufragis. Acumulant pols i dies.

Una darrere l'altra s'han anat trobant, a la fresca de finals del mes de juny. Ja ha passat Sant Joan, fa bona temperatura i no hi ha gaire trànsit de cotxes. La gent ha fugit de la ciutat per aprofitar el pont. Elles, en canvi, hi han tornat des de Mallorca, Tarragona, Ulldecona, Madrid, Sant Cugat, també Barcelona, des d'un altre barri, i ara són en aquell tros suspès en l'aire, desafiant la llei de gravetat. Els propietaris ho han arreglat perquè el balcó sigui un dels al·licients que puntuen favorablement per als qui lloguen el pis durant uns dies. La il·luminació indirecta i càlida; la tauleta de conjunt amb dues cadiretes, tot amb diminutiu de conte; la butaca de vímet i un coixí gran a terra, a sobre d'un palet, al costat d'una espelma amb olor de gessamí blanc que no encendran. Només falta la Gemma, que ha enviat un missatge i els ha dit que no trigarà i que porta les pizzes del sopar.

Just arribar fa un parell d'hores, han recorregut emocionades de punta a punta els cent cinquanta-dos metres quadrats útils del pis. La cuina, els dos lavabos —«no eren més grans?». «Ens dutxàvem en aquest plat tan minúscul?». «No, l'han canviat». «Abans hi havia una banyera petita de color verd hospital»—, l'habitació de la rentadora amb l'estenedor que dona a un pati de llums, fosc i mal ventilat, que s'havia engolit diverses peces de roba interior i mitjons que mai tornaven amb la parella. Al costat de la porta, fa vint-i-cinc anys hi havia el telèfon de paret i una calaixera vella de pi amb dos calaixos buits i un altre amb les *Páginas Amarillas* i un mapa descatalogat de Barcelona. El moble els servia de seient quan les converses, sovint amb els pares, s'allargaven massa. Si n'hi havia alguna que precisava intimitat, aleshores es tancaven a la bugaderia. El fil del telèfon era el delator de l'amagatall. També ho eren les sabates davant de l'habitació: senyal inequívoc de companyia i prohibició tàcita d'entrada.

Durant un temps, damunt la calaixera hi va haver una gàbia amb dos hàmsters que el nòvio d'aleshores de l'Aina li va regalar en una foguerada d'amor. Però els dos hàmsters mascles van resultar no ser-ho. Ho va constatar l'Aina quan els animals van començar a copular per tots els racons de la gàbia, contra els barrots, i al cap de dues setmanes van aparèixer cries i més cries (en van arribar a comptar onze) allà dins amuntegades. Capcirons de dits amputats amb dos ulls negres com caps d'agulla que feien uns xisclets esgarrifosos que no deixaven dormir ningú. La mare hàmster va matar el mascle i va començar a devorar les cries. Davant del panorama dantesc, les noies li van demanar a l'Aina que es desfés de les bèsties. Un dia la gàbia infecta va desaparèixer de sota el telèfon. Quan surt el tema, ella sempre sap com desviar-lo. «No me'n parleu!».

Al llarg del passadís, arrenglerades, hi ha les cinc habitacions, una de doble (com aleshores). Els espais no comuns. Els més íntims, personals. Les dues de l'extrem són espaioses i les tres del mig que fan si fa no fa. Cadascuna s'atura davant la que li va pertànyer. S'hi queden una estona, en silenci, i els revé un caramull de records i emocions que costen d'ordenar. La memòria no és mai lineal; va, ve i torna i enreda i distorsiona i fa records a mida. També s'inventa oblits.

Han decidit dormir cada una a la que va ser seva. Els fa il·lusió fer-ho així. La Júlia i la Montse compartiran una de les habitacions grans, la del llit de matrimoni. La Júlia li ha demanat que dormi amb ella, ningú millor per calmar el neguit. Ara les habitacions estan arreglades amb tots els detalls i totes les comoditats. Ja no hi ha ni escriptoris, ni suros a la paret, ni matalassos sense somiers ni cortines lletges amb les vores fetes de grapes que va cosir l'Aina amb una voracitat fora mida quan va aconseguir una grapadora prou contundent per perpetrar la feta. Ara han canviat els tancaments d'alumini dels finestrals per on s'escolaven tot el soroll i el fred del carrer. També la llum dels neons dels clubs nocturns de l'avinguda Sarrià. Doble vidre i bon aïllament que envasa al buit sorolls, freds i sordideses diverses.

També han substituït el terra. Hi llueix una tarima sintètica de qualitat que imita la fusta de roure natural, també en el tacte, on abans hi havia una mena de conglomerat de suro taronja envernissat. Recorden divertides aquella vegada que van tenir una fuita d'aigua i se'ls va inundar el pis en plena època d'exàmens. Totes al passadís, amb xandall, traient galledes d'aigua. Van acabar baldades i rient i amb els nervis diluïts dins dels bassals de damunt del terra taronja.

Malgrat els canvis, el maquillatge, el luxe i el disseny, el tercer quarta de l'avinguda de Sarrià és el mateix, en essència. L'han mudat i pentinat com un dia de festa, però no li han canviat la distribució, els usos, la disposició dels mobles, que ara fan olor de nou. No s'hi senten intruses, en aquella casa. La coneixen, i malgrat totes les mutacions per a bé que s'hi han produït des que es publicita a la pàgina d'Airbnb, tornen a tenir la sensació de ser a casa, de tornar a un lloc que els va pertànyer i que forma part d'elles, com aleshores. Tornar al refugi viscut és tornar a ser qui van ser aleshores?

És improbable. Les mancances i les inexactituds s'han desplaçat i ara s'han transformat en unes altres.

La vida, les expectatives, el pas del temps, les malalties, els desenganys, les feines, les pèrdues, la confiança, les arrugues i les cicatrius. La col·lecció de contradiccions. Els pits que cauen; els cabells que s'amaguen sota tints que imiten el color natural que un dia van tenir. Les vitamines contra l'estrès. Els èxits. Les responsabilitats. Els desenganys. Els fills. El temps. El que els queda i el que no tenen, el que ja saben amb qui volen gastar-lo.

—No hi havíem sortit gaire gens aquí. Per què?

—Pel trànsit, pel soroll, per la contaminació. Perquè a dins teníem molt espai. No ens feia falta.

—Però... un balcó així a Barcelona... no el té tothom qui vol.

—No el necessitàvem.

—Jo recordo aquella vegada que els amics de facultat de la Mar li van voler fer una broma i li van col·locar tots els mobles de l'habitació al balcó. I quan va arribar ella de classe de teatre, a la nit, es va trobar l'habitació buida. Van treure a fora els mobles, les fotos de la paret i crec que fins i tot les cortines.

—No, les cortines no, perquè no devien saber com desenganxar-les. Però em vaig endur un bon *susto*. I vosaltres còmplices. Que cabrones. I després a la nit, quan van marxar tots de casa, feliços i contents de l'èxit del pla i la festa sorpresa que em vau muntar entre tots, no podia anar a dormir perquè tenia el llit a fora. La Montse em va ajudar a entrar-lo i estava tan moll de la serena que vaig acabar dormint amb ella. L'endemà vam traslladar entre totes la resta dels mobles.

—Era el teu aniversari?

—Sí. Aquest no l'oblidaré mai: vint-i-un anys.

Fa un mes i mig que la Júlia els va anunciar que venia a passar un cap de setmana a Barcelona.

L'Elena, sobretot, el seu suport incondicional discret des de la distància, la Montse i després l'Aina, «la sòcia», com li diu, eren les que estaven al corrent de la seva desfeta, dels intents fallits d'aixecar la torre. També del divorci. El dolor, el procediment, l'advocada, l'argument. Els va dir que necessitava un cap de setmana. I que volia que fos el primer que els nens passarien amb el seu pare, que ja s'havia traslladat a un pis nou a Madrid, prop d'on vivien tots junts. «Amb vosaltres, els enyoraré una mica menys». Necessitava despistar el cap; ocupar la ment.

Feia anys que no es trobaven totes juntes. Les vides, les feines, les ciutats. Mai és fàcil per a ningú ni tampoc acabava sent prioritari. L'última vegada va ser el juliol del 2018, quan van muntar una expedició a Ulldecona per visitar la Pia. Hi havia fins i tot la Júlia, que aleshores vivia als Estats Units. El motiu es va convertir en urgència. Quan el dia a dia arrossega, això només passa amb les coses importants. Feia mesos que la Pia estava en tractament per un càncer de pit. L'hi havien diagnosticat just després de Sant Jordi. Dos dies abans de la notícia es van trobar per fer un cafè a Gràcia la Pia, l'Elena, que havien vingut a passar el dia des d'Ulldecona i Tarragona, la Montse i la Mar, que vivien a Barcelona. Quan ja marxaven, la Pia els va explicar que li havien fet una punció, que la ginecòloga havia trobat un bony que no li agradava. La preocupava força, però davant elles hi va voler treure importància. Elles van fer veure que els estava bé. «No serà res, Pia. Ja ho veuràs». Paraules primes que emmagatzemen desitjos per sufocar els temors. Es van fotografiar somrients a la sortida de la cafeteria de Torrent de l'Olla. Cap d'elles no reia per dins.

Al cap d'uns dies, la Pia va trucar a la Montse per compartir-li el diagnòstic. Havia de ser ella: la serenor, la generositat. La que sap trobar les paraules justes. La que sempre hi és, per a qualsevol d'elles. Van parlar molta estona. A les altres els va enviar un missatge de veu amb la sentència. Començava la químio l'11 de juny del 2018. Tenia quaranta-tres anys. Els mateixos que totes.

Quan la van anar a veure a Ulldecona, al juliol, la Pia ja no tenia cabells. Es cobria el cap amb mocadors de colors que nuava amb traça (els va fer demostracions de la tècnica) i un barret de palla. Coqueta, divertida i amb aquell *salero* seu, únic. L'alegria, l'anar per «faena» constant. El nervi. Va ser ella qui va animar la resta. «Venga, xiques! Quan s'acabi tot això em poso a fer opos per fer de profe. S'ha acabat tenir lo cul llogat a la farmàcia de Vinaròs». Van anar caminant fins a l'ermita de la Pietat, on la Pia s'havia casat, la primera de totes, anys abans, amb l'Oriol, l'única parella de totes conservada de l'època del pis. L'amor sòlid, discret, senzill i còmplice. El que, vist amb perspectiva, haurien firmat totes davant de notari aleshores per tenir-lo al cap dels anys. Aquell dia a Ulldecona els pares de la Pia les van convidar al vermut a la plaça de l'Església i van anar passejant pel poble amb l'orgull de qui li han tornat cinc filles de cop després de molt de temps a l'estranger.

El mes de novembre següent, els metges de la Vall d'Hebron van proposar a la Pia de fer-li una doble mastectomia i la reconstrucció dels pits en una sola operació. Quan va despertar-se, l'oncòloga li va anunciar que li havien trobat micrometàstasi en un gangli, i que potser l'hi haurien de combatre amb radioteràpia, però que s'havien d'assegurar que no hagués afectat altres zones. Aquell dia, a l'hospital, la Pia es va ensorrar. Fins més enllà del fons. En un lloc inhòspit que només se'l sap qui hi ha caigut alguna vegada. Va aguantar estoicament davant de l'Oriol tot el dia, però quan a la tarda de manera inesperada van aparèixer la Mar i la Montse per la porta de l'habitació, somrients, il·luses i amb una capsa de bombons per celebrar els pits nous, l'Oriol va decidir deixar-les soles, anar a prendre l'aire i fer un cafè. Amb elles, la Pia va plorar fins que se li van haver consumit les llàgrimes i la tristesa es va cansar. Van estar una bona estona en silenci. Totes tres damunt el llit. L'espai conegut i compartit tantes vegades entre elles. El lloc de la intimitat, dels secrets, de les confidències. Primer a l'habitació 334 de la residència a Barcelona on es van conèixer i que habitaven elles tres; després al pis de l'avinguda de Sarrià.

Hi ha silencis que no cal omplir de paraules. Hi ha amor que no cal dir. Panys i claus que encaixen i que obren els sots més fràgils, tendres com una ferida, de la intimitat.

Aquell dia a la nit, quan la Mar va arribar a casa, va rebre una trucada de l'Oriol.

—No sé què li heu fet; què li heu dit. L'heu fet surar a la superfície, Mar. Torna a ser ella. Jo no ho hauria pogut fer sol. A vegades em sento molt cansat de fer-me el fort. Us estimo. Us estimem. Molt. Malgrat la distància i el temps i que ens veiem poc. Gràcies, de cor.

Després de la conversa amb l'Oriol, la Mar es va anar a amagar en un racó de la cuina de ca seva; entre l'armari del rebost i la porta del celobert. Allà, va esclatar en plors. Quan la filla petita la va anar a buscar i li va demanar què li passava, per què estava tan trista, ella li va contestar amb un «no res, vida. Només una mica de pena i alegria a la vegada, que a vegades es troben i surten a passejar juntes».

Acaba de sonar l'intèrfon que conserva el lloc de quan hi vivien elles. Fa anys hi havia el senyor Ángel, el porter, que vivia als baixos de l'altra escala. Sempre atent, divertit i encuriosit amb les anades i vingudes de les noies; amb les visites constants de gent diversa en aquell pis. «Demasiados chicos vienen, demasiados», murmurava entre queixal i escuradents quan en veia entrar un de nou per la porta del carrer. El senyor Ángel els pujava les cartes personalment, els portava uns *mantecados* que havia fet la dona i de tant en tant hi enviava el net amb l'esperança que alguna d'aquelles noies l'espavilés una mica. El noi es moria de vergonya cada vegada que picava al tercer quarta amb algun encàrrec de l'avi.

És la Gemma, que acaba d'arribar. Va estudiar Farmàcia amb la Pia, l'Elena i la Montse, i es van conèixer també a la residència, però quan van anar a viure al pis al cap de dos anys ella se'n va anar a un altre amb la seva germana gran que els havia llogat la mare. Sempre s'ha fet molt amb la Pia i no ha volgut faltar en aquesta nova trobada. Li anirà bé el parèntesi. Deixar el nen petit (el més menut dels fills de totes) amb el seu pare, i respirar una mica de la mala època que tragina.

A la cuina, mentre obren una ampolla de riesling de Mas Rodó, escalfen les pizzes i fan una amanida, tornen, una altra vegada, a descordar el camí dels dies llaçats. La nevera, compartida, on cada una tenia un bocí de prestatge. Els tàpers de la Pia que li feia la mare; la remolatxa, els enciams iceberg i la Coca-Cola Light imprescindibles de l'Aina; les sopes de la Júlia; els pits de pollastre i la verdura de l'Elena; les bolonyeses de la Montse; les olives de tots els colors i els formatges «com més pudents millor» de la Mar.

Els sopars que els feia l'Aina quan anaven arribant una per una els diumenges al vespre, després d'haver passat el cap de setmana a cals pares. Ella era l'única que no es movia de l'avinguda de Sarrià perquè només anava a Mallorca per festes o vacances. Agraïa la solitud i la tranquil·litat de la casa, només per a ella, durant unes hores. L'Aina, forta, independent, segura. El seu espai, la seva illa assumida. Les classes que impartia com a monitora de vela al Port Olímpic. També poder fer la seva, sense explicacions ni convencions, dins del seu desordre. Ella i els seus pensaments constants, abassegadors. Força sovint, brillants.

Però diumenge a la tarda, just quan les començava a trobar a faltar, era quan anaven arribant l'una darrere l'altra i tornava a començar la setmana. Les bosses de taronges que portaven la Pia i l'Oriol d'Ulldecona; la roba planxada, amb olor de suavitzant de cases diferents; les bosses atapeïdes de llibres gruixuts i apunts; el rebost que s'anava omplint a poc a poc. Les rajoles de xocolata, les magdalenes i les galetes Príncipe que guardaven per berenar algun dia entre setmana. El quadrant escrit amb la lletra de la Montse a la porta de la nevera amb les feines de neteja per setmana. No sempre es complien.

Conviure amb algú és posar a prova la paciència, el respecte, les mirades diferents, els valors rebuts. No sempre és fàcil, ni divertit. No sempre se'n sap prou. No sempre hi ha tota la veritat ni la certesa. No hi ha raons absolutes. Ho saben bé. Allà dins van passar-hi tensions, nervis, disgustos; taques de pasta de dents als jerseis deixats; racons plens de brutor i de retrets muts. Malentesos amb els nòvios que ocupaven espais quan no tocava; invasió d'intimitats; paraules fora de lloc; desavinences. Vida social a destemps. Necessitat de solitud no sempre compresa. Faltes no dites, acumulades.

Conviure amb algú és veure-li les esquerdes i a vegades caure-hi a dins.

S'han assegut als sofàs del menjador. Comparteixen paraules, preguntes, actualitzacions i la segona ampolla de vi. Potser ja és la tercera. L'única que seu a terra, damunt la catifa Nani Marquina que hi ha ara, és la Mar. Segueix seient amb aquelles postures impossibles que les feien riure a totes. Fa uns anys es va trencar els dos meniscos fent ioga. Quan entrenava els gestos encara no sabia que el pas del temps estella més coses a part dels ossos.

La Mar, que va estudiar Comunicació Audiovisual i que viure amb ella era com agafar dreceres enmig d'autopistes troncals, de manera constant. Entre les fórmules magistrals, la galènica, la fisicoquímica d'unes i les equacions, la macroeconomia i l'estadística de l'Aina i la Júlia; ella feia curtmetratges, portava actors a casa —que només la Pia reconeixia perquè estava al dia de totes les telenovel·les de sobretaula—; escrivia guions que els llegia amb veu alta; els ensenyava les pràctiques a plató presentant un telenotícies, o els feia escoltar un reportatge que havia fet per a la ràdio. La creativitat, la sensibilitat, les notes més llargues damunt dels escriptoris quan necessitava dir-los alguna cosa.

«Com estàs, Júlia?». Això no ho ha escrit. L'hi ha demanat agafant-li la mà i mirant-la als ulls.

—No ho sé, noies. N'he parlat molt amb l'Elena i amb la Montse aquests últims mesos. A vosaltres no us n'havia dit gaire res. Em costa treure'm la cuirassa i ara me l'han feta miques d'un sol cop. Què us he de dir? Jo em pensava que això no em passaria mai a mi. Que l'amor durava tota la vida. Us ho juro, que ho creia. Ja sabeu com soc. La ment davant del cor; la raó sobre l'impuls. El judici i el seny que fan que el món giri rodó. A mi, em van educar així. Però amb ell era diferent. Algú que t'estima, que et reconeix amb totes les teves pors, que et fa sentir especial. Ser especial. Aquest era el motiu. El principi i la fi. L'únic amor que he tingut des dels vint-i-tres anys. El noi introvertit, de família humil, amb una història personal trista i fosca. Però d'una intel·ligència fora mida. Un diamant en brut. Ell em deia que jo l'havia salvat d'allà on venia. Però ningú salva a ningú. Això ja ho he après.

»Quan em va demanar d'anar a viure junts i jo ja vivia a Madrid, i em va costar dir-li que sí. No sabia si era el que volia realment, el que jo necessitava. Em va agafar una crisi d'ansietat i tot, però vaig decidir llançar-me a la piscina. Perquè tenia la certesa que era la persona. I vam ser feliços. I vam tenir la primera filla, i al cap d'un temps la segona. Unes nenes precioses. Ho són. I aleshores ell va començar amb les depressions, a marcir-se. Era el 2010. Ho recordo perquè vam anar a teràpia i li vaig dir, i també m'ho vaig dir a mi, que l'esperaria i que aguantaria tot el que calgués. Com ell va fer amb mi quan em va proposar d'anar a viure junts. Esperar. Em sentia amb força i paciència. L'amor mou muntanyes. I jo l'estimava. I ell m'estimava. Havíem fet la nostra família: quina prova més gran que aquesta hi pot haver? L'estimo encara. L'estimo, encara? Potser des d'un altre lloc. Molt profund, més pensat, passat pel filtre de la raó.

»I llavors va arribar el petit. I van ser dos primers anys que tot anava bé. Fins que va començar el principi de la fi; a esfondrar-se tot. Però aleshores, no ho sabíem. Cap dels dos. I ell cada vegada, a poc a poc, més ensopit, més apagat. A vegades no n'hi ha prou en estimar-se molt. Ni tan sols en estimar-se.

»Llavors va arribar el projecte a Nova York. La materialització d'un projecte familiar que feia temps que ens rondava pel cap. I el seu contracte de tres anys en un lloc espectacular. L'ambició professional; el premi a la bona feina feta, a la perseverança. Vaig pensar que era la seva oportunitat i que això el faria tornar en si. Vaig demanar l'excedència; vam traslladar mobles i vam buscar escoles per als nens. I al principi semblava que el canvi d'escenari havia estat una bona idea, però després va tornar a arrossegar-se fins a la profunditat del desencant. "Vull viure la vida amb tu però cada vegada visc menys la meva. Cada vegada visc menys", em va dir. L'única cosa que el motivava era la feina i cada vegada s'hi passava més hores. Em vaig concentrar en els nens, la casa, a buscar una bona feina per a mi. I la vaig trobar. Molt bona, ja ho sabeu.

»Ell ni em mirava, deambulava per casa com una ànima en pena. Deia que no podia, no tenia energia. La voluntat es desintegrava en partícules minúscules que desapareixien en el buit. I la mica que guardava era per als nens. Els estima amb l'ànima sencera. Un dia, una amiga em va demanar si pensava que hi podia haver algú altre i li vaig dir que era impossible. Els morts en vida no poden sentir passió. Desig, menys. Però vaig gosar demanar-l'hi. Quan algú et sembra la mala herba dins la terra erma és molt difícil arrencar-la sense esgarrinxar-te. Primer ho va negar. Després va dir que sí: "Algú de la feina". S'havia enamorat d'una companya, una altra dona. Però que no em preocupés, que ella l'havia rebutjat i que no tenia res a fer-hi. I que el seu cor estava partit, esquinçat, però en procés de rehabilitació. Que ho faria per nosaltres.

»El torpede a la línia de flotació em va servir per prendre consciència. Els malsons ho són quan te'ls imagines; quan t'agafen per sorpresa es converteixen en un atac a l'ànima i a l'orgull. Van passar setmanes de dolor, d'incredulitat, d'esforç, d'autoengany. Mesos de silencis gruixuts; de paraules sordes; de murs infranquejables; de cap solució, ni concreció, ni interès per avançar cap a enlloc. Us heu preguntat mai fins a quin punt podem arribar a mentir-nos a nosaltres mateixes? Mentrestant, jo mirava de ser més divertida, més lleugera, més atractiva. Tot per a ell; però una mica també per a mi, per sobreviure en la foscor. Vaig començar a aixecar-me a les cinc del matí per fer sessions amb la meva terapeuta de Madrid per videotrucada.

»Quan a ell se li va acabar el contracte em va demanar de tornar a casa i jo vaig pensar que potser podríem tornar a començar. Vaig deixar, una altra vegada, la meva feina; vaig agafar els nens i vaig fer les maletes. Quan enllestia la seva, d'un llibre en va caure una foto. Era d'ella. D'ella. La dona que li circulava per la sang. Encara. A mi, l'oxigen m'havia deixat d'arribar al cervell.

»Tornar no fa fer sinó precipitar la caiguda. La separació, primer. Després el divorci. Els advocats, els acords. El repartiment. Els possessius. Els seus llibres i els meus. La seva roba. La seva cafetera. Els coixins del sofà. La vaixella, el gerro que vam comprar a Praga en un cap de setmana de somni. Somnis robats. Si a mi tant me fan les coses materials. Jo només el volia a ell, el que teníem. Tornar als dies en què em deia que era la dona més meravellosa del món; que tenia molta sort d'haver-me conegut. Voldria tornar a allà, en aquell punt, en aquell espai. Però ara aquell lloc ja no és ni tan sols un pis que es lloga a Airbnb per hores; no sé si ni tan sols si va existir. Ja no sé res.

—Va existir, Júlia —li diu la Montse—. Jo us vaig viure quan vaig fer el FIR i em vau acollir mig any al vostre pis que acabàveu de llogar junts prop de l'Òpera. Teníeu il·lusions. Éreu una parella bonica, enamorada. Això no ho dubtis.

La Júlia plora i s'eixuga els ulls amb els palmells mentre la resta la miren sospesant la densitat dels silencis. Ella hi torna:

—Jo crec que ell no em volia perdre, però alhora em detestava perquè no vaig saber ajudar-lo a trobar-se. Enfrontar-se a un mateix és tan difícil que preferim obviar-nos. El meu amor per ell va acabar condemnant-lo.

L'Aina la talla:

—Tia, pus de culpabilitats, eh? Me sents? Tu ets més que tot això. Ets una dona intel·ligent, profunda, sòlida, espiritual, amb un món interior que ja el voldrien molts. Una marassa. Te menges el món laboralment parlant i no has de mester ningú que te digui tot lo que vals!

—Tens raó, sòcia. La parella no omple els buits; només els podem omplir nosaltres mateixos. Acceptar les nostres vulnerabilitats. Que difícil que és això. Jo era forta i mireu-me ara.

—Jo crec que només l'amor de parella no és el que ens fa felices de veritat —salta l'Elena—. Ho crèiem fa vint-i-cinc anys; aspiràvem a estar amb algú sense deixar de ser nosaltres mateixes. I ara penso que prioritzem aquesta segona condició. Una parella és la suma de dues parts, amb projectes en comú, però cadascuna amb les seves coses, les seves expectatives. Pensar que la teva parella és qui sempre et cuida, qui et sorprèn, qui t'ha de fer feliç és una fal·làcia, una idea terrible que hem heretat ves a saber d'on. Que no. Que l'amor de parella porta bons moments que estan molt bé, però també desestabilitza, et qüestiona, t'obliga a intentar expressar-te millor per evitar malentesos. I ves a saber si ets tu que no ho dius bé, o l'altre que no t'entén; o que els codis amb què heu crescut són diferents i el que per a tu és una cosa per a l'altre n'és una de diferent. Però quan hi ha entesa, tot flueix. I aleshores voldries que allò que tens durés per sempre.

—I després hi ha es concepte d'amor —torna l'Aina—. Qui el valida? Qui diu què és amor i què no? A cameva, era diferent per mon pare que per mumare. No sé ni si el compartien ni si eren feliços. Vaig créixer sense massa expectatives —menys encara respecte de la idea d'amor romàntic que ens havien venut— i amb sa decepció com una amenaça fent-me companyia davall des coixí, cada vespre.

»I què és per jo, ara, d'adulta? Només tenc preguntes. Amor és confiança? Exclusivitat? Certeses? Vincles? Ha de ser per a tota la vida? Amor és parella? Parella és amor? Quantes en coneixeu? S'única cosa que tenia clara és que jo volia algú que m'estimulàs s'intel·lecte; que m'inspiràs a superar-me. Quan, després de molts intents, vaig rompre amb so senyor Hàmster per avorriment, ell m'ho va fer passar molt malament. Fins en es punt que pensava que jo només mereixia turment i cinisme. Vos ho imaginau?

»Per això vaig decidir no entregar-me a ningú del tot emocionalment; protegir-me sempre, per si de cas. Que davall des coixí ja no hi caben massa coses més.

»I maldament això, he trobat un company lleial que respect i em respecta, que m'estima a sa seva manera i que deixa que l'estimi a sa meva. Que li agrada la mar tant o més que jo, que és son pare de ses meves filles. Un oasi enmig dets embats de ses onades que mai m'ha mirat com jo hauria volgut. I amb qui he après a viure es dia a dia; a aprofitar ets bons moments; a no avorrir-me mai.

Mos discutim, esclar. I mos desgastam, però tiram envant. Ell sempre m'ha donat suport; m'ha empès i m'ha ajudat a equilibrar sa locura des dia a dia des càrrec polític on som i que m'ocupa. I jo, amb so temps, he après a estimar-me, a cercar sa meva realització personal, professional, i a dedicar a ses nines es màxim de temps, deixant coses per fer, però tenc clares ses prioritats.

—El temps, el temps... —s'hi afegeix la Montse—. Per a mi, aquesta és la gran qüestió. Sovint estem tan centrades en els altres que ens oblidem de nosaltres, dels nostres espais. I de gestionar la culpa de sentir-te culpable per necessitar-ho. El dia a dia que ens posa a prova; haver de fer salts acrobàtics, córrer constantment, perdre hores de son. Els nens petits. Les seves necessitats que passen al davant de tot. Semblem entrenadors dels Jocs Olímpics, a casa. Que el dia només té vint-i-quatre hores! I la parella, on queda? Per què quan aconseguim deixar els nens amb els avis, per exemple, ens ho passem molt bé junts. Tinc una amiga que diu: «Va i un dia et reenamores del teu marit, tu!». Quanta raó! I després hi ha les feines, les guàrdies, els projectes professionals de cadascú; fer compatibles les carreres, buscar el consens. I que el cansament no et pugui. I, a mi, em guanya sovint.

Però, sabeu? Quan me'l trobo per l'hospital amb la bata blanca i em somriu, el cor em fa un bot.

—Doncs per a mi l'amor —fa la Mar— és caminar al costat d'algú; poder-t'hi recolzar si ensopegues amb una pedra al camí. O un roc, o una crisi econòmica que ni t'esperaves i que t'engega les perspectives, les ganes i l'energia a la merda. Perquè pensaves que als quaranta no t'hauries de preocupar per arribar a final de mes, que viuries en una casa prou gran (que havies dissenyat quan eres petita infinites vegades amb retalls de revistes d'*El Mueble* de ta mare), que l'estabilitat d'una feina et permetria viure tranquil·la i feliç. Que aquells «si t'esforces» seguits que ens deien els pares en forma de xec en blanc quan érem joves ens els havíem guanyat a pols i molts colzes. Que la seva inversió en tu com a persona, en els teus estudis, en la teva educació, tindria recompensa. Que no hi havia lloc per a les equivocacions.

»Però d'un dia per l'altre et trobes havent d'aixecar les perspectives esmicolades a cops de totxana, des de zero. De bell nou. Amb filles petites que demanen. Fent un màster de parella i buscant l'equilibri de les debilitats, les pors, les angoixes. Les pròpies i les de l'altre, que no diu perquè s'ho tira tot cap endins. I tu cridaries fins a quedar-te afònica, però abans et quedes muda. No pots explicar-ho a ningú, perquè en el teu univers l'atur és un titular a la premsa, una cosa que passa a les persones que no s'han sabut guanyar el privilegi de la feina. La gent que coneixes segueix amb les seves nòmines, els seus progressos, les seves cases, els seus èxits. Aleshores penses que potser no te'n sortiràs, que el vaixell és massa gran. I que no tens prou força. Ni el saps comandar. Això no t'ho van ensenyar enlloc. Tampoc els pares et van advertir de res igual. «Si t'esforces...». Jo ho havia fet sempre molt en tot, des de petita, per no quedar-me mai enrere de ningú.

»Aleshores se't trenquen els meniscos i has d'aturarte. Parar.

La Mar canvia de posició damunt l'estora (se li ha adormit un peu). Fa un glop de la copa i segueix.

—Fins que te la tornes a trobar caminant al teu costat. La persona que has triat a consciència i per amor. L'amic de qui en necessites la pell i amb qui estàs tan bé quan parles com quan estàs amb silenci. Una persona que admires, que et fa tocar de peus a terra quan surts disparada, i que porta una motxilla amb més pros que contres que et deixen avançar lleugera. Amb qui vols seguir fent camí, i que sigui llarg.

—I si deixa de voler caminar amb tu? —li demana la Júlia.

—Aleshores haurem d'agafar una drecera. I buscar un bon vi. I us vindré a buscar.

La Mar s'aixeca de la catifa i li fa una abraçada a la Júlia.

—Xiques, l'amor hauria de ser com els amics, que cadascun té una funció, els necessites per coses diferents. Com vatros. I que no et jutgen, i que t'estimen tal com ets i que sempre estan disposats a venir a fer un quinto amb tu a qualsevol hora...

—I que no carreguen expectatives a sobre teu —rebla la Júlia.

—També en tenim, d'expectatives amb els amics —diu la Montse—, però els ho sabem perdonar quan no es compleixen o ens fallen. És com si l'amistat computés més vides que la parella. Mireu-nos. Nosaltres n'hem viscut de tots colors. Ens hem disgustat entre nosaltres per nois que havien estat importants en algun moment de la nostra història; ens hem distanciat en alguna època; hem tingut malentesos; èpoques en què ens hem sentit més pròximes a una i d'altres que hem tingut més necessitat d'una altra. Mesos en què alguna ha estat desapareguda.

Però sempre hi hem estat, per a les coses importants: els casaments, el naixement dels fills, la malaltia, els aniversaris, els canvis de feines. Passen els anys, ja molts, i una trucada, un missatge, beneït Whatsapp, que ràpid que ens connecta, un «mayday» i aquí hi som totes. És igual el temps que faci, les distàncies, totes les coses que no ens hem explicat.

—Perquè som família. Haver viscut juntes ens dona més galons. Jo no podria viure amb molts dels meus amics.

—Algú va dir que ben acompanyades les persones es fan velles més a poc a poc i que en comptes de lletges es fan boniques. Nosaltres no estem gens malament i ara tenim més clar què volem i què no. A part de les ulleres que arrosseguem sota els ulls, això deu ser fer-se gran també, no?

—Per això acabam en es pis on vàrem viure fa més de vint-i-cinc anys i triam millor vi d'aquell que bevíem llavonces.

—Tu segur, Aina! Que només volies Coca Cola Light i remolatxa.

S'ha fet tard; són quarts de quatre de la matinada i decideixen anar a dormir. S'abracen les set. La Gemma diu que es quedarà a dormir al sofà, que hi estarà la mar de bé.

—Us estimo. I jo. Molt. Quina sort que tenim. Descansau. No m'aguanto però que bé estar amb vatros. Gràcies per tot, noies.

Aquella trobada té la intensitat i la convicció del que és efímer. El valor d'allò especial i únic. No hi tornarà a haver un moment com aquell. Ho saben totes. El pròxim serà diferent, no necessàriament pitjor. Quan l'endemà tornin a les seves ciutats, a les seves feines, a casa, tornaran a enfrontar-se als seus tràfecs, als seus maldecaps. Els buits i les mancances. El dia a dia que se les menja. Les responsabilitats, les alegries, les hores de son endeutades. Tot allò que el retrovisor ha distorsionat amb els quilòmetres dels anys i ha fet a mida per als records que avancen per l'esquerra.

L'efecte de l'avinguda de Sarrià durarà uns dies. S'ho faran saber amb missatges, fotos i condicionals. I moltes emoticones de cors. Després, la rutina. I el compromís d'establir un retrobament mínim cada any; que no cal que s'ensorri el món. «I sense tu ja no me val».

Aquella nit de juny, cadascuna a la seva habitació, la que li va pertànyer fa vint-i-cinc anys i una vida, donarà voltes a la conversa, a les paraules, a la fortalesa de les lleialtats. En aquell mateix lloc on un dia es van creure indomables, imperfectes, invencibles, inevitables. Dins de tots els prefixos probables. On van riure, on van estudiar molt, on van descobrir el sexe, on en van gaudir, on van plorar desenganys, i on tenien —sense saber-ho— tot el temps del món.

Agraïments

Som el que estimem

«L'àrea petita», ELS PETS

Gràcies, sobretot, a totes i cada una de les persones que m'ha obert el cor per deixar que us l'expliqui amb venes, artèries i paraules. Gràcies de veritat. Sentides i profundes.

Gràcies als editors Joan Carles Girbés i Gerard Espelt i a tot l'equip d'Ara Llibres, per pensar que jo podria fer bategar tots aquests cors en un llibre i omplir d'oxigen i nutrients totes les cèl·lules d'aquestes pàgines.

A la il·lustradora Natalia Zaratiegui, per donar vida a les paraules amb colors.

Gràcies als meus pares, l'Aleix i l'Angelina, per tot el seu amor generós. Incondicional. Sempre.

Als meus germans, el cor sencer.

Gràcies als amics, d'aquí i d'allà. Que hi són i m'ajuden. I comparteixen amb mi dubtes i alegries.

Gràcies a les *Impostores*. Especialment a la Marta Xufré, per les paraules sempre oportunes, la màgia, l'amistat en majúscules. A la Marta Orriols, per la mirada literària, l'ofici, la complicitat; a la Txell Feixas, per obrir camins difícils que semblaven impossibles; a la Fe Fernández, per la tendresa.

Gràcies a la Carme Lluveras i les seves pedres inspiradores, i a en Màrius Serra pels seus consells i el *salero*. Gràcies a l'Eva Piquer, per la llavor.

Gràcies a la Mari i a en Maties per la taula de la cuina de Sa Ràpita i per regalar-me temps per escriure.

Gràcies al meu cor, als meus ventricles particulars: la Jana i l'Abril. A la Jana, pel seu entusiame, les seves lectures, les passejades i els comentaris savis.

A l'Abril per la seva alegria i la llista interminable de coses pendents que em recorda el que és important de veres.

Amb tot l'amor, gràcies infinites a en Maties. Per tot. Mapa, cançó, brúixola, pericardi i batec. Que el camí sigui ben llarg.

L'equip d'Ara Llibres ens vam enamorar de l'escriptura
de Marta Vives i d'aquestes històries reals, imperfectes i belles,
des de la primera lectura. Ens agradaria saber que també
t'han seduït a tu, i és per això que t'animem a compartir
la teva opinió i a fer-nos arribar les teves impressions
(i les teves experiències d'amor, si t'hi atreveixes!)
mitjançant les xarxes socials.
Els teus comentaris donen sentit al nostre ofici
i ens ajuden a continuar posant-hi cor i ànima
en cada nova proposta editorial.

#DiguemneAmor